1.Kapitel

Wenn Tiere eine menschliche Stimme hätten, würden sie uns von ihrem Leben erzählen. Sie würden uns von ihren Leiden, die sie durch Menschen erfahren, berichten, und sie würden von der Hoffnung erzählen, die Menschen ihnen schenken. Leider haben Tiere keine menschliche Stimme. Darum müssen wir Menschen für sie sprechen.

Ich kann mich noch gut erinnern! Damals, als ich ein kleines Kätzchen war, lebte ich mit meiner Mutter und meinen Geschwistern in einem schönen warmen Stall. Unsere Mutter war die ganze Nacht auf der Jagd nach Mäusen. Wir hatten eine tolle Mutter, die gut für uns sorgte. Nie hatten wir Hunger, und unser Leben auf dem Bauernhof war spannend, als wir die Welt auf unseren eigenen Beinen erkunden konnten.
Es gab einen Hund, der, wenn er uns sah, ganz komische Geräusche von sich gab. Ich glaube, er mochte uns Katzen, denn einmal, als ich satt im Heu schlief, ist er zu mir gekommen und hat meinen Kopf mit seiner großen Zunge geleckt. Das war vielleicht komisch. Ich war sehr erschrocken und habe mich versteckt.
Es gab auch noch andere Tiere. Große Tiere, die uns Katzen aber wenig Beachtung schenkten. Meine Mutter erzählte mir oft, ich sei ihre kleine Prinzessin. Während meine

Brüder fast schwarz waren, hatte ich ein hübsches silberweißes Fell.

An einem schönen Sommertag, kam ein Mensch in den Stall und packte mich. Ich schrie vor Entsetzen und zappelte. Es half mir nicht. Ich war ein ganz kleines Kätzchen, und die Hand, die mich hielt, war sehr groß. Der Mensch steckte mich in einen dunklen Karton. Voller Panik schrie ich nach meinen Geschwistern und meiner Mutter. Ich hörte meine Mutter, die entsetzt nach mir rief, aber ihre Stimme wurde plötzlich von einem lauten Brummen übertönt, das mir große Angst machte. Ich wurde in der dunklen Kiste hin und her geschleudert, und plötzlich war es still. Die Kiste wurde geöffnet und die Hand packte mich wieder. Ich saß auf dem harten Boden. Allein! Kein weiches Stroh, keine Mutter, keine Geschwister, auch keine anderen Tiere. Mit ohrenbetäubendem Lärm kamen kleine Menschen auf mich zu, packten mich, rissen mich hoch. Ich habe geschrien und wild um mich geschlagen. Sie ließen mich auf den harten Boden fallen. Es tat weh. Ich rappelte mich auf, so schnell es ging versteckte ich mich unter dem Schrank. Dort saß ich sehr lange. Ich zitterte und bebte vor Angst, und vor lauter Angst, machte ich eine Pfütze. Ein Stock tauchte unter dem Schrank auf, und ich wurde aus meinem Versteck gejagt. Alles war laut, und ich hatte so große Angst. Immer wieder suchte ich nach neuen Verstecken. Die Menschen haben mich verfolgt.

Irgendwann war es still und dunkel. Ganz dringend musste ich mein Geschäft verrichten, und das wollte ich doch nicht auf dem harten, kalten Fußboden tun. Ich wollte doch mein Geschäft verscharren, so, wie ich es von meiner Mutter gelernt hatte. Ich nahm all meinen Mut zusammen, schlich aus meinem Versteck und erkundete diese fremde Welt, in der es keine vertrauten Gerüche gab und keine vertrauten Geräusche. Ich war ganz allein! Schließlich fand ich eine Sandkiste, in der ich eine kleine Mulde graben konnte. In dieser kalten, fremden Welt fand ich etwas, das gut roch. Ich hatte sehr großen Hunger und probierte von dem Etwas, das so überhaupt nichts mit dem wohlschmeckenden Fleisch, das ich kannte, gemein hatte. Das klebrige Etwas füllte meinen kleinen Magen. Als ich, vor Heimweh nach meiner Mutter und Geschwistern, bitterlich weinend durch die fremde Umgebung tapste, fand ich ein kuscheliges Plätzchen, das gut versteckt war. Erschöpft schlief ich ein und träumte von meinem Leben auf dem Bauernhof. Ich wurde von dem Lärm der Menschen wach, die noch lauter waren als vor der Dunkelheit. Ich machte mich klein, wollte am liebsten aus dieser Welt verschwinden, doch man packten mich, hoben mich hoch, sie berührten mich mit ihren groben Händen. Erst als ich fauchend nach diesen groben Händen schlug, ließ mich der kleine Mensch fallen. Wieder landete ich auf dem

harten Boden, abe[FSC logo]e aufgepasst und
tat mir nicht weh.
Schnell versteckte[FSC logo]er kleine Mensch
und die großen Menschen schrien nun
ohrenbetäubend, weil ich eine böse Katze
war, die den kleinen Menschen verletzt hatte.
Die nächsten Wochen waren sehr schlimm.
Ich wurde oft gepackt, geschüttelt, zu Boden
geworfen. Wenn ich mich am Tag aus
meinem Versteck wagte, stürzten sich die
kleinen Menschen auf mich oder warfen
Spielsachen nach mir. Lieber blieb ich in
meinem Versteck und kam überhaupt nicht
mehr raus. Wenn sie mich mit dem Stock
jagten, flüchtete ich in ein neues Versteck.
Meine Verstecke suchte ich mir in
der Nacht, wenn alles still war. Da ging ich
auch zu der Sandkiste und aß von dem
klebrigen Etwas ein wenig. Am Tag traute ich
mich nicht zu der Sandkiste. Da verrichtete
ich mein Geschäft lieber in meinem Versteck.
Außerdem ging es mir von Tag zu Tag
schlechter. Ich musste ständig niesen und
meine Augen taten weh. Bald war mein Fell
ganz klebrig, und ich wollte auch nicht mehr
von dem klebrigen Etwas essen. Ich schlief
in meinem Versteck und, wenn ich wach war
fühlte sich mein ganzer Körper sehr heiß an.
Irgendwann wurde ich wieder mit dem Stock
aus meinem Versteck gejagt. Eine Hand
packte mich und stopfte mich in die dunkle
Kiste. Ich habe geschrien und geschrien, als
das Brummen ertönte und ich in der Kiste hin
und her geschleudert wurde. Bald habe ich

nicht mehr geschrien. Mir fehlte die Kraft. Ich lag in der Kiste, bis mich die Hand packte und auf den Boden fallen ließ. Jetzt fiel ich ins weiche Gras, und der Mensch verschwand. Zuerst war ich glücklich, denn das sah nach meinem Zuhause aus! Ich schleppte mich voran, suchte nach meiner Mutter und nach meinen Geschwistern. Ich fand sie nicht. Völlig entkräftet legte ich mich in einen Graben und schlief. Als ich erwachte suchte ich wieder nach meiner Mutter und meinen Geschwistern. Ich kam kaum noch voran, denn mein kleiner Körper war heiß, die Nase lief und meine Augen brannten wie Feuer. Bald musste ich nach einem sicheren Plätzchen suchen. Völlig erschöpft lag ich unter einem Busch. Hungrig war ich nicht. Mein Körper schmerzte, und die Augen konnte ich kaum noch öffnen. Sie waren verklebt. So wie meine Nase und mein Mund. Es war vorbei. Das wusste ich. Nie wieder würde ich den Bauernhof sehen. Nie wieder die Stimme meiner Mutter hören, und nie wieder mit meinen Geschwistern spielen. Es war vorbei. Mein Leben, das doch erst begonnen hatte, war vorbei. Ich würde hier unter dem Busch sterben. Sterben war besser als von den Menschen gequält zu werden, dachte ich.

Ich schloss die Augen, und da war alles leicht.

„Ja, wer bist du denn? Hallo, aufwachen, dich habe ich ja hier noch nie gesehen!"

Panisch riss ich die Augen auf und sah in das Gesicht einer riesigen, roten Katze. Der Körper der Katze verdeckte die Sonne. Sie hatte den Kopf auf die Seite geneigt und blinzelte mich aus ihren großen grünen Augen an. Ich war starr vor Schrecken, und mein kleiner Körper wurde unter dem Busch noch kleiner.

„Keine Angst, du kleines Baby. Ich bin Carlos, der Streunerkönig und du? Bist du auch ein Streuner?"

„Was ist ein Streuner," piepste ich ängstlich.

„Okay, ich verstehe du bist noch zu klein, um das Leben zu verstehen. Ein Streuner ist ein Tier das kein Zuhause und keinen Menschen hat."

Es fiel mir wie Schuppen von den Augen. Ich war eine Katze ohne ein Zuhause und kein Mensch kümmerte sich um mich. Ich war ganz alleine und musste bestimmt sterben. Dicke Tränen kullerten aus meinen kranken Augen und mein Körper wurde vom Schluchzen erschüttert. Mein Magen tat weh, meine Augen brannten und mein Körper fühlte sich ganz heiß an. Ich würde nicht mehr lange leben.

„Na, na, Kleine. Es ist doch nicht schlimm ein Streuner zu sein. Pass auf, ich zeige dir, wo es etwas Leckeres zu futtern gibt."

„Ich muss bestimmt sterben. Die Menschen haben mich einfach hier weggeworfen, wie Müll."

„Du arme Kleine, so wie dir geht es vielen Streunern und noch viel schlimmer. Die meisten Menschen sind grausam, aber es gibt auch gute Menschen, die uns helfen. Wie ist eigentlich dein Name?"

„Was ist ein Name," fragte ich kleinlaut.

„Menschen geben uns Namen. Ich bekam von meinem Menschen den Namen Carlos. Bis er einfach verschwand hatte ich ein tolles Leben bei ihm."

„Mir hat niemand einen Namen gegeben." Wieder rannen mir Tränen aus den Augen, denn ich ahnte, dass Tiere, ohne einen Namen verlorene Tiere sind.

„Das ist nicht schlimm. Du bist nicht die erste Katze ohne Namen. Wir gehen jetzt zur Streuneroma. Die wird dir sicher einen Namen geben. Komm, wir müssen uns beeilen, die Sonne steht schon tief. Die Streuneroma kommt immer zum Füttern, wenn die Sonne tief steht."

„Was ist eine Streuneroma," fragte ich vorsichtig, während ich mich aufrappelte und dem großen Kater folgte.

„Das ist unser Mensch! Eine ältere Frau, die uns füttert und für uns sorgt, wenn wir krank sind."

Ich war verwirrt und hatte so viele Fragen, aber ich brauchte meine Puste, um mit dem großen Kater Schritt zu halten. Carlos zu folgen war bestimmt besser, als alleine zu bleiben. Immer wieder musste ich stehenbleiben, und als ich nicht mehr weiterlaufen konnte, ließ mich Carlos auf seinen Rücken klettern. So kamen wir viel schneller voran. Schon bald erreichten wir eine alte Scheune, die mich an mein Zuhause erinnerte.

„Sie ist schon da ," rief Carlos ganz aufgeregt, und die letzten Meter konnte ich mich kaum auf seinem Rücken halten, denn er lief nun sehr schnell.

Als er stoppte kullerte ich von seinem Rücken direkt vor die Füße einer Frau. Ich war starr vor Angst. Am liebsten hätte ich mich verkrochen, doch ich war zu schwach, und so blickte ich ängstlich in das Gesicht der Frau.

„Ja, wer bist du denn ," sagte sie und nahm mich auf den Arm. Voller Panik erwartete ich wieder unsanft auf dem Boden zu landen, doch die Frau streichelte mich ganz sanft. Dann setzte sie mich behutsam vor einen kleinen Teller mit dem klebrigen Etwas, das ich schon von meinem ehemaligen Zuhause kannte. Hastig schlang ich das Futter in mich hinein in der Hoffnung, dass meine Schmerzen im Magen aufhörten, sobald dieser gefüllt war. Das war eine falsche Hoffnung. Ich musste mich heftig übergeben. Das tat so weh, und als es endlich vorbei war, zitterte mein ganzer Körper.

„Du armes kleines Kätzchen, dir geht es aber nicht gut," sagte die Streuneroma und verschwand.

Als sie zurückkam hatte sie eine komische Box dabei. Sie nahm mich auf den Arm und setzte mich vorsichtig in die Box auf eine herrlich weiche Decke. Dabei sprach sie ganz sanft mit mir, und ihre Stimme beruhigte mich. Völlig erschöpft lag ich auf der weichen Decke. Ich hörte das Brummen eines Motors, doch ich war zu schwach und konnte mich nicht mehr fürchten. Erschöpft schlief ich ein. Oder war ich wach?

Eine wohlige Wärme umgab meinen Körper, und ich hatte keine Schmerzen. Alles war angenehm, wohlig und weich. Ich spürte eine Hand, die zart mein Fell streichelte, und ich dachte, dass das der Himmel ist. Eine Menschenhand, die so zart streichelte gab es hier auf der Erde nicht. Das war der Himmel. Auf sanften Flügeln flog ich dahin, geborgen in Menschenhände, die mich zart streichelten. Kurz spürte ich einen stechenden Schmerz, der aber gleich wieder vorbei war, und dann war da wieder eine kuschelige Wärme, die mich einhüllte, die Menschenhand, die mich zart streichelte. Dann war nur noch Dunkelheit um mich herum.

Wie lange ich schlief kann ich nicht mehr sagen. Wenn ich kurz erwachte, spürte ich die wohlige Wärme und die Hand, die zart meinen Körper streichelte. Beruhigt schlief ich wieder ein.

Irgendwann war ich richtig wach. Ich lag in einer Box auf einer weichen Decke. In meiner Pfote steckte so eine komische Nadel, die mir große Angst machte, doch eine leise Stimme und ein sanftes Streicheln beruhigten mich. Mein Kopf sank in diese sanfte Menschenhand, und ich schlief wieder ein.

Beim nächsten Erwachen fühlte ich mich richtig wohl. Ein Mensch sprach leise mit mir und stellte mir ein Tellerchen hin, das gefüllt war mit dem klebrigen Etwas. Dieses klebrige Etwas schmeckte sehr gut, und als ich satt war, nahm mich der Mensch ganz vorsichtig auf den Arm. Ich wurde auf einen Tisch gesetzt und ein komischer Gegenstand wurde an mein Herz gehalten. Dann wurde die Nadel aus meiner Pfote entfernt. Eine Frau nahm mich wieder vorsichtig auf den Arm und brachte mich zu meiner Box zurück. Tag für Tag ging es mir besser. Ich wollte raus aus dieser Box. Inzwischen hatte ich mitbekommen, dass noch mehr Katzen in Boxen in diesem Raum waren. Viele Gespräche der anderen Katzen hatte ich gehört. Sie hatten darüber gesprochen, dass sie froh waren, wenn sie wieder in ihr Zuhause konnten. Mich würde niemand abholen, denn ich hatte kein Zuhause. In dieser Box würde ich den Rest meiner Tage verbringen. Wehmütig sah ich, wie die anderen Katzen aus den Boxen geholt wurden. Ich sah glückliche Menschen, die ihre Katzen auf ihren Armen hielten wie sie den Raum verließen. Die Streuneroma kam zweimal vorbei und brachte mich ganz leckeres Futter. Sie nahm mich auf den Arm und streichelte mich.

„Bald kannst du wieder zu Carlos, kleine Mia ," sagte sie zärtlich.

Was sollte ich davon halten? Sie nannte mich kleine Mia und sprach davon, dass ich zu Carlos zurück konnte. Sollte mein Leben doch nicht in dieser Box enden?

Mein Leben endete nicht in einer Box. Im Gegenteil! Der Aufenthalt beim Tierarzt war der Anfang eines neuen Lebens. Ich war gesund und hatte keinen Hunger.
Eines Tages war es soweit. Die Streuneroma kam und nahm mich aus der Box. Sie setzte mich in eine kleinere Box, und schon bald hörte ich Motorgeräusche. Mir war das ganze zwar nicht so geheuer, aber meine Angst hielt sich in Grenzen. Ich spürte, dass ich bei der Streuneroma gut aufgehoben war.
Das Auto stoppte. Wir waren an der alten Scheune angekommen. Die Streuneroma öffnete die Tür meiner Box. Vorsichtig verließ ich die Box.
„So kleine Mia, hier ist jetzt dein Zuhause. Hier bei Carlos und den anderen Streuner. Na, mal sehen, für so eine süßes Kätzchen wie dich, finden wir bestimmt ein richtiges Zuhause."
Bloß nicht in ein Zuhause, dachte ich voller Schrecken. Damit hatte ich überhaupt keine guten Erfahrungen gemacht. Lieber wollte ich hier in der Scheune bleiben und ohne Menschen leben. Naja, von der Streuneroma mal abgesehen, denn sie mochte ich gerne. Ich genoss ihre Streicheleinheiten, schmiegte mich an sie und rieb meinen Kopf an ihren Beinen.
„So kleine Mia, ich muss los," sagte sie und verließ die Scheune.

Ich blieb allein zurück. Wo war bloß Carlos?
Er blieb verschwunden, aber, als ich mich in
der Scheune umsah, entdeckte ich eine
andere Katze, die auf einem alten Sofa
schlief. Als ich vorsichtig an ihr vorbeigehen
wollte, hob sie den Kopf und sah mich aus
sanften Augen an.
„Hallo, du bist bestimmt die Katze von der
Carlos ständig spricht," sagte sie. Als sie
aufstand und sich streckte, sah ich, dass
diese Katze nur drei Pfoten hatte. So etwas
hatte ich noch nie gesehen. Katzen und
Hunde, die ich in meinem kurzen Leben sah
hatten doch alle vier Beine. Warum aber
hatte diese Katze nur drei. Ich war neugierig,
traute mich aber nicht sie zu fragen.
„Ich bin Tinka", sagte die dreibeinige Katze.
„Ich bin Mia, " sagte ich voller Stolz. Endlich
hatte ich einen Namen.
„Freut mich Mia. Wie bist du zu unserer
Scheune gekommen?"
Ich erzählte meine Geschichte. Als ich
geendet hatte, traute ich mich sogar Tinka
nach ihrem fehlenden Bein zu fragen. Sie
senkte traurig den Kopf.
„Das ist eine lange Geschichte. Ich wurde
auch von meinen Menschen verlassen."
„Das ist traurig, " sagte ich „Die Menschen
sind böse."
„Ja, aber manche von uns finden ihre
Seelenverwandten unter den Menschen und
leben ein glückliches Leben mit ihnen."

„Ich kenne keine guten Menschen, außer der Streuneroma, naja und die, die sich um mich gekümmert haben, als ich krank war."
„Du bist auch noch ein kleines süßes Katzenkind. Du wirst deinen Menschen noch finden, " sagte Tinka und stupste zärtlich meinen Kopf.
„Du auch, " sagt ich voller Überzeugung.
„Ach, nein, ich bin nicht mehr die Jüngste und habe nur drei Beine. Mich mag keiner. Manchmal bringt die Streuneroma Menschen mit, die einer von uns ein Zuhause geben wollen. Ein paar hatten da schon Glück, aber an mir sehen sie vorbei."
Tinka blickte mich aus ihren großen traurigen Augen an.
„Du bist eine ganz Liebe. Ich bin sehr froh, dass ich dich getroffen habe, " sagte ich und rieb zärtlich mein Köpfchen an Tinkas Schulter.
„Du auch kleine Mia, " sagte Tinka und schleckte zärtlich meinen Kopf. „Komm' mit, lass uns etwas jagen gehen. Später müssen wir rechtzeitig zurück sein, denn dann kommt die Streuneroma. Mit dir sind wir schon zehn Katzen. Da wird das Futter langsam knapp. Wer nicht pünktlich da ist, muss essen, was übrig bleibt."
„Wo wollen wir hingehen, " fragte ich. Auf keinen Fall wollte ich die Streuneroma verpassen.
„Wir gehen zum Fluss. Da gibt es die besten Mäuse, und wir brauchen nicht weit zu laufen, " sagte Tinka und ging voraus. So

schlenderten wir am Fluss entlang, hielten Ausschau nach Mäusen. Als wir keine fanden, legten wir uns einfach ins Gras und ließen uns die Sonne auf den Bauch scheinen. So ein Streunerleben ist eigentlich gar nicht so schlecht, dachte ich. Hier hatten wir alles, was wir brauchten. Die Scheune mit ihren gemütlichen Kuschelplätzchen, frisches Wasser, wenn wir durstig waren und die Streuneroma, die für uns sorgte. Ich hatte Freunde gefunden. Die Erinnerungen an den Bauernhof und meine Familie waren immer noch in meinem Kopf, aber ich fühlte mich nicht mehr verloren.

Inzwischen waren schon einige Wochen vergangen. Ich war nicht mehr das kleine hilflose Kätzchen. In der Tierklinik hatten sie meinen Bauch aufgeschnitten, was aber nicht sehr wehtat. Von den anderen Katzen hatte ich erfahren, dass die Menschen diese Operation vornahmen, damit nicht noch mehr Katzenkinder geboren wurden. Verstanden hatte ich das nicht so ganz. Vielleicht, so dachte ich, taten die Menschen das, weil andere Menschen so grausam zu kleinen Katzen waren. Wenn das so war, fand ich, war es ein großes Glück. Keine Katze hatte es verdient, dass man sie einfach auf die Straße warf! Ich beschloss mich von den Menschen fern zu halten. Wir Katzen konnten ihnen nicht trauen.

„Ich bin richtig froh, dass ich hier bin, " sagte ich zu Tinka. „Etwas Besseres kann mir doch überhaupt nicht passieren."

„Doch, kleine Mia, wenn du Menschen findest, die dich lieben, ist dein Leben viel schöner. Dann bist du im Paradies, " sagte Tinka.

Ich war verwundert, denn Tinka hatte von ihren Menschen nicht gut gesprochen: „Wie kannst du das wissen?"

„Ich weiß das nur aus Erzählungen von Katzen, die ein Zuhause haben und manchmal an den Fluss kommen, und Carlos hat mir das erzählt. Er hatte einmal eine tolle Familie gefunden und stell dir vor, der Döddel ist abgehauen und zu uns zurückgekommen."

„Warum denn das, " fragte ich erstaunt.

„Er liebt sein Streunerleben und möchte es nicht gegen ein Zuhause eintauschen. Wenn ich an seine Erzählungen denke, komme ich heute noch ins Schwärmen. Drei Mahlzeiten am Tag bekam er und er durfte bei seinen Menschen sogar im Bett schlafen. Sie haben ihn nur mit dem allerbesten Futter verwöhnt. Carlos hatte drei Kuschelbetten und jede Menge Spielsachen, die extra für Katzen gemacht werden. Ja, und nach vier Wochen ist er abgehauen. Die Streuneroma hat ihn zurückgebracht, aber Carlos ist wieder abgehauen. Nach dem dritten Versuch haben die netten Menschen eine andere Katze mitgenommen. Die ist bei ihnen geblieben."

Inzwischen waren wir an einer seichten Stelle des Flusses angekommen. Tinka zeigte mir die vielen Fische, die in dem

Wasser schwammen. Ich blickte gebannt auf die schnellen Fische. Nie wäre ich auf die Idee gekommen sie zu jagen. Meine Mutter hatte mir gezeigt, wie man Nager jagen konnte, aber Fische gab es auf dem Bauernhof nicht. Erstaunt beobachtete ich wie Tinka blitzschnell ins Wasser sprang und einen Fisch packte. Mit einem Satz war sie am Ufer. Der Fisch zappelte noch kurz, dann war er tot.

„Komm', kleine Mia, ich gebe dir was ab," sagte sie.

Vorsichtig kostete ich den Fisch. Er schmeckte sehr lecker. Schnell war er verzehrt, und wir gingen zurück zum Fluss, um erneut unser Glück zu versuchen. Dieses Mal ging auch ich ins Wasser und versuchte mir einen Fisch zu schnappen. Noch nie war ich im Wasser gewesen, und es gefiel mir überhaupt nicht nass zu werden, aber ich wollte mir keine Blöße geben. So mühte ich mich einen der schnellen, glatte Fische zu schnappen, was mir aber nicht gelang. Tinka war beim Fangen der Fische sehr geschickt, obwohl sie nur drei Beine hatte. Es dauerte ein paar Minuten bis sie den nächsten Fisch an Land brachte. Dieser war fast doppelt so groß wie der erste. Sie teilte auch diesen Fisch mit mir. Als wir satt waren, legten wir uns ins Gras. Nach diesem köstlichen Mahl war nun ausgiebiges Putzen angesagt. Mein Fell schmeckte nass ganz komisch. Auf dem Bauernhof war ich vor dem Regen immer in die Scheune geflüchtet.

Als wir unsere ausgiebige Körperpflege hinter uns gebracht hatten, streckten wir uns wohlig aus und schliefen.

„Kleine Mia, aufstehen, die Sonne steht schon tief, " weckte mich Tinka.

Ich war noch sehr müde und wollte einfach weiterschlafen, doch Tinka sagte, dass wir zurück zur Scheune mussten, weil die Streuneroma zum Füttern kam. Wenn wir nicht zur Stelle waren, würden die anderen Katzen von unserem Futter nichts mehr übrig lassen. Jetzt kam ich schnell auf die Füße. Wir hatten den ganzen Nachmittag verschlafen, und mein Magen machte sich knurrend bemerkbar. Das Abendessen wollte ich auf keinen Fall verpassen.

Bei der Scheune angekommen, warteten wir erwartungsvoll auf die Streuneroma. Carlos war auch da und gab mir einen freundlichen Nasenstupser. Er ließ es sich nicht nehmen mich mit den anderen Katzen bekannt zu machen. Der schwarze Alessio, der nur ein Auge hatte, die hübsche Tigerkatze Hope, der ängstliche Joseph, Pandora und Louis, die mich misstrauisch musterten. Es gab noch drei weitere Katzen, die aber, so erklärte mir Carlos, seit ein paar Tagen verschwunden waren. Wohin diese Katzen verschwunden waren erfuhr ich nicht. Die Streuneroma kam. Wir hörten ihr Auto schon lange bevor es bei der Scheune war. Wir Katzen liefen zu ihr hin. Nur Pandora und Louis blieben im Hintergrund. Sie vertrauten der Streuneroma noch nicht. Schnell füllte sie kleine Teller mit dem klebrigen Etwas, das ich nun schon gut kannte. Wir verschlangen unsere Portionen, und genossen es von der Streuneroma gestreichelt zu werden.

Nach dem Essen lagen wir entspannt auf der Wiese, die die Scheune umgab. Carlos hatte sich zu uns gesellt. „Na, Mia, wie gefällt es dir bei uns, " fragte er, und seine schönen Augen musterten mich fragend.

„Hier ist es sehr schön, aber sag' mal, warum wolltest du nicht bei deinen Menschen bleiben, Carlos." Immer wieder musste ich an die Geschichte von Carlos Paradies denken.

„Ich lebe viel lieber in Freiheit, " sagte er. „Ich streife durch die Wälder und diese Freiheit kann kein Zuhause ersetzen. Ich kann dir meine Freiheit gerne einmal zeigen, Mia."

„Carlos, du weißt genau, wie gefährlich es im Wald für uns ist. Die Menschen machen Jagd auf uns. Drei von uns sind schon seit Tagen verschwunden, " mischte sich Tinka in unser Gespräch ein.

„Das Leben ist Risiko! Ohne Risiko kein Spaß, " sagte Carlos und streckte sich wohlig.

„Die Menschen sind so böse, " sagte ich.

„Mich werden sie nicht erwischen, " brüstete sich Carlos. „Ich lebe schon so lange hier und kenne alle Schleichwege. Da kommt kein Mensch hin. Du kannst ohne Angst mit mir kommen, Mia. In der Nacht ist es im Wald besonders spannend. Da gibt es viele

Mäuse, und ich treffe andere Katzen. Die haben alle ein Zuhause."

„Vielleicht ein anderes Mal," sagte ich.

„Dann nicht, " sagte Carlos. Ich bin jede Nacht im Wald und mir ist noch nie etwas passiert. Das bisschen Futter von der Streuneroma reicht mir nicht. Ich brauche noch etwas Deftiges zwischen den Zähnen. Im Wald gibt es so viele Mäuse. In der Nacht sind die Menschen nicht unterwegs, denn sie können im Dunkeln nicht viel sehen. Am Tag muss man da schon aufpassen, aber, wie gesagt, ich kenne den Wald wie meine Westentasche."

„In der Nähe der Scheune gibt es auch viele Mäuse oder du kannst im Fluss nach Fischen jagen. Im Winter, wenn der Fluss zugefroren ist, gehe ich in die Stadt, um in den Mülltonnen nach Resten zu suchen. In den Wald gehe ich nicht, " sagte Tinka.

„Jedem das seine. Ich mag keine Reste aus den Mülltonnen, " sagte Carlos. „Mein Angebot steht, Mia."

Nach einem Nickerchen war es dunkel geworden. Hunger breitete sich in meinem Magen aus. Tinka ging es wie mir. Carlos war inzwischen verschwunden und so ging ich mit meiner neuen Freundin auf Mäusefang. Tinka war sehr geschickt. Sie fing eine Maus nach der anderen. Ich konnte nur staunen, denn ich brachte es in dieser Nacht gerade mal auf zwei mickrige Mäuse, aber meine Freundin sorgte wieder für mich.

Als der Morgen dämmerte waren unsere Bäuche gut gefüllt.

Inzwischen war der Sommer schon fast vorbei. Die Nächte waren schon kühlt. Wir verkrochen uns in der Scheune. Hier gab es kuschelig warme Decken, die die Streuneroma auf alten Sofas verteilt hatte. Seite an Seite schliefen wir ein.
Die Tage vergingen am Fluss. Ich hatte mich an mein Streunerdasein gewöhnt.
Inzwischen war ich schon eine geschickte Mäusefängerin, denn ich hatte mir von Tinka viele Tricks abgeschaut. Nur beim Fischfang war ich immer noch sehr ungeschickt. Die Fische waren glitschig und schnell. Als ich den ersten erwischte, war ich sehr stolz. Natürlich teilte ich meinen Fisch mit Tinka. Sie war für mich eine Ersatzmutter geworden, die in den letzten Wochen sehr gut für mich gesorgt hatte. Ich liebte sie über alles und konnte mir ein Leben ohne Tinka nicht mehr vorstellen. Carlos und die anderen Katzen mochte ich auch, aber meine Freundschaft zu Tinka war etwas ganz besonderes.
Die Tage vergingen, und es wurde Herbst. Eines Abends kam die Streuneroma nicht. Wir warteten ungeduldig auf unser Abendessen, aber sie kam einfach nicht. Tinka und die anderen Katzen erzählten, dass das noch nie vorgekommen war. Manchmal kamen auch andere Frauen, die uns Futter brachten, aber, dass niemand

kam, war ungewöhnlich. Mit knurrenden Mägen warteten wir, doch niemand kam. Ausgerechnet an diesem Tag hatten Tinka und ich bei der Jagd wenig Glück gehabt. Ich hatte mich so sehr auf ein leckeres Abendessen gefreut und war nun sehr enttäuscht.

„Wir werden wohl selbst für unser Abendessen sorgen müssen, " sagte Carlos. „Kommt mit mir in den Wald."

Der Hunger machte mich leichtsinnig. Ich war drauf und dran Carlos zu folgen, aber Tinka ließ das nicht zu.

„Nein Mia, geh' nicht in den Wald. Es ist sehr gefährlich. Lass uns in die Stadt gehen. Da werden wir sicher etwas Essbares finden."

Gehorsam folgte ich Tinka. Sie war meine Ersatzmama. Ich vertraute ihr bedingungslos, auch, wenn mich ein Abenteuer mit Carlos sehr reizte. Ich bewunderte den stolze Carlos für seinen Mut. Er war mein Held. Tinka foppte mich manchmal und sagte, dass ich in Carlos verliebt sei. Davon wollte ich nichts hören, aber das Herzklopfen, welches ich bei seinem Anblick verspürte, zeigte, dass die weisen Tinka schon Recht hatte. Eine gewisse Schwärmerei war schon dabei, auch, wenn ich mir das nicht eingestehen wollte. Leider blieb es bei dieser Schwärmerei, denn Carlos zeigte an mir wenig Interesse. Er war ein Vagabund, der nicht selten tagelang einfach verschwunden war. Dieses Leben wäre nichts für mich gewesen. Ich liebte die alte Scheune mit ihren kuscheligen Plätzchen, und ein Leben ohne Tinka konnte ich mir auch nicht vorstellen.

So folgte ich Tinka, nichtsahnend, dass mich in dieser Nacht ein Abenteuer erwarten sollte, das ich nicht so schnell vergessen würde.

Der Weg in die Stadt war weit. Es war schon empfindlich kalt, und ich folgte Tinka schweigend. Mein Magen tat weh und manchmal unterbrach er mit einem Knurren die Stille. Tinka erzählte mir von der Stadt, doch ich konnte ihr kaum folgen. Der Hunger war sehr schlimm.

In der Stadt angekommen, schlichen wir an den Häuserwänden entlang. Ich hatte große Angst. Menschen hasteten an uns vorbei. Manchmal hatten die Menschen Hunde dabei, die bei unserem Anblick laut bellten. Wir rannten weg und versteckten uns in den Hausfluren. Tinka führte mich zu den Mülltonnen eines Restaurants. Geschickt fischte sie nach Fleisch-und Fischresten, die sie mit mir teilte. Das Essen schmeckte fremdartig und brannte auf meiner Zunge. Noch nie hatte ich solche gewürzten Speisen gegessen. Trotzdem verschlang ich die Reste gierig. Als wir unseren Hunger gestillt hatten, schmerzte mein Magen. Kurze Zeit später wurde mir übel. Ich musste mich übergeben.

„Du wirst dich an dieses Essen gewöhnen,"
sagte Tinka und schleckte tröstend meinen
Kopf.

„Ich will nur noch zurück in unsere Scheune,"
sagte ich und dachte an den langen Weg,
der vor uns lag.

Wir liefen nicht den gleichen Weg zurück,
den wir gekommen waren. Übelkeit wühlte
immer noch in mir. Es fiel mir schwer mit
Tinka Schritt zu halten. Plötzlich stoppte ein
großes Auto neben uns. Schwarz gekleidete
Männer sprangen aus dem Auto. Ich geriet in
Panik und sprang in einen Hauseingang.
Kurz blickte ich mich nach Tinka um. Mit
Entsetzen sah ich, dass Tinka in einem
großen Netz gefangen war. Einer der Männer
packte Tinka und warf sie in das Auto. Die
Türen wurden geschlossen, das Auto fuhr
weiter und verschwand um die Ecke. Eiskalte
Angst griff nach mir. Tinka saß in dem Auto
fest. Ich konnte mir nicht vorstellen, dass
diese Männer gute Menschen waren. Tinka
war in großer Gefahr. Das spürte ich
instinktiv. Was sollte ich bloß tun? Ich dachte
an Carlos. Vielleicht wusste er einen Rat.
Schnell zurück zur Scheune, dachte ich.
Doch wo war ich? Fremde Gerüche
umgaben mich. Menschen hasteten an mir
vorbei, die mir Angst machten. Ich duckte
mich in die Hauseingänge, wenn ein Mensch
auf mich zulief. Ich hatte mich verlaufen, war
ohne Tinka in dieser angsteinflößenden Stadt
verloren.

Viele Stunden irrte ich durch die Straßen. Irgendwann wurden die Autos weniger, und die Häuser hatten große Gärten. Ich war der Stadt entkommen. Hier waren Wiesen. In einiger Entfernung begann der Wald. War es der Wald, der hinter unserer Scheune begann? Vielleicht war ich nur auf der anderen Seite, überlegte ich.

Ich musste nur den Wald durchqueren, um zu unserer Scheune zu kommen. Voller Angst dachte ich an Tinka, die mich vor dem Wald gewarnt hatte, doch ich hatte die Hoffnung, dass ich so zur Scheune gelangen konnte. Vielleicht traf ich auch Carlos. Was sollte ich tun, wenn ich die Scheune nicht fand? Mein Kopf schwirrte, und ich war völlig erschöpft. Alles war hoffnungslos. Tinka war nicht mehr bei mir. Mein Herz schmerzte. Tränen kullerten aus meinen Augen. Bald hatte ich den Wald erreicht. Carlos oder die Scheune zu finden waren meine letzte Hoffnung. Es musste eine Rettung für Tinka geben.

Ich tauchte in den Wald ein. Die Ruhe im Wald hatte, nach den Strapazen der Stadt, etwas Tröstendes für mich. Hier gab es keine Menschen. Das dichte Unterholz bot mir Schutz. Meine Augen durchsuchten die Dunkelheit nach Gefahren und nach Carlos. War ich in Carlos Wald oder hatte ich mich hoffnungslos verlaufen? „Carlos, " rief ich in die Dunkelheit. Meine Stimme hatte hier im Wald einen merkwürdigen Klang. Es raschelte im Laub. Hier waren viele Mäuse unterwegs, doch ich verspürte keine Lust zu jagen. Meine Gedanken kreisten um Tinka. Was taten diese Menschen ihr an? Hoffnungslosigkeit machte sich in mir breit. Ich war völlig erschöpft und sehr durstig. Würde ich je zur Scheune zurückfinden? Müde ließ ich mich auf den weichen Waldboden sinken. Nur kurz wollte ich ausruhen, doch meine Augen waren plötzlich schwer wie Blei. Ich schlief ein.

„Ja wen haben wir denn da?" Eine Stimme riss mich aus dem Schlaf. Ich öffnete die Augen und blickte in Carlos Gesicht.

„Carlos, ich bin so froh dich zu sehen, " rief ich und war sofort auf den Beinen.

„Was tust du hier, Mia, " fragte Carlos verdutzt.

Ich erzählte Carlos die Geschichte. Meine Stimme überschlug sich. Tränen liefen über mein Gesicht.

„Ach herje, das hört sich überhaupt nicht gut an, " sagte Carlos. „Wenn Menschen uns Katzen einfangen kommen wir in ein Tierheim, und wenn uns da niemand rausholt werden wir getötet. Die einzige, die Tinka helfen kann ist die Streuneroma."

„Aber sie ist doch nicht gekommen, " sagte ich verzweifelt.

„Ja ich weiß. Das ist noch nie vorgekommen, seit ich in der Scheune bin. Wir können nur zurückgehen und auf den Abend warten."

Ich trottete neben Carlos her. Bis zur Scheune war es nicht mehr weit. Dort angekommen verkroch ich mich unter einer

Decke. Völlig erschöpft fiel ich in einen unruhigen Schlaf, der voller schlimmer Träume war. Immer wieder sah ich Tinka, die in einem Netz gefangen war. Manchmal war auch ich in einem Netz gefangen.

Spät am Nachmittag erwachte ich. Carlos lag neben mir. Mein Magen machte merkwürdige Geräusche. Ich war hungrig, aber ich wollte jetzt auf keinen Fall auf die Jagd gehen. Sicher kam die Streuneroma bald. Sie würde sehen, dass Tinka nicht da war. Carlos hatte gesagt, dass sie Tinka bestimmt aus dem Tierheim holen würde. Wir setzten uns vor die Scheune. Es war ein schöner Herbsttag. Die Sonne wärmte unser Fell. Wir warteten bis es dunkel wurde. Die Streuneroma kam nicht. Mutlos folgte ich Carlos in den Wald. Wir brauchten etwas zu essen. Carlos führte mich zu einer Stelle im Wald, wo es viele Mäuse gab. Wir fingen in dieser Nacht viele Mäuse. In der Morgendämmerung kehrten wir zu der Scheune zurück und schliefen. Am Nachmittag warteten wir wieder auf die Streuneroma, die auch heute nicht kam. Manche von uns waren nicht sehr geschickt bei der Jagd. Sie litten großen Hunger. Carlos und ich sorgte für sie, so gut es ging. Wir Katzen vom Fluss waren Leidensgefährten, die in der Not zusammenhielten. Carlos war sehr in Sorge. Bald würde der Winter kommen. Ohne die Hilfe der Streuneroma sah es schlecht für uns aus. Jetzt konnten wir noch nach Fischen jagen, doch schon bald würde der

Fluss an seiner seichten Stelle gefrieren. Carlos hatte schon den ein oder anderen Winter ohne die Streuneroma hinter sich gebracht, als er noch auf der anderen Seite des Waldes lebte. Er erzählte mir von dem harten Leben, wenn niemand für uns Streuner sorgte. Das hörte sich alles sehr schlimm an, aber die Tatsache, dass niemand Tinka half, war noch viel schlimmer. Weitere Tage vergingen. Jeden Nachmittag warteten wir in der Scheune auf die Streuneroma. Die Enttäuschung war jeden Tag groß. Vor allem die blinde Pauline litt sehr. Sie liebte die Streuneroma über alles. Dann endlich hörten wir das Auto der Streuneroma. Wir hätten dieses Auto unter vielen anderen erkannt. Voller Erwartung saßen wir alle vor der Scheune. Das Auto hielt, aber es war nicht die Streuneroma, die auf der Fahrerseite ausstieg, sondern eine Frau, die sie manchmal begleitete. Sie ging um das Auto und öffnete die Beifahrertür. Schwerfällig stieg unsere Streuneroma aus dem Auto. Sie stützte sich auf zwei Krücken und konnte kaum laufen. In den nächsten Tagen erfuhren wir aus den Gesprächen der beiden Frauen, dass die Streuneroma in ihrer Wohnung gestürzt war und mehrere Tage ins Krankenhaus musste. Zum Glück konnte sie an ihr Telefon gelangen und einen Rettungswagen rufen. Im Krankenhaus hatte ihre ganze Sorge ihren Katzen gegolten, doch, wie es der Zufall so will, war niemand,

der ihr hin und wieder mit den Katzen half,
erreichbar.
Heute konnte sie endlich wieder zu ihren
Katzen. Schnell wurden unsere Teller gefüllt.
Wir stürzten uns gierig auf das herrliche
Futter. Natürlich bemerkte die Streuneroma
sehr schnell, dass Tinka fehlte.
„Tinka fehlt, " sagte sie aufgeregt zu ihrer
Freundin. „Das ist noch nie vorgekommen."
„Bitte reg dich nicht auf! Du weißt, dass der
Arzt dir eigentlich noch Bettruhe verordnet
hat. Ich werde morgen früh gleich in den
Tierheimen anrufen. Vielleicht wurde Tinka ja
eingefangen."
An diesem Abend ging keiner von uns auf die
Jagd. Unsere Bäuche waren gefüllt bis zum
Platzen. Wir legten uns zufrieden auf unsere
Decken. Die letzten Tage waren sehr
aufregend gewesen. Wir waren glücklich,
dass die Streuneroma gekommen war.
Vielleicht würde sie morgen Tinka finden.
Dann war alles wieder gut.
In der Nacht träumte ich von Tinka. Wir liefen
im Sonnenschein über eine saftig grüne
Wiese. Um uns herum segelten
wunderschöne Schmetterlinge in der warmen
Sommerluft. Als ich am Morgen erwachte
schien die Sonne in die Scheune. Ausgeruht
und den schönen Traum in der Erinnerung
streckte ich mich wohlig auf meiner Decke.
Gemächlich schlenderte ich zu den
Tellerchen mit Trockenfutter, die immer noch
gut gefüllt waren. Nach dem Frühstück setzte
ich mich vor die Scheune und begann meine

Körperpflege. Irgendwie hatte ich das Gefühl, dass heute ein guter Tag war. Die Hoffnungslosigkeit der letzten Tage war verflogen. Ich war voller Hoffnung, dass ich heute Tinka wiedersehen würde.

Tatsächlich hörte ich schon bald das Auto der Streuneroma näherkommen. Die Frau von gestern stieg aus dem Auto aus. Die Streuneroma war nicht dabei. Sie holte eine Transportbox aus dem Kofferraum. Ich sah, dass Tinka in der Box war. Sie hatte sich in den hinteren Teil der Box verkrochen. Als die Frau die Box öffnete lief ich erwartungsvoll auf Tinka zu, die vorsichtig aus der Box kroch. Die Begrüßung verlief nicht so, wie ich sie mir ausgemalt hatte. Kaum war Tinka aus der Box gekrochen, rannte sie panisch in das Innere der Scheune. Als ich nach ihr suchte, fand ich sie nicht. Meine Rufe nach Tinka verhallten ungehört in der Scheune. Selbst als die Frau unsere Teller mit Futter auffüllte kam Tinka nicht aus ihrem Versteck. Ich war schon etwas enttäuscht, aber auch sehr froh, dass Tinka wieder hier war.

Es dauerte bis zum späten Abend bis Tinka endlich aus ihrem Versteck kam. Sie war hungrig. Nachdem sie einen Teller Futter verputzt hatte, legte sie sich auf unsere Decke. Behutsam legte ich mich neben sie .Tinka putzte ausgiebig ihr Fell, das irgendwie ungepflegt aussah. Dann rollte sie sich zusammen und schlief ein. Was war nur mit ihr geschehen? Ich sollte es nie erfahren. Tinka war nicht mehr die Alte. In den nächsten Tagen schlief sie sehr viel. Die Streuneroma und ihre Freundin kamen mehrmals am Tag vorbei, um nach Tinka zu sehen. Sie setzten sich auf die alten Sessel. Die Streuneroma nahm Tinka auf den Arm. Tinka kuschelte sich an die Streuneroma. Wir hörten wie sich die Frauen über die schlimmen Zustände in dem Tierheim unterhielten. Ein paar Tage später hätte es für Tinka keine Rettung mehr gegeben. Traurig dachte ich, dass unser Leben nicht viel wert war. Meine Begegnungen mit Menschen beschränkte sich auf die wenigen, die so lieblos mit mir umgegangen waren und die Streuneroma und ihre Helferinnen, die für uns sorgten. Warum gab es diese bösen Menschen? Wir taten doch niemanden etwas zuleide. Ich verstand das nicht. Ich wollte immer hier in der Scheune leben. Tinka hatte mir erzählt, dass manchmal Menschen mit der Streuneroma kamen, die einer Katze ein Zuhause geben wollten. Nie wollte ich zu einem Menschen. Ich nahm mir vor mich vor diesen Menschen zu verstecken.

Die Tage vergingen. Tinka erholte sich von der schlimmen Zeit im Tierheim. Inzwischen war es schon empfindlich kalt, doch es gab viele sonnige Tage, an denen wir durch die kahlen Wiesen liefen, auf der Suche nach Mäusen. Nie erwähnte Tinka ihre Erlebnisse im Tierheim, und irgendwie traute ich mich nicht sie danach zu fragen. Auch die anderen

Katzen fragten Tinka nicht nach ihren Erlebnissen.

Tinkas Unglück schweißte uns noch enger zusammen. Tinka, Carlos und ich waren ein Team, auch wenn Carlos immer noch nachts in den Wald ging, und manchmal sogar ein oder zwei Tage verschwunden war. Nicht nur das Verschwinden von Tinka hatte einiges verändert. Der Unfall der Streuneroma war an uns nicht spurlos vorbeigegangen. Wir hatten in der blinden Pauline eine neue Freundin gefunden. Die Arme war nicht mehr die Jüngste, und vor dem Unfall war sie sehr zurückhaltend gewesen. Nun, da wir Pauline besser kannten erfuhren wir auch den Grund. Pauline war vor ein paar Jahren erblindet. Ihre Menschen hatten sie einfach auf einem Parkplatz ausgesetzt. Eine Frau hatte sie zu der Streuneroma gebracht. Pauline hoffte immer noch, dass ihre Menschen nach ihr suchen würden. Die neue Situation machte ihr große Angst. Viele Jahre hatte sie mit ihren Menschen in einem schönen Zuhause gelebt. Die vielen Katzen hier machten ihr große Angst. Pauline saß meist im hintersten Teil der Scheune und ging kaum nach draußen. Sie kam zwar mit ihrer Blindheit gut zurecht, doch sie konnte es immer noch nicht begreifen, dass ihre Menschen sie einfach ausgesetzt hatten. Als die Streuneroma nicht zum Füttern kam, hatte sie ganz teilnahmslos auf ihrer Decke gelegen. Wieder hatte sie ein Mensch verlassen. Ich glaube, wenn Carlos und ich uns nicht um Pauline gekümmert hätten, wäre sie einfach gestorben. Die Erfahrung, dass andere Katzen an ihrem Unglück Anteil nahmen war für Pauline neu. Immer hatte sie mit ihren Menschen allein in der Wohnung gelebt. Sie kannte es auch nicht mit anderen Katzen durch die Wiesen zu streifen. Für Pauline war das hier ein völlig neues Leben, das sie immer mehr genoss. Der Umstand, dass sie nicht mehr sehen konnte, hinderte sie nicht daran mit uns durch die Wiesen und Felder zu streifen. Die alte Pauline erlebte ein ganz neues Glück. Sie schlief sogar mit auf unserer Decke und die Wärme, die wir uns gegenseitig schenkten, tat ihren alten Knochen gut. Tinka und ich freuten uns sehr, dass wir in Pauline eine neue Freundin gefunden hatten.

Eines Morgens, als ich erwachte lag Pauline nicht auf unserer Decke. Ich machte mir keine Gedanken und streckte mich wohlig auf der Decke aus. Sicher war Pauline nur kurz nach draußen gegangen. Später, als wir das Trockenfutter vom Abend vertilgten, war Pauline immer noch nicht zurück. Wir liefen um die Scheune und suchten nach ihr. Ohne Erfolg.

„Vielleicht ist sie gestorben, " sagte Tinka plötzlich. Ein Schauer lief durch meinen Körper. Tinkas Stimme hatte etwas Endgültiges.

Wir fanden Pauline ausgestreckt auf ihrer Decke im hinteren Teil der Scheune. Sie hatte sich zum Sterben von uns zurückgezogen. Friedlich lag sie da, und ich hoffte, dass sie nur schlief, aber Pauline war gestorben. Traurig saßen wir bei ihr, bis die Streuneroma kam. Nachdem sie Futter auf unsere Teller verteilt hatte und wir uns nicht gierig über das Futter hermachten, rief sie nach uns. Die Streuneroma verstand sofort, dass etwas nicht stimmte, als sie unser klägliches Miauen hörte. Traurig blickte die Streuneroma auf die tote Pauline. Eine Weile saß sie bei der toten Pauline und streichelte ihr Fell. Dann wickelte sie Pauline behutsam in die Decke und trug sie nach draußen. Wir beobachteten die Streuneroma wie sie auf dem kleinen sonnigen Hügel, der hinter der Scheune war, ein Grab für Pauline grub. Auf dem Hügel unter der Trauerweide musste die Streuneroma schon viele Katzen begraben. Tinka hatte mir davon erzählt, als wir an einem heißen Sommertag unter der Trauerweide Schatten suchten.

Die Streuneroma legte Pauline in das Grab. Nachdem die Erde Paulines Körper bedeckt hatte kniete sie neben dem Grab und weinte. Tinka und ich gingen zu der Streuneroma und schmiegten uns an sie. Nach und nach kamen auch ein paar der anderen Katzen auf den Hügel. Es war kalt an diesem Abend. Stille umgab uns.

Im nächsten Frühjahr würde die Streuneroma eine Hortensie auf Paulines Grab pflanzen. Diese Blumen liebte sie sehr. Sie waren für die alte Frau eine letzte Ehrerbietung für ihre Katze, die sterben mußten. Die wunderschönen Blumen waren ein Zeichen ihrer großen Liebe für die Tiere.

2.Kapitel

Der Winter meinte es gut mit uns Katzen
vom Fluss, denn er war nicht besonders kalt.
Nicht einmal der Fluss fror an seiner seichten
Stelle zu, so, dass wir immer noch den einen
oder anderen Fisch erwischen konnten.
Pauline fehlte uns sehr. Oft saßen Tinka und
ich auf dem kleinen Hügel und sprachen von
ihr. Ich war sehr traurig, weil Pauline in ihren
letzten Wochen mit uns so glücklich war.
Endlich war die Scheune ihr Zuhause
geworden. Ihr Tod war so ungerecht!
„Sei nicht traurig, kleine Mia, " sagte Tinka
mit ihrer sanften Stimme. „Pauline ist nur
über die Regenbogenbrücke gegangen. Sie
lebt jetzt in einem Land in dem sie nie wieder
Leid oder Schmerzen erfahren muss."
„Glaubst du, dass es so ein Land gibt, "
fragte ich Tinka ungläubig.
„Ganz bestimmt, kleine Mia. Alle Tiere gehen
über die Regenbogenbrücke, und wenn es
Menschen in ihrem Leben gab, die sie
geliebt haben, treffen sie diese Menschen in
dem wunderschöne Land, wenn für sie die
Zeit gekommen ist von dieser Welt zu
gehen."
„Aber was passiert mit den vielen Tieren die
niemand liebt, " fragte ich ängstlich.
Tinka rieb ihren Kopf an meinem Kopf.
„Diese Tiere werden zu wunderschönen
Engel, " sagte sie. „Die Engel finden hinter
der Regenbogenbrücke ein noch viel
schöneres Land in dem sie für alle Zeit in

jeder Sekunde ihres ewigen Lebens Glück erfahren."

„Das ist schön, " sagte ich.

Der Winter ging vorbei. Die ersten Schneeglöckchen spitzten schon aus der Erde. An manchen Tagen wärmte die Sonne unser Fell. Wir waren froh den Winter überstanden zu haben. Eines Morgens kam die Frau, die manchmal zum Füttern kam, mit einer Transportkiste in der zwei Katzen saßen. Die Frau brachte sie in das Haus, das hinter der Scheune war. Hier mussten alle neuen Katzen für eine Weile bleiben. Carlos, Tinka und ich setzen uns vor den Freilauf, der zu dem Haus gehörte. Als sich die beiden Kater endlich aus der Kiste heraus wagten, begrüßten wir sie freundlich. Die anderen Katzen hielten sich misstrauisch im Hintergrund.

„Ich bin Mia, " sagte ich freundlich. „Wie sind eure Namen und wo kommt ihr her?"

„Ich bin Paul und das ist Oscar. Bevor wir eingefangen wurden haben wir auf einem Bauernhof gelebt. Dort mussten wir uns immer selbst durchschlagen. Manchmal hatten wir großen Hunger, aber es war schön dort, " schwärmt Paul und erzählte nun wie ein Wasserfall von dem Bauernhof.

Ich hörte zu und staunte nicht schlecht, denn vieles was Paul erzählte, erinnerte mich an den Bauernhof auf dem ich geboren wurde. Je mehr Paul erzählte, umso mehr Erinnerungen kamen in mir hoch. „Sag' mal Paul, ist deine Mutter eine schwarzweiße

Katze, die einen großen schwarzen Punkt auf der Nase hat, " fragte ich.

„Ja genau, woher weißt du das, " fragte nun Oscar, der bisher geschwiegen hatte.

„Wir haben zusammen auf dem Bauernhof gelebt, " sagte ich und konnte dieses Glück nicht fassen. „Ich bin eure Schwester. Wisst ihr noch als das Auto mit den Menschen kam, die mich mitgenommen haben?"

„Du bist unsere Schwester, " fragte Oscar ungläubig.

„Ja, ich bin eure Schwester, " sagte ich und konnte mein Glück nicht fassen.

Ich hatte meine Brüder gefunden. Wo unsere Mutter war wussten die beiden nicht. Eines Tages war sie nicht zurückgekommen. Paul und Oscar hatten mit drei anderen Katzen auf dem Bauernhof gelebt. Die Menschen waren schon lange weg. Sie hatten zwar nie für die Katzen gesorgt, doch in ihrem Müll fanden die Katzen oft etwas zu essen. Nachdem die Menschen weg waren, ging es den Katzen sehr schlecht. Eines Tages wurden Tierschützer auf sie aufmerksam. Sie brachten ihnen Futter. Dann stellten sie das Futter in komische Boxen, und als Paul und Oscar das Futter gierig verschlangen, waren sie in den Boxen gefangen. Man brachte sie in ein Haus, wo sie in andere Boxen kamen. Die Menschen machten Dinge mit ihnen die ihnen große Angst machten, aber sie hatten immer gutes Futter.

Nun hatte man sie in ein neues Gefängnis gebracht.

„Ihr müsst nicht lange hier drin bleiben, "
tröstete Tinka die beiden Neuankömmlinge.
„Wann können wir hier raus," wollte Paul
wissen.
„Ihr müsst euch noch etwas gedulden. Die
Streuneroma möchte nicht, dass ihr
wegrennt," erklärte Carlos.
„Mia, wie lange warst du hier drin," wollte
Oscar wissen.
„Überhaupt nicht," sagte ich. „Carlos hat mir
dieses tolle Zuhause gezeigt."
„Wenn wir hier rauskommen, laufen wir zu
dem Bauernhof zurück. Es ist nicht weit. Mia,
du kannst mitkommen," sagte Paul.
„Was wollt ihr denn da," fragte ich. „Hier geht
es uns allen sehr gut. Naja, vielleicht komme
ich mit, um den Bauernhof noch einmal zu
sehen."

Dazu kam es nicht, denn als Paul und Oscar
nach draußen durften, verschwanden sie
noch am selben Tag auf
Nimmerwiedersehen. Ich war sehr traurig,
denn ich hatte meine Brüder ein zweites Mal
verloren.
Unser Leben in der Scheune ging weiter.
Dem milden Winter folgte ein verregneter
Frühling. Jeden Tag hoffte ich, dass meine
Brüder doch noch zurückkamen. Manchmal
streifte ich mit Tinka in der Umgebung
umher, in der Hoffnung den Bauernhof zu
finden. Er sollte ja ganz in der Nähe sein. Wir
fanden ihn nicht, so sehr wir auch suchten.

Irgendwann hörte der Regen endlich auf. Die Sonne lachte von einem blauen Himmel. Alles wurde grün, die Vögel zwitscherten und überall kamen die Frühlingsblumen aus der Erde.

Eines Tages kam die Streuneroma am Morgen zu der Scheune. Das war ungewöhnlich, denn zum Füttern kam sie immer erst am Nachmittag. Wir begrüßten sie freudig. Sie setzte sich in ihren Sessel, der in der Scheune stand. Instinktiv spürten wir, dass irgendetwas nicht in Ordnung war. Die Streuneroma sah sehr bekümmert aus, wie sie da in dem alten Sessel saß. Kurze Zeit später kamen zwei fremde Frauen. Wir versteckten uns. Fremde mochten wir überhaupt nicht. Was die Menschen zu besprechen hatten verstanden wir nicht, bis auf die schlaue Tinka. Sie erzählte uns später, dass die Streuneroma Hilfe brauchte, denn sie war nicht mehr die Jüngste. Die Arbeit und die vielen Sorgen mit ihren Streunern wuchsen ihr über den Kopf. Später erfuhren wir, dass es sich bei den beiden Frauen um die Tochter der Streuneroma und deren Freundin handelte. Nach dem Gespräch gingen sie mit der Streuneroma nach draußen. Sie luden Kisten aus einem Auto und das Gesicht der Streuneroma wurde von einem glücklichen Lächeln erhellt. Neugierig schlich ich mich heran. Eine der jungen Frauen hielt mir eine Leckerei hin. Ich konnte einfach nicht widerstehen und schnappte den leckeren Happen aus ihrer

Hand. Dann verschwand ich mit meiner Beute hinter einem Busch.

„Das ist ja eine ganz Süße," rief die Frau, die mir die Leckerei gegeben hatte.

„Das ist unsere Mia," sagte die Streuneroma.

„Sicher werden wir für sie schnell ein Zuhause finden," sagte die andere Frau.

„Das wäre schön," sagte die Streuneroma. „Aber ihr müsst wissen, dass Mia und die dreibeinige Tinka unzertrennlich sind. Ich möchte die beiden nur gemeinsam vermitteln."

„Oh, wenn die zwei so dicke Freundinnen sind, werden wir sie natürlich nicht trennen. Leider wird das nicht einfach werden für beide ein Zuhause zu finden, " sagte eine der Frauen.

Ich kannte, außer der Scheune, in der wir die meiste Zeit alleine lebten, kein Zuhause. Hier war ich zuhause. Nie wollte ich diesen Ort verlassen und, wenn ich an die schreckliche Zeit ohne Tinka dachte, zog sich mein Magen zusammen.

Von diesem Tag an kamen die beiden Frauen öfter vorbei. Sie brachten große Kisten mit Futter. Manchmal nahmen sie auch eine Katze mit. Die Streuneroma freute sich darüber sehr, denn die Katzen, die von den beiden Frauen mitgenommen wurden, kamen in ein schönes Zuhause. Die Streuneroma und die beiden Frauen sprachen von nichts anderem als von dem großen Glück, wenn eine von uns in ein schönes Zuhause kam. Tinka und ich wollten nicht in ein schönes Zuhause. Wir waren hier glücklich. Alle Menschen, außer der Streuneroma, machten uns große Angst.

Auch Carlos hielt von den Veränderungen in der Scheune nichts. Carlos hatte Angst seine über alles geliebte Freiheit zu verlieren. Sobald die neuen Menschen kamen, war Carlos verschwunden.

Der Frühling war, nach dem Regen, trocken und warm. Alles hätte wunderschön sein können, aber ich vermisste meine Brüder, die ich nur kurz kennenlernen durfte. Ich wusste, dass der Bauernhof nicht weit von der Scheune weg war. Oscar hatte mir erzählt, dass man nur durch den Wald gehen musste. Tinka und ich hatten nach einem anderen Weg gesucht, aber leider nicht gefunden. Der Wald war ein Thema auf das Tinka richtig panisch reagierte. Sie lehnte es rigoros ab mit mir, durch den Wald zu gehen, auch, wenn ich noch so sehr darum bat. Irgendwann wurde ich richtig ärgerlich und fragte Carlos nach dem Bauernhof. Carlos kannte den Hof sehr gut und bot mir an mich hinzubringen. Wir hatten Tinka nie erzählt, dass ich, als sie im Tierheim festsaß, mit Carlos Streifzüge durch den Wald unternommen hatte. Die Zeit im Tierheim hatte Tinka sehr verändert. Sie war noch ängstlicher als zuvor. Von Streifzügen in die Stadt wollte sie auch nichts mehr wissen. Tinka blieb nun immer in der Nähe der Scheune.

Eines Tages sagte ich zu Tinka: „Tinka, sei
bitte nicht böse auf mich, aber ich möchte
unbedingt zu dem Bauernhof, um nach
meinen Brüdern sehen."
Tinka sah mich aus weit aufgerissenen
Augen an: „Das darfst du nicht tun. Ich will
dich nicht auch noch verlieren, " sagte sie,
und Tränen schimmerten in ihren schönen
Augen, die so unergründlich waren.
„Wen hast du denn verloren, " fragte ich.
Tinka senkte ihren Kopf und sagte leise:
„Meinen Sohn."
Mit leiser Stimme erzählte sie mir ihre
Geschichte, die ganz tief in ihrem Herzen
verschlossen war. Tinka lebte als junge
Katze in einem schönen Zuhause. Damals
war sie eine wunderschöne Katze, die noch
alle vier Pfoten hatte. Die Kater in der
Nachbarschaft standen Schlange bei ihr,
doch keiner war für sie gut genug, bis sie
einen großen Streunerkater traf und sich
unsterblich in ihn verliebte. Schon bald
wusste Tinka, dass sie Mama werden würde.
Tinka schenkte zwei Kätzchen und einem
Kater das Leben. Das Glück mit ihren
Kindern tröstete sie über die Tatsache,
hinweg, dass ihr geliebter Roman ein
Vagabund war. Anfangs kümmerte er sich
noch um seine Kinder, blieb aber immer
längere Zeit weg und war schließlich
verschwunden. Tinka war sehr traurig
darüber, doch die Kinder verlangten nach
ihrer Aufmerksamkeit, so, dass sie wenig Zeit
für ihre Trauer hatte.

Als die Kleinen größer wurden, gab es das nächste Unglück in Tinkas Leben. Die Menschen brachten die beiden Kätzchen weg. Sie kamen, so sagten sie ihr, in ein schönes Zuhause. Tinka war unendlich traurig. Sie gab dem kleinen Kater, der ihr noch geblieben war, all ihre Liebe, bis er eines Tages verschwunden war. Tinka suchte verzweifelt nach ihrem Sohn und fand ihn, nach Tagen, tot in einem Wald. Ein Jäger hatte ihn erschossen. Es war Herbst. Der kleine Körper lag in einer Mulde, zugedeckt vom buntem Herbstlaub.

Nachdem Tinka ihre Kinder verloren hatte, durfte sie nie wieder Mutter werden. Die Menschen brachten sie zu einem Tierarzt und sorgten dafür, dass sie nie wieder Kinder bekam.

Ein paar Jahre später verließen ihre Menschen das Haus. Sie ließen Tinka zurück, die bis heute nicht verstand, warum sie das taten. Immer war sie für ihre Menschen eine gute Katze gewesen. In ihrem ganzen Leben würde Tinka nicht verstehen, warum sie ihr das angetan hatten. Von heute auf morgen musste sie ein Streunerdasein führen. In einem bitterkalten Winter wurde Tinka von einem Auto erfasst und in einen Graben geschleudert. Dort lag sie blutend, den Tod vor Augen, bis mitfühlende Menschen sie zu einem Tierarzt brachten. Der Arzt konnte zwar ihr Leben retten, doch ein Bein musste amputiert werden. Als Tinka gesund war, brachte sie eine Helferin des Arztes zu der Streuneroma. Tinkas Geschichte, die sie mir noch nie erzählt hatte, berührte mich sehr. Ich sah in Tinkas schönen, von Tränen verschleierten Augen und fühlte mich noch enger mit ihr verbunden. Tröstend rieb ich meinen Kopf an dem ihren und sagte: „Liebe Tinka, das tut mir so leid."

„Kleine Mia, es muss dir nicht leid tun, denn ich bin mir ganz sicher, dass alle Tiere, die durch böse Menschen sterben müssen in einem neuen wunderschönen Leben wieder geboren werden. Diese Tiere leben auf den Abertausende Sterne, die wir in der Nacht sehen. Wenn ich ganz besonders traurig bin, blicke ich in den Nachthimmel und suche mir den hellsten Stern aus, denn all die wunderschönen Sterne sind die Heimat dieser Tiere. In meiner Phantasie lebt mein Sohn auf einen ganz hellen Stern ein wundervolles Leben," sagte Tinka.

„Ist er nicht über die Regenbogenbrücke gegangen," fragte ich erstaunt, denn Tinka hatte mir doch von diesem wunderschönen Leben hinter der Regenbogenbrücke erzählt, als Pauline starb.

„Aber sicher, " sagte Tinka. „Auch das Land hinter der Regenbogenbrücke hat einen Sternenhimmel. Nur wir Tiere und die Menschen, die uns lieben, können ihn sehen."

Tinkas Unglück tat mir in der Seele weh. In den nächsten Tagen vermied ich das Thema

Bauernhof, denn nun verstand ich ihre Angst. Ich war hin und her gerissen, denn der Wunsch nach meinen Brüdern zu suchen war immer noch sehr groß. Carlos war der Meinung, dass ich mein eigenes Ding machen musste.

„Du hast ein eigenes Leben und du musst deine eigenen Erfahrungen machen. Das wird Tinka verstehen, " sagte er.

Für Carlos war das ganze Leben ein Spiel, dachte ich, aber ich wollte Tinka nicht verletzen.

„Morgen bringe ich dich zu dem Bauernhof", sagte Carlos. „Dann kannst du deine Brüder treffen. Sag' Tinka heute noch, dass du mit mir gehen wirst. Sie wird es verstehen."

Ich seufzte. Carlos hatte Recht. Unbedingt musste ich wissen, wie es meinen Brüdern ergangen war in der Zwischenzeit. Sie waren in einem erbärmlichen Zustand gewesen, als sie zu uns kamen. Jetzt waren sie wieder auf sich alleine gestellt. Vielleicht konnte ich sie dazu überreden mit mir zurück zur Scheune zu kommen. Carlos glaubte nicht an diese Möglichkeit, denn meine Brüder lebten schon lange ohne Menschen und hatten gelernt damit klar zu kommen. Der Bauernhof war ihr Revier.

Am Abend saß ich mit Tinka am Fluss. Wir hatten ein ausgiebiges Abendessen hinter uns, das wir an diesem Tag von der Tochter der Streuneroma erhalten hatten. Sie kam in letzter Zeit oft zur Scheune. Wir hatten uns inzwischen an sie gewöhnt, hielten aber immer noch einen großen Abstand. Die Tochter und ihre Freundin, die fast immer mitkam, bemühten sich sehr um unser Vertrauen. Sie brachten uns so viel Futter, dass wir uns alle richtig satt essen konnten. Das war eine große Menge Futter, denn in und um die Scheune lebten inzwischen fünfundzwanzig Katzen. Manchmal kamen auch noch Katzen dazu, die ein Zuhause hatten, aber zeitweise lieber ein Streunerleben führten. Auch die Igel, die bei der Scheune lebten, mochten unser Futter und bedienten sich, wie selbstverständlich, an unseren Tellern. So war es schon ein großes Glück, dass wir, seit die beiden Frauen zu der Scheune kamen, alle satt wurden.

Tinka und ich saßen also am Fluss. Nachdem wir uns nach dem köstlichen Abendessen ausgiebig geputzt hatten, beobachteten wir Fische, die flink durch die Wellen schwammen.

„Morgen werde ich mit Carlos zum Bauernhof gehen, " sagte ich bestimmt und blickte weiterhin auf den Fluss. Ich mochte Tinka nicht anschauen, denn ich fürchtete mich vor ihrer Reaktion.

„Ich weiß, kleine Mia, du musst nach deinen Brüdern suchen, " sagte Tinka, mit sanfter Stimme, zu meiner Überraschung.

Ich war erleichtert und hatte trotzdem ein ungutes Gefühl in der Magengegend. Später, als wir uns in der Scheune auf unsere Decke kuschelten, schmiegte ich mich ganz eng an

Tinka. Ich spürte wie ihre Zunge meinen Kopf schleckte. Bald schlief ich ein und träumte von dem Bauernhof. Alles war so wie früher, als ich noch klein war. Ich lebte mit meinen Brüdern, meiner Mutter und Tinka in der schönen großen Scheune, die mit duftendem Heu gefüllt war. Wenn wir hungrig waren gingen wir einfach in das Wohnhaus. Dort hatten unsere Menschen Schälchen mit leckerem Futter hingestellt. Jeden Abend, wenn unsere Menschen im Wohnzimmer saßen, waren wir alle bei ihnen. Unsere Menschen streichelten uns, und wir schmiegten uns ganz eng an sie.

Es roch nach Regen, als ich am nächsten Morgen, vor der Scheune, auf Carlos wartete. Ich war sehr aufgeregt. Meine Augen wanderten zum Waldrand. Von Carlos war noch nichts zu sehen. Wie jeden Abend war er auch gestern im Wald verschwunden. Carlos ließ sich Zeit. Als er endlich auftauchte, seufzte Tinka, denn es viel ihr sehr schwer, mich gehen zu lassen. Ich verabschiedete mich von Tinka und trottete hinter Carlos her, der von seinem nächtlichen Streifzug sehr müde war. Wir tauchten in den Wald ein, denn ich zum ersten Mal im Tageslicht sah. Die Regenwolken hatten sich verzogen und der Frühlingssonne Platz gemacht, die durch die, noch kahlen Äste, schien und uns wärmte. Der Wald, den ich in der Nacht als angsteinflößend empfunden hatte, war im Tageslicht ein wundervoller Ort.

Vögel zwitscherten und es war schön über den weichen Boden zu gehen.

Bald verließen wir den Wald. Vor uns lagen Felder und Wiesen. Nachdem wir ein Feld und eine Wiese überquert hatten, sahen wir den Bauernhof. Aus der Ferne riefen die Gebäude keine Erinnerungen in mir wach, doch als wir den Bauernhof erreichten war es so, als wäre ich nie weg gewesen. Alles war vertraut, nur die Stille, die uns umgab, störte meine Erinnerungen. Früher war es hier sehr lebhaft gewesen. Man hörte das Quieken der Schweine und das tiefe Muh der Kühe, wenn man über den Hof spazierte. Hühner, Gänse und Enten machten einen Riesenlärm. Geschäftige Menschen, die uns Katzen verjagten, wenn wir ihnen im Weg waren, eilten über den Hof. Jetzt war es auf dem Hof still. Die Menschen und die Tiere waren verschwunden. Wir streiften durch den verlassenen Stall. Ich rief nach meinen Brüdern und bekam keine Antwort. Carlos folgte mir zu dem Wohnhaus. Vielleicht waren meine Brüder hier. Früher, als die Menschen noch hier wohnten, war es für uns Katzen verboten ins Haus zu gehen. Wer sich nicht daran hielt, wurde mit Fußtritten verjagt. Als wir am Haus ankamen, sahen wir, dass die Tür verschlossen war. Am unteren Teil der Tür war eine komische Öffnung, die Carlos neugierig begutachtete. „Eine Katzenklappe, " sagte er fachmännisch. Er stupste das merkwürdige Ding mit dem Kopf an und verschwand im

Innern des Hauses. Ich machte es ihm nach.
Es war kinderleicht ins Haus zu gelangen.
Im Innern des Hauses gab es einige Möbel,
und, zu unserer großen Freude, fanden wir
Teller, die mit Futter gefüllt waren. Wir waren
hungrig und ließen es uns schmecken.
„Was tut ihr hier, " ertönte plötzlich eine
Stimme hinter uns.
Erschrocken drehten wir uns um und
erblickten zwei Katzen in Angriffsstellung.
Carlos erholte sich sehr schnell von dem
Schrecken, während ich starr vor Angst war.
„Keine Panik, " sagte er. „Diese hübsche
junge Dame ist auf der Suche nach ihren
Brüdern. Vielleicht könnt ihr helfen."
„Da könnte ja jeder kommen und sich an
unserem Futter bedienen. Wie heißen denn
ihre Brüder, " fragte eine der Katzen und ihre
Augen blitzten.
„Paul und Oscar," sagte Carlos, weil ich kein
Wort heraus brachten.
„Glück gehabt, die wohnen tatsächlich hier, "
sagte eine der Katzen. „Kommt mit."
Über eine Treppe erreichten wir die zweite
Etage des Hauses. In einem Zimmer stand
ein altes Bett auf dem, zusammengerollt,
Paul und Oscar schliefen. Glücklich lief ich
auf meine Brüder zu und stupste sie mit der
Nase. Fast gleichzeitig hoben sie den Kopf
und blinzelten uns verschlafen an. Dann war
Oscar auf den Beinen.
„Mia, bist du das wirklich," rief er überrascht.

„Ja, ich freue mich so euch zu sehen. Warum seid ihr bloß weggelaufen, " sagte ich freudig.

„Paul, der inzwischen auch aufgestanden war sagte: „Weil wir hier zuhause sind, kleine Mia. Aber es ist so schön euch zu sehen." Gemeinsam saßen wir auf dem alten Bett. Carlos und ich lauschten der Geschichte, die Paul und Oscar uns erzählten. Sie waren zu dem Bauernhof zurückgekehrt, weil sie das Heimweh quälte. Lieber wollten sie Hunger leiden, als ihr Zuhause zu verlassen. Zu ihrer großen Überraschung waren, nach ein paar Tagen, die beiden Frauen, die sie aus der Scheune kannten und die Streuneroma zum Bauernhof gekommen. Sie stellten für die Katzen, die hier lebten, Futterschalen hin und kamen nun jeden zweiten Tag mit herrlichem Futter. Ich freute mich für meine Brüder, die hier glücklich leben konnten. Später streifte ich mit den Beiden umher. Carlos, der von seinem nächtlichen Streifzug müde war, hatte es sich auf dem Bett gemütlich gemacht und schlief. Vieles auf dem Bauernhof war mir sehr vertraut. Ich erinnerte mich an die schöne Zeit, die ich mit meiner Mutter und meinen Geschwistern verbringen durfte.

„Du kannst doch bei uns bleiben, " sagte Oscar, als wir gemütlich in der Sonne lagen.

„Ich kann Tinka nicht alleine lassen." Der Abschied am Morgen war mir sehr schwer gefallen. Ein Leben ohne Tinka konnte ich mir nicht vorstellen.

„Tinka kann doch auch hier leben, " sagte Paul.

„Das ist nicht so einfach. Tinka hat große Angst durch den Wald zu gehen, und ich glaube, sie würde die Scheune nie verlassen. Seit Tinka im Tierheim war, ist sie ganz verändert, " erklärte ich.

Oscar blickte mich mit großen Augen an.

„Warum war Tinka im Tierheim?"

Ich erzählte meinen Brüdern von unserem Ausflug in die Stadt, der für Tinka ein schlimmes Ende nahm. Die Augen meiner Brüder wurden immer größer. „Arme Tinka, " sagte Paul. „Als sich hier niemand um uns kümmerte waren wir auch öfter in der Stadt auf der Suche nach Futter und mussten einige Male vor den Tierfängern fliehen. Sie sind überall und machen Jagd auf uns Katzen. Zum Glück können wir jetzt hier ohne Sorgen leben. Es ist ein großes Glück, dass es Menschen gibt, die das Herz an der richtigen Stelle haben."

„Unser Leben wäre ohne sie nicht viel wert, " pflichtete Paul seinem Bruder bei.

„ Überall will man uns Katzen vertreiben. Dabei helfen wir doch den Menschen, damit die Mäuse und Ratten nicht ihre Vorräte fressen. Eine alte Straßenkatze hat uns mal erzählt, dass die Menschen früher für unsere Hilfe sehr dankbar waren. Heute ist unsere Arbeit für die Menschen nicht mehr gut genug. Der Mensch versucht die Ratten und Mäuse auszurotten. Wir Katzen töten sie nicht alle, weil wir ja sonst nichts mehr zu essen haben. Die Menschen brauchen uns Katzen nicht mehr, weil sie mit Gift alles töten, was ihnen nicht gefällt."

Wir dösten noch eine Weile in der Sonne, bis die Schatten länger wurden und Carlos sich zu uns gesellte. Wir mussten zur Scheune zurück, wenn wir die Streuneroma nicht verpassen wollten.

„Das ist kein Problem," sagte Oscar. „Hier gibt es heute auch Futter."

Er hatte kaum zu Ende gesprochen, da näherte sich ein Auto, das ich sofort als das Auto der Streuneroma erkannte. Als die Streuneroma aus dem Auto ausstieg staunte sie nicht schlecht, als sie Carlos und mich sah. „Wo kommt ihr den her, " rief sie erstaunt.

Carlos und ich bekamen natürlich auch eine Portion Futter. Als die Streuneroma weg war und wir unsere Portionen verdrückt hatten, machten wir uns auf den Heimweg. Ich wollte Tinka nicht zu lange warten lassen. Sicher machte sie sich große Sorgen. Paul und Oscar versprachen in den nächsten Tagen zur Scheune zu kommen.

Inzwischen war es schon dunkel geworden. Ich folgte Carlos, der schnell durch den Wald lief. Plötzlich stupste er mich in ein Gebüsch. Ich erschrak sehr. „Was tust du, " rief ich.

„Pst, da ist ein Mensch. Sei ganz still, " flüsterte Carlos.

Ich war starr vor Schrecken. Als wir einen lauten Knall hörten, duckten wir uns noch tiefer auf die Erde. Wir hörten schwere

Schritte, die an uns vorbeieilten und dann wieder einen lauten Knall. Eng aneinander gedrückt saßen wir in unserem Versteck und trauten uns nicht es zu verlassen. So saßen wir bis der Mond den Waldweg erhellte. Von dem Menschen war weit und breit nichts mehr zu sehen, und die Gerüche, die wir wahrnahmen waren uns vertraut. Vorsichtig verließen wir unser Versteck und gingen weiter. Ich hatte große Angst. Bei jedem Zweig der unter unseren Pfoten knackte, zuckte ich zusammen. Plötzlich hörten wir ein Wimmern, das ganz leise war, so, dass wir uns anstrengen mussten die Richtung, aus der der Laut kam, zu bestimmen.

„Ich glaube, es kommt von der Lichtung, " sagte Carlos und ging vorsichtig weiter.

Wir suchten unter jedem Busch. Schließlich sah ich in einer kleinen Mulde ein Tier, das schmerzerfüllt wimmerte. Ich vergaß meine Angst und lief zu dem Tier. Als ich, gefolgt von Carlos, bei ihm war, sah ich, zu meinem Entsetzen, dass es sich um einen unserer Gefährten handelte, der zusammengekrümmt in der Mulde lag. Es war Dandi, ein junger grauer Kater, der noch nicht lange bei uns war. Carlos erkannte schnell, was mit dem kleinen Kerl geschehen war. Der böse Mann hatte auf ihn geschossen. Zum Glück steckte die Kugel nur in Dandis Hinterlauf, doch die Schmerzen waren so groß, dass er unmöglich laufen konnte. Carlos tat das, was er auch mit mir getan hatte, als er mich fand.

Er legte sich ganz flach auf den Bauch, so, dass der kleine Kerl auf seinen Rücken klettern konnte. Das war nicht so einfach, denn er wimmerte, bei jeder Bewegung, vor Schmerzen. Schließlich hatte Dandi es, mit meiner Hilfe, geschafft. Carlos setzte sich langsam und vorsichtig in Bewegung. Immer noch auf der Hut vor dem bösen Mann kamen wir nur sehr langsam voran. Dandis Wunde blutete stark. Irgendwann hing er schlaff auf Carlos Rücken. Wir hatten große Angst, dass er nicht mehr am Leben war. Es wurde bereits hell als wir, völlig erschöpft, die Scheune erreichten. Vorsichtig ließ Carlos Dandi auf ein Kissen gleiten. Der kleine Kerl bewegte sich nicht. Wenn er noch am Leben war, würde er es bis zum Abend, wenn die Streuneroma kam, sicher nicht mehr sein, dachte ich. Tinka tauchte auf. Sie war völlig aufgelöst, denn sie hatte sich große Sorgen um uns gemacht. Als sie dann auch noch Dandi sah und unsere Geschichte hörte, wurde sie ganz still. Ich sah die Angst in ihren Augen.
Wir hatten großes Glück. Die Streuneroma kam an diesem Morgen mit einer neuen Katze zur Scheune. Carlos und ich liefen hinter ihr her und versuchten uns bemerkbar zu machen. Als die Streuneroma aus dem Katzenhaus kam und wir erneut aufgeregt um ihre Beine liefen, sagte sie: „Was ist bloß los mit euch?"
Wir liefen ein Stück weiter, kamen dann wieder zurück. Als wir das ein paarmal

wiederholt hatten, verstand uns die Streuneroma. „Wollt ihr mir etwas zeigen, " fragte sie und lief hinter uns her.

Voller Entsetzen sah sie den kleinen Dandi, der leblos auf dem Kissen lag. Schnell packte sie ihn, mit dem Kissen, in ihr Auto und raste davon.

„Hoffentlich lebt er noch, " sagte ich zu Carlos.

„Bestimmt, kleine Mia, sonst wäre die Streuneroma bestimmt nicht so schnell gefahren, " sagte Carlos und seine Stimme war ganz sanft.

Wir konnten für Dandi nichts mehr tun. Alle Katzen saßen betroffen in der Scheune. Tinka hatte sich in den hinteren Teil der Scheune verkrochen, was sehr merkwürdig war, denn so ein Verhalten kannte ich von ihr nicht. Ich ging zu ihr und sah, dass dicke Tränen aus ihren Augen kullerten.

„Tinka bitte weine nicht. Sicher wird Dandi wieder gesund. Die Streuneroma wird ihm helfen, " versuchte ich Tinka zu trösten.

„Ja, Dandi wird bestimmt wieder gesund, " schluchzte sie.

„Aber warum weinst du denn dann, " fragte ich verwundert.

„Sie bringen mich von hier weg, " schluchzte Tinka.

„Tinka bitte beruhige dich, " sagte ich und rieb tröstend meinen Kopf an ihrem. „ Wer soll dich denn von hier wegbringen."

Tinka konnte eine Weile nicht antworten. Sie weinte und weinte. Ich konnte nichts tun, als

mich an sie zu schmiegen und zu warten bis sie sich beruhigt hatte. Irgendwann war Tinka ganz erschöpft. Endlich konnte sie mir erzählen, was passiert war, als wir weg waren. Die Streuneroma war mit ihrer Tochter zum Füttern gekommen. Tinka hatte gehört wie eine der Frauen sagte: „Tinka könnte dann auch umziehen." Die Streuneroma hatte lachend geantwortet: „Ja, das wäre schön."
Ich wusste nicht, was ich zu dieser Geschichte sagen sollte. Tinka hatte große Angst, dass sie aus der Scheune weg sollte. Auch mein Einwand, dass die Streuneroma uns nur zusammen vermitteln wollte, konnte sie nicht trösten, denn von mir war keine Rede gewesen. Wie sollte ich Tinka trösten? Wenn die Tochter die Streuneroma dazu überredet hatten uns zu trennen, konnten wir nichts dagegen tun. Wieder einmal spürten wir, wie hilflos wir waren. Obwohl wir beide der Streuneroma vertrauten, würden wir in Zukunft auf der Hut sein. Tinka beruhigte sich. Geteiltes Leid war halbes Leid. Solange wir zusammen waren, konnten wir vieles ertragen. Alleine waren wir verloren. Davon waren Tinka und ich überzeugt.

Am späten Nachmittag kam die Streuneroma zum Füttern. Sie sah sehr traurig aus. Als sie das Futter verteilt hatte, setzte sie sich auf ihren Sessel und sah uns zu, wie wir das Futter verschlangen. Als ich fertig mit meinem Teller war konnte ich nicht anders als auf ihren Schoß zu springen. Sie streichelte mich zärtlich und flüsterte: „Liebe kleine Mia. Ohne dich und Carlos wäre Dandi nicht mehr am Leben."

Das war eine schöne Nachricht, die ich später, als die Streuneroma weg war, den anderen Katzen erzählte. Dandi war am Leben. Mit etwas Glück würde er bald wieder bei uns sein. Tinka, Carlos und ich saßen an diesem Abend lange zusammen. Die Erlebnisse im Wald waren auch an Carlos nicht spurlos vorüber gegangen. Er verspürte heute und auch in den nächsten Nächten keine Lust, in den Wald zu gehen. Leider hielten die guten Vorsätze bei Carlos nicht sehr lange an. Er war nun mal ein Streuner. Der Wald wirkte auf ihn wie ein Magnet. Meine Gedanken kreisten ständig um den Bauernhof und meine Brüder. Zwischen uns lag der Wald. Im Moment hatte ich nicht das Bedürfnis ein neues Abenteuer zu erleben. Hier war ich bei Tinka und in Sicherheit. Vielleicht würden meine Brüder zu der Scheune kommen. Paul und Oscar kannten die Gefahren, die im Wald lauerten sehr genau. Als sie ohne die Hilfe von Menschen auf dem Bauernhof leben mussten, waren sie oft in den Wald gegangen, um Mäuse zu jagen. Im Moment mieden auch sie den Wald. Sie bekamen regelmäßig Futter und konnten auf dem Bauernhof ein unbeschwertes Leben führen. Das beruhigte mich sehr, allerdings machte ich mir Sorgen um Tinka. Durch den Aufenthalt im Tierheim war Tinka sehr ängstlich geworden. Die Geschichte mit ihrem geplanten Umzug ließ sie nicht zur Ruhe kommen. Die Tage an denen wir unbeschwert am Fluss unterwegs waren, wurden selten. Tinka verbrachte die meiste Zeit in der Scheune. Wenn die Tochter der Streuneroma und ihre Freundin zum Füttern kamen versteckte sie sich in der hintersten Ecke. Selbst die Streuneroma beäugte Tinka misstrauisch. Natürlich bemerkten die Streuneroma wie sehr Tinka sich verändert hatte. Sie bemühten sich sehr um sie, was von wenig Erfolg gekrönt war. Ich verstand Tinkas Misstrauen nicht, denn für mich deutete nichts darauf hin, dass die Menschen, die uns versorgten böse Absichten hatten. Eines Abends belauschte ich ein Gespräch zwischen den Frauen. Die Tochter hieß Rita und ihre Freundin Sabine. Die beiden waren zu der Streuneroma gekommen, um sie zu unterstützen. Sofort erzählte ich Tinka und den anderen Katzen von diesen Neuigkeiten. Carlos fand das gut, denn sicher würde die Tochter der Streuneroma das Lebenswerk ihrer Mutter weiterführen. Tinka konnte sich über diese Neuigkeiten nicht freuen. Sie blieb weiterhin misstrauisch.

Ein paar Tage später gab es ein freudiges Erlebnis für uns, denn Rita kam zur Scheune und brachte Dandi mit. Als sie die Box öffnete kam Dandi sofort zu mir gehumpelt. Carlos kam auch um die Ecke und begrüßte

Dandi freudig. Der kleine Kerl war glücklich wieder bei uns zu sein. Von diesem Tag an war Dandi wie ein Schatten, der Carlos und mir auf Schritt und Tritt folgte. Das war nicht schlimm, denn wir mochten den kleinen Kerl sehr. Obwohl ich meistens in der Nähe von Tinka war hatte ich manchmal den Eindruck, dass sie eifersüchtig auf Dandi war. Tinka hatte sich schon sehr verändert. Nur wenn wir alleine durch die Wiesen streiften war sie manchmal wie früher.

„Tinka glaubst du immer noch, dass du von hier weggebracht werden sollst, " fragte ich sie eines Tages.

„Ich weiß nicht. Vielleicht habe ich das falsch verstanden. Ich war an diesem Tag sehr aufgeregt, weil du mit Carlos unterwegs warst und habe mir schlimme Vorwürfe gemacht, dich nicht davon abgehalten zu haben, " sagte Tinka.

Ich schmiegte mich ganz eng an Tinka.

„Liebe Tinka, das konntest du doch nicht. Ich habe meine eigene Entscheidung getroffen."

„Ja ich weiß, aber es war wie an den Tagen als meine Kinder verschwanden, " sagte Tinka und Tränen schimmerten in ihren schönen Augen. „Du bist auch mein Kind. Ich könnte es nicht ertragen dich zu verlieren, " sagte sie zärtlich.

Ich war sehr gerührt. „Ach Tinka, ich habe dich so lieb, " sagte ich und schmiegte mich noch enger an sie.

Wir schlenderten zu dem Hügel, wo Paulines Grab war. Die Streuneroma hatte eine

Hortensie auf Paulines Grab gepflanzt. Die warme Frühlingssonne hatte sie zum Blühen gebracht, so, wie die anderen Hortensien, die die Gräber der verstorbenen Katzen in ein wunderschönes Blütenmeer verwandelten.

„Glaubst du wirklich, dass die Streuneroma dir ein Leid antun würde, " fragte ich Tinka.

„Nein, das glaube ich nicht und doch kann ich ihr nicht mehr ganz vertrauen. Ich habe es verlernt den Menschen zu vertrauen." Tinkas Stimme klang leise und traurig. Ihr starrer Blick war auf Paulines Grab gerichtet.

„Vertraust du mir, Tinka, " fragte ich sanft.

„Natürlich vertraue ich dir, " sagte Tinka empört.

„Vertraust du mir, wenn ich dir sage, dass die Streuneroma ein guter Mensch ist, die uns nie ein Leid zufügen würde?" Ich blickte Tinka fragend an.

Tinka machte ganz große Augen und sagte schließlich: „ Mia, du hast recht. Ich vertraue dir, denn du hast ein gutes Gespür für Menschen. In deinem jungen Leben hast du schon gute und böse Menschen kennengelernt."

„Schau nur Tinka, die Streuneroma hat für Pauline und die anderen Katzen, die gestorben sind so schöne Gräber hergerichtet. Manchmal sitzt sie hier und weint um Pauline und die Katzen, die gestorben sind oder sie pflegt die wunderschönen Blumen. Sie würde uns nie etwas Böses antun, " sagte ich sanft.

„Du bist eine weise Katze. Daran habe ich noch nie gedacht. Die Zeit im Tierheim war so schlimm. Ich muss oft an die bösen Menschen denken, die kamen und Katzen und Hunde mitnahmen. Sie kamen nie wieder, weil sie getötet wurden. Das war schlimmer als die vielen Tagen an denen wir Hunger leiden mussten," sagte Tinka und plötzlich kullerten Tränen aus ihren Augen. Ich lag ganz dicht bei Tinka und spürte wie ihr Körper vom Weinen geschüttelt wurde. Sie hatte noch nie über die Zeit im Tierheim gesprochen.

Wir lagen noch lange an Paulines Grab. Erst als wir das Auto der Streuneroma hörten, liefen wir zur Scheune. An diesem frühen Abend geschah etwas Wunderbares. Als wir unser Futter verputzt hatten, setzte sich Tinka auf den Schoß der Streuneroma, die, wie jeden Abend, in ihrem Sessel saß. Glücklich streichelte sie Tinkas Kopf und sagte: „Tinka, wie habe ich das vermisst." Von diesem Abend an war Tinka fast wieder die Alte. Der Hügel, auf dem Paulines Grab war, wurde zu unserem Lieblingsplatz. Oft saßen wir hier und blickten über die Wiesen oder beobachteten die anderen Katzen. Als wir, an einem warmen Nachmittag, auf dem Hügel saßen erblickten wir plötzlich drei Katzen, die sich der Scheune näherten. Schnell kamen sie näher. Zu meiner großen Freude erkannte ich meine Brüder. Bei der dritten Katze konnte ich meinen Augen kaum trauen, denn sie erinnerte mich an meine

Mutter. Sollte das wahr sein? Schnell lief ich, gefolgt von Tinka, zu der Scheune.

„Hallo Mia", rief Paul munter, als wir uns vor der Scheune trafen. „Schau mal, wen wir hier mitgebracht haben."

Meine Mutter rieb ihren Kopf an meinen.

„Meine Kleine, sagte sie. „Das ist so eine große Freude."

Ich brachte kaum ein Wort hervor. „Mama, bist du das wirklich?"

„Ja, ich bin es wirklich, und deine Brüder haben mir erzählt, dass du sogar einen Namen hast, " sagte meine Mutter glücklich.

„Ja, ich heiße Mia, " brachte ich stammelnd hervor.

„Was für ein wunderschöner Name. Wer hat ihn dir gegeben, " fragte meine Mutter neugierig. Es war schon ein großes Glück einen Namen zu haben.

„Die Streuneroma, " berichtete ich strahlend. „Mama, hast du auch einen Namen und warum bist du vom Bauernhof weggegangen."

„So viele Fragen auf einmal, " lachte meine Mutter und rieb zärtlich ihren Kopf an meinem Kopf. „Als sie dich vom Bauernhof wegholten war ich so traurig. Jeder sagte, ich sollte mir keine Sorgen machen, denn du seist sicher in ein schönes Zuhause gekommen. Ich war trotzdem totunglücklich, denn die Ungewissheit nagte an mir. So beschloss ich nach dir zu suchen. Paul und Oscar sagte ich nichts davon, denn sie hätten mich nicht verstanden. Lange Zeit suchte ich nach dir. Oft hatte ich nichts zu essen. Irgendwann war ich müde von meiner Suche und verkroch mich in einem Schuppen. Der Schuppen gehörte einer alten Frau, die Mitleid mit mir hatte. Sie gab mir Futter. Inzwischen war ich schon ganz dünn. In dem Garten der Frau gab es noch ein paar Katzen, und die Dame war immer sehr glücklich, wenn sie uns beim Futtern zusehen konnte. Ich blieb dort. Der Schuppen war ein schöner Zufluchtsort für uns Katzen. Eines Tages kam die alte Frau nicht mehr zum Füttern. Ein paar Tage später trug man sie aus dem Haus. Wir Katzen wussten, dass sie nicht mehr am Leben war. So hatten wir unseren Menschen verloren. Wir hatten zwar keine enge Beziehung zu der Frau, ließen uns von ihr nicht anfassen und gingen auch nicht in ihr Haus, aber sie hatte uns so genommen, wie wir waren und für uns gesorgt. Jetzt mussten wir wieder für uns selber sorgen. Ich hatte es inzwischen aufgegeben nach dir zu suchen und kehrte zum Bauernhof zurück. Die Menschen, die sich ohnehin kaum um uns gekümmert hatten waren weg, aber es gab Menschen, die nun für uns sorgten. Oscar und Paul erzählten mir von deinem Besuch. Ich war überglücklich und wollte dich, so schnell wie möglich, besuchen. Nun bin ich hier! Einen Namen habe ich auch bekommen. Die Streuneroma nennt mich Pauline."

„Oh, " sagten Tinka und ich wie aus einem Mund. „Das ist eine große Ehre für dich.

Pauline war eine Katze, die hier gelebt hat.
Die Streuneroma hat sie sehr geliebt, "
erklärte Tinka.
„Das ist schön. Endlich habe ich einen
Namen, " sagte meine Mutter.
Die Streuneroma staunte nicht schlecht, als
sie zum Füttern kam und Pauline, Oscar und
Paul bei der Scheune sah. „Wo kommt ihr
denn her? Ihr gehört doch auf den
Bauernhof, " schmunzelte sie. Die
Streuneroma war ein Mensch der ein feines
Gespür für Tiere hatte. Sie ahnte, dass
Pauline, Oscar und Paul nicht ohne Grund zu
der Scheune gekommen waren. Sie war sich
ziemlich sicher, dass Pauline die Mutter von
Oscar und Paul war. Instinktiv wusste sie,
dass sie es hier mit einer Katzenfamilie zu
tun hatte. Verwunderlich fand sie das nicht,
denn die Menschen, die früher auf dem
Bauernhof lebten waren dafür bekannt, dass
sie ihre Katzen nicht kastrieren ließen. Sie
wusste, dass tierliebe Menschen die Katzen
einfingen und sie in die Tierklinik brachten.
Als die Menschen wegzogen war Rita, die,
nach dem Unfall der Mutter ins Elternhaus
zurückgekehrt war, zu dem Bauernhof
gefahren, um nach dem Rechten zu sehen.
Sie hatte insgesamt fünf Katzen in einem
erbärmlichen Zustand vorgefunden. Rita und
ihre Freundin organisierten Futterspenden
für die Katzen auf dem Bauernhof und in der
Scheune, und sie halfen der Streuneroma
bei der Versorgung der Katzen.

Die Streuneroma war glücklich, dass sie nun Unterstützung hatte. Sie war inzwischen schon achtundsiebzig Jahre und machte sich große Sorgen um ihre Katzen, die außer ihr niemanden hatten. Als sie nach dem Unfall im Krankenhaus war, hatte sie mit Rita über ihre Ängste gesprochen. Es war ein glücklicher Zufall, dass Rita in der Nähe ihrer Heimatstadt eine Anstellung fand. Schnell war der Umzug beschlossene Sache, denn auch ihre Lebensgefährtin Sabine freute sich auf das Landleben. Genauso wie ihre Mutter liebte Rita Tiere über alles. Solange sie sich erinnern konnte, hatte sich ihre Mutter um streunende Katzen gekümmert. Nachdem der Vater gestorben war, lebte sie mit ihrer Mutter allein in dem großen Haus, das diese von ihren Großeltern geerbt hatte. Die Großeltern hatten ihr nicht nur das Haus hinterlassen, sondern auch das Wiesengrundstück am Fluss, wo auch die Scheune stand. In der Scheune hatten schon immer viele Streuner Unterschlupf gefunden. Nachdem die Streuneroma das Grundstück geerbt hatte, wurde ein ehemaliges Wohnhaus, das ebenfalls auf dem Grundstück stand, zu einer Auffangstation für ungewollte Katzen. Die Katzen waren nicht selten krank und mussten von den anderen Katzen getrennt werden. Natürlich war es auch wichtig, dass die Katzen sich in der neuen Umgebung einlebten. So blieben sie in den ersten Wochen im Haus und konnten in ein großzügiges Freigehege. Kranke

Katzen mussten alleine in einem Zimmer bleiben, damit sie nicht andere ansteckten. Sobald die Katzen gesund waren und sich in der neuen Umgebung wohl fühlten, durften sie zu den anderen Katzen, die in der Scheune lebten. Die Streuneroma liebte ihre Katzen über alles. Immer, wenn eine ihrer Katzen ein Zuhause fand fiel ihr der Abschied schwer. Sie hielt telefonischen Kontakt mit den neuen Menschen oder besuchte die Katzen sogar in ihrem neuen Zuhause. So hatte sie viele Menschen kennengelernt, die Katzen liebten. Hin und wieder kamen Menschen in ihr Haus die Futter, Decken und was sie sonst noch so für die Katzen hatten, mitbrachten.

Es kam auch vor, dass eine Katze verschwand. Das war für die Streuneroma das schlimmste, denn sie wusste nicht, was mit den Katzen geschah. Mehr als einmal hatte sie sich mit dem Jäger gestritten, der im Wald Jagd auf die Katzen machte. Nach dem Vorfall mit Dandi war sie wütend zu ihm gegangen. Der Jäger kannte die resolute alte Dame und hatte versichert, dass er schon lange nicht mehr auf eine Katze geschossen hatte. Er sprach von Wilderern, die im Wald jagten und versprach der Streuneroma im Wald nach dem Rechten zu sehen. Die Streuneroma misstraute dem Jäger, aber sie sah auch ein, dass sie keine Beweise hatte. Ihre Katzen waren schutzlos bösen Menschen ausgeliefert.

Während die Streuneroma in ihre Gedanken versunken auf ihrem Sessel saß, versammelten wir Katzen uns um sie. Die ängstlichen Katzen hielten Abstand, während Carlos, Tinka und ich unsere Streicheleinheiten einforderten. Paul, Oscar und Pauline saßen auf einem Sofa, das in der Nähe des Sessels stand. Streicheln ließen sie sich noch nicht. Die Streuneroma blieb an diesem Abend lange in ihrem Sessel sitzen, und wir Katzen blieben in ihrer Nähe. Erst als es dunkel wurde, machte sie sich auf den Heimweg.

Ein paar Tage später suchte der Jäger die Streuneroma auf. Die Geschichte mit der angeschossenen Katze hatte ihm keine Ruhe gelassen. Der Jäger mochte die alte Dame und bewunderte ihren Einsatz für die Katzen. Seit die Streuneroma sich aufopfernd um die verwilderten Katzen kümmerte, hatte er keine Notwenigkeit mehr gesehen, einer Katze das Leben zu nehmen. Er mochte Katzen und hatte zwei Katzen von einem Bauernhof, in seinem Haus aufgenommen. Die letzten Nächte hatte er im Wald nach dem Wilderer Ausschau gehalten und hatte ihn auch schnell gestellt. Es handelte sich um einen verbitterten, älteren Mann, der im Nachbardorf lebte und als Tierhasser bekannt war. Der Jäger hatte ihn zur Polizei gebracht, die sich sehr für ihn interessierten, weil er keinen Waffenschein besaß. Stolz berichtete der Jäger der Streuneroma von seinem Einsatz. Die

Streuneroma freute sich über diese Nachricht, obwohl sie wusste, dass der Wald für ihre Katzen immer ein gefährlicher Ort bleiben würde. Der Jäger war in ihrer Achtung gestiegen. Sie glaubte ihm, dass er nicht auf ihre Katzen schoss, doch es gibt viele böse Menschen, die keine Tiere mögen. Wir Katzen vom Fluss freuten uns sehr, dass es Dandi inzwischen wieder gut ging. Viele Tage und Nächte waren vergangen, bis er sich wieder erholt hatte. Die Schussverletzung hatte den kleinen Kerl für sein weiteres Leben gezeichnet. Seine rechte Hinterpforte war gelähmt. Dandi, der inzwischen gelernt hatte mit seiner Behinderung umzugehen, war immer überglücklich, wenn er in Carlos und meiner Nähe sein konnte. Carlos und ich waren für Dandi Helden. Am liebsten wäre er immer in unserer Nähe geblieben, was weder Carlos noch ich zuließen. Carlos liebte seine Alleingänge in der Nacht, und ich verbrachte gerne Zeit mit Tinka. Dandi verstand das. Er akzeptierte seine Behinderung und kam von Tag zu Tag besser mit ihr zurecht. Natürlich hätte er es ohne die Hilfe der Menschen sehr schwer gehabt, doch er lernte, genauso wie Tinka, mit seiner Behinderung zu jagen. Die erste Maus, die er fing brachte er stolz zu Carlos. Jede weitere Maus, die Dandi ergatterte brachte er entweder zu Carlos oder zu mir. Dandi wollte uns damit seine große Dankbarkeit und Liebe zeigen. Natürlich freuten wir uns über die Mäuse,

aber wir wollten auch nicht, dass der kleine
Dandi Hunger leiden musste. So brachten
wir von unseren Streifzügen für Dandi
ebenfalls Nagetiere oder Fische mit, worüber
er sehr glücklich war.

Das Leben am Fluss war schön. Wir Katzen
liebten es in der warmen Frühlingssonne zu
liegen. Ich war glücklich meine Familie
gefunden zu haben und hätte gerne mit
ihnen auf dem Bauernhof gelebt, doch ich
wollte Tinka nicht alleine lassen. Tinka
weigerte sich nach wie vor die Scheune zu
verlassen und wurde jedes Mal panisch,
wenn ich mich mit Carlos auf den Weg zu
dem Bauernhof machte, um meine Familie
zu besuchen. Sie war jedes Mal
überglücklich, wenn ich nach einigen Tagen
wieder zurück war. Ich fühlte mich bei meiner
Familie sehr wohl, doch, wenn ich auf dem
Bauernhof war, vermisste ich Tinka sehr.
Eines Tages als ich wieder einmal zum
Bauernhof kam, sah ich die Streuneroma,
ihre Tochter und einige Menschen, die ich
nicht kannte geschäftig umherlaufen. Meine
Mutter berichtete mir, dass es in den letzten
Tagen auf dem Bauernhof sehr unruhig war.
Sie hatte sich mit den anderen Katzen, die
hier lebten, in der Scheune verkrochen, denn
so viele Menschen waren ihnen unheimlich.
Außerdem war es sehr laut. Es wurde
gehämmert und gesägt, und große Autos
machten einen Höllenlärm. Meine Familie
und die anderen Katzen wussten nicht, was

sie von diesem Lärm halten sollten. Am Abend, als Ruhe eingekehrt war, kamen die Streuneroma und ihre Tochter in die Scheune und brachten uns leckeres Futter. Die Streuneroma und ihre Tochter fanden es sehr verwunderlich, dass ich auf dem Bauernhof immer mit Carlos auftauchte, obwohl ich in der Scheune nie ohne Tinka war. Das schrieb sie den Eigenarten von Katzen zu, die Menschen oft nicht verstehen konnten. Die beiden Frauen saßen lange in der Scheune und schauten uns beim Fressen zu.

„Hier wird es ein schönes Zuhause für unsere Katzen geben, " sagte Rita zu ihrer Mutter.

„Du bist wirklich sicher, dass Sabine und du mit einer alten Frau zusammenleben wollen, " fragte die Streuneroma.

„Sabine und ich können uns nichts Schöneres vorstellen als mit dir und den Katzen hier zu leben, " sagte Rita lächelnd. Wir Katzen konnten mit den Gesprächen der beiden Frauen natürlich nichts anfangen. Wir fühlten uns wohl, weil der Krach vorüber war und war dankbar für das leckere Futter. Obwohl wir die Menschen, die uns mit Futter versorgten, sehr mochten, war ihr Verhalten uns Katzen fremd. Streuner kennen keine warme Stuben und Menschen, die ihnen ein warmes Plätzchen neben dem Ofen herrichten. Solche Annehmlichkeiten kennen Katzen, die nie die Liebe von Menschen, in einem wohligen Heim, erfahren durften, nur aus den Erzählungen von anderen Katzen. Für Katzen, die ein schönes Zuhause hatten und, aus welchem Grund auch immer, auf der Straße gelandet sind, bricht eine ganze Welt zusammen. Sie trauern ihrem alten Leben nach. Streuner, die das nie erfahren durften, haben es da viel leichter, dachte ich oft.

Die Tage auf dem Bauernhof vergingen wie im Fluge. Ich kehrte mit Carlos zu der Scheune zurück, wo Tinka uns freudig begrüßte. In der Scheune war alles wie immer, aber Carlos und ich hatten Tinka allerhand zu erzählen. Tinka war immer ganz gespannt auf unsere Geschichten, die wir vom Bauernhof erzählten. Eines Tages, so sagte Tinka immer, würde sie mit uns kommen. Insgeheime hoffte ich, dass Tinka sich eines Tages entschloss uns zu begleiten. Vielleicht würde ihr der Bauernhof gefallen. Für Carlos und mich war er inzwischen zu einem zweiten Zuhause geworden. Nur Tinka fehlte uns, wenn wir dort waren.

3. Kapitel

Das Leben in unserer Scheune war meist harmonisch. Manchmal kam es unter den Katzen zu Streitigkeiten, die mit lautem Fauchen und Knurren einhergingen. Als ich noch neu in der Scheune war, hatte ich mich immer sehr erschrocken. Inzwischen wusste ich, dass der Streit unter den Katzen schnell wieder vorbei war. Es kam auch nur selten zu leichten Verletzungen. Wir Katzen vom Fluss waren eine eingeschworene Gruppe, die von Carlos, Tinka und mir zusammen gehalten wurde. Carlos war der selbsternannte Streunerkönig, den die anderen Katzen respektierten. Tinka, Dandi und ich kümmerten uns um Neuankömmlinge und versuchten ihnen Mut zu machen, wenn sie im Freigehege saßen. Zu den kranken Katzen durften wir natürlich nicht. Diese lernten wir erst kennen, wenn sie ins Freigehege durften.

Viele der Katzen waren Einzelgänger, die nur zu den Fütterungszeiten kamen oder im Winter, wenn es kalt war, Unterschlupf in der Scheune suchten. Freundschaften zwischen den Katzen wie bei Carlos,Tinka, Dandi, mir und meiner Familie gab es ansonsten nicht. Katzen sind, wie gesagt, meist Einzelgänger. Als Streuner leben sie in Gruppen zusammen, weil das für sie sicherer ist. Trotzdem halten sie zu ihren Artgenossen Abstand. Sobald eine andere Katze diesen Abstand nicht einhält, kommt es zu wildem

Fauchen und Knurren. Ich versuchte mit allen Katzen gut auszukommen, was mir auch gelang, denn ich respektierte ihre Eigenarten. Menschen denken oft, dass alle Katzen gleich sind, aber wir sind sehr verschieden. Genauso wie die Menschen haben wir unsere Eigenarten. In der Scheune gab es sehr viele Katzen, die große Angst vor Menschen hatten. Diese Katzen wurden nur selten vermittelt, denn die meisten Menschen mögen Katzen, die zutraulich und anhänglich sind.

Menschen, die uns Katzen mögen, können viele Geschichten über die Eigenarten ihrer Katzen erzählen. Manchen von ihnen gelingt es sogar das Vertrauen einer Katze, die die Nähe der Menschen meidet, zu gewinnen. Ich hätte das nie für möglich gehalten, wenn ich es in der Scheune nicht hautnah miterlebt hätte.

Ein ganz besonders scheuer Streuner war Janosch. Janosch verschwand sofort, wenn Menschen in die Scheune kamen. Er hatte auch zu der Streuneroma kein Vertrauen. Einmal, als er zum Arzt sollte und die Streuneroma ihn mühsam einfing, hat er so wild gefaucht und die Streuneroma völlig zerkratzt. Sie schaffte es kaum Janosch in die Transportbox zu setzten. Kamen Menschen, die einer Katze ein Zuhause geben wollten, schlich er nach einiger Zeit aus seinem Versteck und setzte sich auf die oberste Etage eines Kratzbaums. Er war ein hübscher roter Kater und zog oft die

Aufmerksamkeit der Besucher auf sich, aber ein drohendes Knurren, das er von sich gab, sobald ihn jemand ansprach, sorgte dafür, dass jeder Angst vor ihm hatte. Die Streuneroma erklärte den Besuchern, dass Janosch aus einer sehr schlechten Haltung kam. Man hatte ihn viel zu früh von seiner Mutter weggeholt und schnell das Interesse an ihm verloren. Angeblich hatte der Besitzer eine Allergie. So hatte man Janosch als Babykatze in einen Schuppen gesperrt. Nach über einem Jahr wurde eine Nachbarin auf ihn aufmerksam und verständigte die Behörden. Zum Glück kannte die Nachbarin die Streuneroma und konnte verhindern, dass man Janosch ins Tierheim brachte. Wir Katzen hielten Abstand zu Janosch, denn er schlug nach uns, wenn wir in seine Nähe kamen. Der Einzige, der mit Janosch gut auskam war Carlos. Ihm schien Janosch bedingungslos zu vertrauen. Sehr oft schlief er in Carlos Nähe. Janosch, so glaubten wir, würde für immer in der Scheune bleiben. Wie viele von uns hatte er kein Vertrauen zu den Menschen, aber während wir die Streuneroma als unseren Mensch akzeptierten, suchte er nur ihre Nähe, wenn es Futter gab. Sobald sie ihn streicheln wollte verschwand er mit lautem Fauchen. Eines Tages brachte die Streuneroma eine Frau mit zu der Scheune, die einer Katze ein Zuhause schenken wollte. Schnell stellten wir fest, dass es sich bei dieser Frau um einen Katzenmenschen handelte. Wir Katzen spüren sehr genau, ob ein Mensch unser Katzenverhalten verstehen kann. Diese Frau konnte das. Sie sprach mit einer ruhigen, sanften Stimme mit uns, während sie Leckereien verteilte. Natürlich wollte Janosch auch seinen Anteil von den Leckereien. Er sprang auf die oberste Etage des Kratzbaums. Als die Frau auf ihn aufmerksam wurde und zu dem Kratzbaum ging, ertönte ein Gemisch aus Fauchen und Knurren von der oberen Etage. Die Frau ließ sich von Janosch nicht beeindrucken. Sie sprach ruhig auf ihn ein und legte ein Stück leckeres Fleisch vor seine Pfoten, das Janosch verschlang. Die merkwürdigen Geräusche, die er machte, konnte man auch während dem Fressen hören.

„Das ist aber ein hübscher Kerl, " sagte sie zu der Streuneroma. „Ich möchte ihn mitnehmen."

Die Streuneroma erzählte der Frau von den Schwierigkeiten, die es mit Janosch gab. Sie wollte, dass die Frau genau wusste, was auf sie zukam.

„Dann müssen wir uns erst aneinander gewöhnen, " sagte sie, als wäre es ganz einfach mit Janosch Freundschaft zu schließen.

Als sie später die Scheune verließ, glaubte keiner, dass sie es schaffen würde, mit Janosch Freundschaft zu schließen. Die ein oder andere Katze machte sich sogar Hoffnung bei der Frau ein neues Zuhause zu finden.

Die Streuneroma war anderer Meinung. Sie glaubte, dass Janosch zu den Katzen gehörte, die sich irgendwann ihren Menschen aussuchten. Viele Jahre mit Katzen hatten oft diese Theorie, die von ihrer Großmutter stammte, bestätigt. Nicht selten suchte sich eine Katze, die von ihren Menschen schlecht behandelt wurde, ein neues Zuhause. Die Streuneroma ahnte, dass viele der Katzen, die bei ihr Unterschlupf suchten, so eine Geschichte hatten. Manchmal suchten Menschen verzweifelt nach ihren Katzen und kamen zu der Streuneroma, in der Hoffnung, dass sie bei ihr gelandet waren. Die Freunde war jedes Mal riesengroß, wenn sie sah, wie glücklich Mensch und Katze waren, wenn sie sich wieder fanden.

Die Frau kam nun jeden Tag. Wir freuten uns immer sie zu sehen, denn sie brachte herrliche Fleischstücke mit, die sie verteilte. Nachdem zwei Wochen vergangen waren, in denen die Frau jeden Tag einige Stunden in der Scheune verbracht hatte, schien es als würde Janosch auf sie warten. Kurz bevor es Zeit für ihren Besuch war, sprang er auf die obere Etage des Katzbaumes. Nach weiteren zwei Wochen war das Fauchen und Knurren verstummt. Janosch saß auf der oberen Etage, ließ sich das Fleisch schmecken und lauschte aufmerksam der Stimme, die sanft mit ihm sprach.

Eines Tages, es war inzwischen Sommer geworden, lief Janosch der Frau entgegen, als wir das Auto kommen hörten. Sie stieg aus und Janosch schmiegte sich an ihre Beine, als wäre das die normalste Sache der Welt.

„Na, mein Kleiner, jetzt wird es Zeit für den Umzug, " sagte sie lächelnd.

Ein paar Tage später setzte sie Janosch in eine Transportbox und nahm ihn mit. Der einst so böse Kater ließ sich bereitwillig in die Box setzten. Er hatte seinen Menschen endlich gefunden.

Wir andere Katzen waren traurig über den Auszug von Janosch, denn nun würde die Frau sicher nicht mehr mit einer Tüte voller leckerem Fleisch zu der Scheune kommen.

Diese Befürchtung war unbegründet. Die Frau kam mehrmals die Woche zu uns und brachte leckeres Fleisch mit. Zu unserer großen Überraschung wurde sie von Janosch begleitet, der auf dem Beifahrersitz saß, als hätte er nie etwas anderes getan. Janosch war völlig verändert. Aus dem fauchenden Kater war ein netter Kater geworden, der uns freundlich begegnete. Wir freuten uns alle, dass es Janosch so gut ging. Ich beobachtete Tinka, wie sie sehnsüchtig zu der Frau blickte. Insgeheim wünschte sich wohl jeder von uns seinen Menschen.

Wir Katzen vom Fluss genossen den Sommer. Es ging uns so richtig gut, denn seit Rita und Sabine die Streuneroma unterstützten hatten wir immer reichlich zu essen. Inzwischen lebten in und um die

Scheue zweiundzwanzig Katzen. Im Großen und Ganzen kamen wir gut miteinander aus. Natürlich gab es immer mal wieder die ein oder andere Streiterei, aber sie waren auch schnell wieder beendet. An einem besonders heißen Sommertag entdeckten Tinka und ich auf dem Hügel, wo die Trauerweide stand, eine fremde Katze. Wir waren sehr erstaunt, denn so eine Katze hatten wir noch nie gesehen. Sie war sehr groß und hatte einen langen, buschigen Schwanz. Diese große Katze saß also auf unserem Hügel und sah zu uns herunter. Carlos, der ein großer stattlicher Kater war, schüttelte beeindruckt den Kopf: „So eine Katze habe ich noch nie gesehen. Naja, Krach möchte ich mit der ganz sicher nicht bekommen," sagte er. Tinka, Carlos und ich beschlossen zu der Katze hinzugehen und sie freundlich zu begrüßen. Dandi, der uns sonst auf Schritt und Tritt folgte, blieb lieber bei der Scheune, denn die große Katze machte ihm Angst. Sehr schnell bemerkten wir, dass diese Katze ihre Nase ziemlich hoch trug. Kaum hatten wir sie freundlich begrüßt, teilte sie uns mit, dass sie etwas zu essen wollte. Die Art und Weise, wie sie das tat, hatte etwas von einem Befehl. Wir machten gute Miene zu diesem Spiel und forderten sie auf uns zur Scheune zu folgen. Die Katze erhob sich majestätisch und folgte uns mit einem geschmeidigen Gang. Wir zeigten ihr die Futternäpfe die Reste Trockenfutter vom Abend enthielten. Die große Katze musterte uns von oben bis unten und sagte hochnäsig: „Das soll ich essen? Ich bin doch kein gewöhnlicher Straßenkater, sondern die wunderschöne Diva."

„Tut uns sehr leid, aber neues Futter gibt es erst am Abend, wenn unsere Menschen kommen," säuselte Carlos, der offensichtlich von der schönen Katzendame sehr angetan war.

„Wo bin ich hier nur gelandet? Wie können es meine Menschen wagen, mich an der Straße aus dem Auto zu werfen," jammerte die schöne Diva und Tränen kullerten aus ihren smaragdgrünen Augen.

„Sei nicht traurig," sagte ich. „Du bist so schön. Da findest du sicher schnell neue Menschen."

„Du findest mich schön? Wie ist dein Name?" Diva musterte mich von oben bis unten mit ihrem eindringlichen Blick.

„Ich habe noch nie so eine Katze wie dich gesehen," sagte ich ehrlich.

„Ich bin ja auch eine edle Rassenkatze, eine Main Coon. Meine Menschen haben viel Geld für mich bezahlt," sagte Diva stolz.

„Und dann werfen sie dich einfach aus dem Auto?" Carlos war sehr erstaunt.

Diva nickte traurig und aß etwas von dem Trockenfutter. „Das schmeckt mir nicht," sagte sie.

„Heute Abend gibt es Dosenfutter ," tröstete Tinka sie.

„Was ist Dosenfutter," fragte Diva erstaunt. „Bei meinen Menschen gab es nur frisches Fleisch.

„Naja, Dosenfutter schmeckt ganz gut. Mäuse schmecken natürlich viel besser, aber, wenn man Hunger hat, ist man froh, wenn Menschen Dosenfutter bringen," erklärte Tinka der staunenden Diva. „Was sind denn Mäuse?" Divas Erstaunen wurde immer größer.

„Du bist eine Katze und kennst keine Mäuse?" Ich konnte es nicht fassen. Hier saß diese große Katze und hatte noch nie eine Maus gesehen.

„Ist das so etwas Flauschiges, das man im Zimmer jagen kann, " fragte Diva nun ehrlich interessiert.

„Nein, Diva, Mäuse sind kleine Tiere, die hier überall leben. Hat dir deine Mutter nie gezeigt, wie man Mäuse jagt, " fragte ich. Diva senkte ihre schönen Augen. „ Ich kann mich an meine Mutter kaum erinnern. Wir lebten in einem kalten Raum und da gab es nur Katzen. Als ich zu meinen Menschen kam, war ich noch ganz winzig. Ich habe meine Mutter sehr vermisst, " erzählte Diva und war plötzlich sehr traurig.

„Nicht traurig sein, schöne Dame, " säuselte Carlos. „Jetzt bist du bei uns. Du wirst sehen, wie toll ein Streunerleben ist."

Als am Abend die Streuneroma kam, staunte sie nicht schlecht über die neue Katze. Diva fasste sofort Vertrauen zu ihr. Die Streuneroma suchte in Divas Ohren nach einer Kennzeichnung, denn sie dachte, dass man sie sicher vermissen würde. Leider gab es keinen Hinweis auf Divas Besitzer. So wie bei jede Katze, die sich zu uns gesellte, suchte die Streuneroma über das Internet nach den Besitzern. Divas Bild erschien auch in der Zeitung, und die Tierheime im Umkreis erhielten ein Foto von ihr. Leider vermisste sie niemand.

Diva, die von der Streuneroma den Namen Louise erhielt, blieb bei uns. Das Leben in der Scheune fiel ihr sehr schwer. Sie mochte das Futter nicht, die Schlafgelegenheiten waren ihr nicht gut genug, und zu allem Überfluss fing Diva sich auch noch Flöhe ein. Sabine merkte sofort was passiert war, als sie Diva, wild kratzend, vorfand. Sie verpasste der verzweifelten Diva eine Flohkur, die schnell Wirkung zeigte. Als das Jucken endlich aufhörte, schlief Diva sehr lange. Die Aufregungen der letzten Tage waren zu viel für sie gewesen.

Tinka, Carlos, Dandi und ich kümmerten uns um die stolze Diva. Es war nicht einfach mit ihr klar zu kommen, denn Diva hatte an allem etwas auszusetzen. Wenn sie mit uns durch die Wiesen streifte, beschwerte sie sich über die Grashalme und Samen, die in ihrem langen Fell hängen blieben. Es dauerte immer sehr lange, bis ihr Fell wieder in Ordnung war. Carlos wollte Diva eine Freude machen und fing eine Maus für sie. Tinka, Dandi und ich amüsierten uns köstlich als Diva voller Ekel von der Maus zurückwich.

Carlos war gekränkt, als Diva von seiner Maus nicht kosten wollte.

Diva blieb bis in den Herbst bei uns. Sie kam mit dem Streunerleben nicht zurecht. So sehr wir uns auch bemühten, Diva war in der Scheune unglücklich. Sobald Menschen zu der Scheune kamen, folgte sie ihnen kläglich miauend. Unsere Menschen sahen, wie sehr Diva litt und suchten nach einem neuen Zuhause für sie, was nicht leicht war. Obwohl Diva sehr schön war, wollte sie niemand aufnehmen. Inzwischen war Diva so unglücklich, dass sie viele Haare verlor. Ihr seidiges Fell war stumpf und zerzaust. Die schöne Katze war nach den wenigen Monaten in der Scheune abgemagert und sah erbärmlich aus. Sie war nicht mehr dazu zu bewegen die Scheune zu verlassen. Alles in ihrer neuen Umgebung machte ihr Angst. Diva tat uns sehr leid.

Eines Morgen jedoch sollte sich für Diva alles zum Guten wenden. Die Streuneroma kam mit einer Frau zu der Scheune. Als die Frau die Scheune betrat, rannte Diva, wie ein geölter Blitz, zu der Frau. Die Frau nahm Diva auf den Arm.

„Mein geliebter Schatz, endlich habe ich dich wieder," stammelte sie unter Tränen.

Wir erfuhren, dass ihr Mann es war der Diva einfach ausgesetzt hatte. Er hatte sich von seiner Frau vernachlässigt gefühlt, die für Diva alles tat. Lange Zeit hatte er seine Frau in dem Glauben gelassen, dass Diva durch ein Fenster, das die Frau zum Lüften geöffnet hatte, entwischt sei. Bei einem Streit schrie er seiner Frau die Wahrheit ins Gesicht. Die Frau verließ ihn noch am gleichen Tag.

Verzweifelt hatte die Frau nach Diva gesucht. Als sie die traurige Wahrheit erfuhr, hatte sie auf dem Parkplatz, auf dem ihr Mann Diva aus dem Auto geworfen hatte und in der Umgebung, viele Plakate aufgehängt. Bei ihrer verzweifelten Suche hatte sie eine Frau getroffen, die von der Streuneroma und ihren Katzen wusste. Voller Hoffnung war sie mit der Streuneroma zu der Scheune gefahren. Diva erkannte ihren geliebten Menschen sofort. Als die Frau sie auf den Arm nahm, legte Diva die Pfoten um ihren Hals und rieb ihren Kopf an ihrem Gesicht. Der Frau kullerten Freudentränen über das Gesicht. Die Streuneroma stand gerührt daneben und wischte sich verstohlen die Tränen aus den Augenwinkeln. Wir Katzen beobachteten diese Szene. Der Wunsch nach einem Menschen, der seine Katze so sehr liebt war wohl in jedem von uns. Selbst Carlos, der immer sagte, dass er sein Streunerleben über alles liebte, blickte sehnsüchtig zu Diva und ihrem Menschen. Glücklich verließen sie kurze Zeit später die Scheune. Die Frau hatte der Streuneroma einen größeren Geldbetrag für ihre Katzen in die Hand gedrückt. Wieder gab es eine glückliche Geschichte, die wir uns erzählen konnten. Ich hatte nie das Glück erfahren einen eigenen Menschen zu haben und musste die

Liebe der Streuneroma mit vielen anderen Katzen teilen, doch ich ahnte, wie schön es für Diva war in ihr Zuhause zurück zu kehren.

Der Sommer war viel zu schnell vorbei und machte dem Herbst Platz, der mit vielen regnerisch trüben Tagen das Streunerdasein erschwerte. Im Sommer war ich zweimal mit Carlos zu dem Bauernhof gegangen. Meine Brüder hatten mich auch einmal besucht. Gerne wäre ich viel öfter mit meiner Familie zusammen gewesen, doch ich wollte Tinka nicht zu oft alleine lassen. Außerdem war mir der Wald, seit der Geschichte mit Dandi, sehr unheimlich. Meiner Familie ging es genauso.

Eines Morgens kam Carlos mit stolzgeschwellter Brust zu mir. „Rate mal, was ich gefunden habe, " sagte er.

„Ich weiß nicht. Vielleicht einen Platz an dem es besonders viele Mäuse gib," sagte ich.

„Ganz falsch, " schmunzelte Carlos. „Es ist etwas, das dir und Tinka große Freude bereitet."

Mir fiel nichts ein. Nachdem mich Carlos mit merkwürdigen Tipps wie, du kannst mit Tinka auf eine Reise gehen, vollständig verwirrt hatte, rückte er endlich mit der Sprache heraus.

„Ich kenne jetzt eine Weg zum Bauernhof, der nicht durch den Wald führ ," sagte er und genoss jedes einzelne Wort.

Ich blickte Carlos nur verdutzt an.

„Und der Weg ist viel kürzer als der durch den Wald, " sagte er voller Stolz. „Wenn du möchtest zeige ich dir den Weg heute noch." Glücklich lief ich zu Tinka, um ihr von dieser großartigen Neuigkeit zu berichten. Sie blickte mich zuerst misstrauisch an, doch als ich ihr versprach, dass wir auf keinen Fall durch den Wald laufen würden, war sie dabei. Wir folgten Carlos, der uns auf einem Weg mit vielen Abzweigungen zu dem Bauernhof brachte. Dort angekommen staunten Carlos und ich nicht schlecht, denn es hatte sich, seit unserem letzten Besuch, vieles verändert. Das Haus hatte einen schönen Anstrich erhalten und die Wiese um das Haus war gemäht. Hinter dem Haus waren Beete entstanden. Der alte Stall neben dem Haus, der ein undichtes Dach hatte, erstrahlte nun in einem neuen Glanz. Leider war es auf dem einst so stillen Bauernhof sehr laut. Tinka war ganz ängstlich und mir dröhnte, als wir meiner Familie suchten, der Kopf. Wir liefen zu einem alten Schuppen, der auf der andere Seite der Wiese stand. Dort fanden wir meine Familie und die anderen Katzen. Sie hatten sich vor dem Lärm verkrochen und machten einen unglücklichen Eindruck. Carlos berichteten meiner Mutter und meinen Brüdern von unserem neuen Weg. Schnell stand der Entschluss fest, dass sie mit uns zur Scheune kommen würden. Der Krach war einfach zu viel für meine Mutter, die nicht mehr die Jüngste war. Meine Familie war natürlich über Carlos Entdeckung sehr glücklich. In Zukunft würde es mit den gegenseitigen Besuchen viel einfacher sein. Als wir zur Scheune zurückkamen war es bereits dunkel. Die Streuneroma war zum Füttern schon längst in der Scheune gewesen. Wir mussten uns mit Trockenfutter begnügen, was nicht weiter schlimm war, denn es schmeckte sehr gut. Als unser Mahl beendet war, steuerten wir zu dem Sofa, das Sabine und Rita vor einigen Wochen gebracht hatten. Dort angekommen staunten wir nicht schlecht. Auf unserem Sofa lag ein fremder Mann und schlief. Erschrocken suchten wir uns einen neuen Platz vom dem aus wir den Fremden beobachten konnten. Während wir uns der Fellpflege hingaben, beobachteten wir den Mann. Er hatte eine unserer Decken bis zum Kinn hochgezogen und schlief tief und fest. Vor dem Sofa stand ein alter Rucksack. Als Carlos seine Fellpflege beendet hatte, ging er zu dem Rucksack und nahm diesen in Augenschein. Nachdem er den Rucksack ausgiebig beschnuppert hatte, stellte er seine Vorderpfoten auf das Sofa und beschnupperte das Gesicht des Mannes. Seine Schnurrhaare berührten sein Gesicht und kitzelten ihn wach. Er öffnete die Augen und blickte in Carlos Gesicht, der erschrocken zurückwich.

„Na, liege ich auf deinem Platz, " sagte der Mann schlaftrunken. Seine Stimme klang angenehm beruhigend.

Carlos kehrte schnell zu uns zurück. Der Mann drehte uns den Rücken zu und schlief weiter. Wir wussten nicht, was wir von unserem Gast halten sollten.

„Ich glaube das ist auch ein Streuner, " sagte Tinka.

„Menschen sind doch keine Streuner, " empörte sich Carlos. „ich habe schon von Hunden gehört, die Streuner sind, aber von Menschen habe ich das noch nie gehört. Das ist mir neu."

„Doch, doch, die gibt es auch, " ereiferte sich Tinka. „Als ich noch in der Stadt unterwegs war, habe ich viele von ihnen gesehen. Sie leben dort auf der Straße und suchen, wie wir Katzen, in den Mülltonnen nach Futter."

Meine Mutter bestätigte Tinkas Aussage, denn auch sie hatte Menschen gesehen, die auf der Straße lebten. Als sie nach uns gesucht hatte, traf sie sogar auf eine Frau, die ihr von ihrem Futter etwas abgab.

„Egal, " sagte Carlos. „Dieser Mensch hat in unserer Scheune nichts zu suchen!"

„Was willst du tun, " fragte ich.

„Die Streuneroma wird ihn sicher verjagen, " sagte Oscar.

„Mhm, wenn er auch ein Streuner ist kann es doch sein, dass er nett ist, " sagte Carlos nun nachdenklich. „Als ich ihn vorhin beschnuppert habe, hatte er einen Geruch, der mir nicht unangenehm war."

„Er ist ein Mensch! Menschen sind selten gut, " sagte ich.

„Was sollen wir tun, " fragte Tinka. „Wenn er uns nichts tut, kann er doch hier bleiben. Die Scheune ist doch groß genug."
Wir wussten nicht, was wir von unserem Gast halten sollten und machten ein Nickerchen.
Als ich in der Nacht wach wurde, lag der Mann nicht mehr auf dem Sofa. Nur der alte Rucksack stand an seinem Platz. Ich ging nach draußen, denn ich musste dringend mein Geschäft verrichten. Auf dem Rückweg sah ich den Mann auf einem alten Holzstapel sitzen. Er spielte auf einer Gitarre und sang leise dazu. Irgendwie spürte ich, dass er traurig war. Wir Katzen haben ein feines Gespür für Menschen, was sich in diesem Moment bei mir bemerkbar machte, obwohl ich noch wenige Erfahrungen mit Menschen gesammelt hatte. Ich setzte mich in einiger Entfernung hin und beobachtete den Fremden ganz genau. Natürlich wusste ich nicht, dass es Menschen gab, die ihren Lebensunterhalt durch Straßenmusik verdienten. Ich wusste auch nicht, dass dieser Mensch alles verloren hatte und froh war, in der Scheune einen trockenen Schlafplatz gefunden zu haben. Als Katze spürte ich nur instinktiv, dass er ein guter Mensch war. Seine Stimme war sanft. Aufmerksam betrachtete ich das Gesicht des Mannes aus sicherer Entfernung. Er hörte auf zu spielen und blickte mich an. Leise sprach er mit mir, und obwohl ich den Sinn seiner Worte nicht verstehen konnte, fühlte

ich mich zu ihm hingezogen. Schnell verzog ich mich in die Scheune, denn ich war noch nicht bereit dem Fremden zu vertrauen. In der Scheune angekommen schmiegte ich mich eng an Tinka. Es war eine Vollmondnacht, die schon recht kalt war. Sabine und Rita waren heute zum Füttern gekommen und hatten unsere Schüssel reichlich mit Futter gefüllt. Für Tinka und mich gab es keinen Grund unterwegs zu sein. Wir genossen die Wärme, die wir uns gegenseitig gaben und schlummerten selig. Am nächsten Morgen, als wir von unserem Morgenspaziergang zurückkamen, war der Mann verschwunden. Lediglich sein großer Rucksack stand noch in der Scheune. Wir machten uns keine Gedanken mehr über den Mann. Es versprach ein schöner Herbsttag zu werden. Nach dem Frühstück, einer ausgiebigen Fellpflege und einem kleinen Nickerchen gingen wir mit meiner Mutter und meinen Brüdern zum Bauernhof. Ich wäre lieber bei der Scheune geblieben, doch meine Familie wollte unbedingt zurück zum Bauernhof. Tinka war sofort dabei. Für sie war der erste Besuch auf dem Bauernhof ein Abenteuer gewesen, das sie gerne wiederholen wollte. Ich beugte mich der Mehrheit. Natürlich war auch Dandi mit von der Partie. Er folgte uns überall hin. Als die Streuneroma Dandi zum ersten Mal auf dem Bauernhof sah, war sie sehr verwundert gewesen. Wie groß würde ihre Verwunderung sein, wenn sie dort auf Tinka traf? Carlos war heute nicht dabei. Wir hatten ihn an diesem Tag noch nicht gesehen.

Einen Grund zur Sorge hatten wir nicht, denn Carlos war manchmal mehrere Tage verschwunden.

Der neue Weg führte am Fluss entlang. Ich hatte mir einen alten Schuppen gemerkt, denn dort mussten wir nach rechts. Nach kurzer Zeit mussten wir eine Landstraße überqueren. Zum Glück fuhren hier nur sehr wenige Autos. Nachdem wir die Landstraße überquert hatten, ging es über ein Feld und einen Hügel hoch. Oben angekommen konnten wir den Bauernhof schon sehen. Schon von weitem hörten wir einen ohrenbetäubenden Lärm. Dort angekommen, sahen wir Sabine und die Streuneroma und noch einige andere Menschen, die wir nicht kannten, geschäftig umher laufen. Wir versteckten uns hinter einem Busch und beobachteten das Treiben eine Weile, bis uns die Köpfe von den lauten Geräuschen dröhnten und wir uns schnell auf den Rückweg machten. Meine Mutter und meine Brüder waren sehr enttäuscht. Sie hatten Angst um ihr Zuhause. Ich versuchte sie zu trösten, denn schließlich konnten sie ja auch bei mir in der Scheune bleiben. Davon wollten sie allerdings nichts hören. Katzen sind Gewohnheitstiere, die ihr Zuhause lieben. Natürlich verstand ich ihre Bedenken, denn wenn ich mit Carlos eine Weile auf dem Bauernhof war, freute ich mich immer wieder auf unsere alte Scheune.

Am frühen Abend waren wir wieder in der Scheune. Hungrig warteten wir auf unsere Menschen. Es dauerte nicht lange, bis wir das Auto der Streuneroma hörten. Sie kam heute alleine. Nachdem sie unsere Teller gefüllt hatte, setzte sie sich in ihren Sessel und sah uns zu. Plötzlich entdeckte sie den großen Rucksack.

„Wo kommt der denn her, " sagte sie und betrachtete ihn aufmerksam. „Da ist wohl jemand bei euch eingezogen."

Wir konnten der Streuneroma natürlich nicht von dem Mann erzählen. Sie setzte sich wieder in ihren Sessel und sah sich in der Scheune um. Carlos fehlte noch immer. Das entging der Streuneroma nicht. Der Rucksack wurde zur Nebensache, denn wenn eine ihrer Katzen fehlte, machte sie sich große Sorgen. Kurze Zeit später tauchte der Mann in der Scheune auf. Ich wartete auf ein großes Donnerwetter, doch das blieb aus.

„Ist das Ihr Rucksack," fragte sie den Mann. Der Mann ahnte sofort, dass er sich der Besitzerin der Scheune gegenüber sah und entschuldigte sich für sein Eindringen. Die Streuneroma sah sofort, dass es sich hier um einen Obdachlosen handelte. Der Mann durfte in der Scheune bleiben. Die Streuneroma kramte aus einer Ecke der Scheune einen Schlafsack hervor, den sie dem Mann reichte. Der Mann war von der Güte der Streuneroma sichtlich berührt und bedankte sich vielmals. Er erzählte ihr, dass er Straßenmusiker sei, was ein hartes Leben war, denn die meisten Menschen gingen achtlos an ihm vorbei.

Als die Streuneroma weg war, setzte sich der Mann in einen Sessel, der neben dem Sessel der Streuneroma stand. Er hatte den Schlafsack um sich gewickelt und rauchte eine Zigarette. Wir beobachteten ihn aufmerksam. Der Mann erzählte uns von seinem Tag in der Stadt, was wir natürlich nicht verstanden, aber seine Stimme klang sehr angenehm in unseren Ohren. Selbst die Katzen, die keinen Menschen an sich heranließen saßen in seiner Nähe und lauschten dieser Stimme. Wir blieben einfach in seiner Nähe, und als Carlos auftauchte, war ich sehr glücklich. Der Mann bewunderte den hübschen Carlos, der sich mit Heißhunger über die Futterreste hermachte.

„Wo warst du nur so lange, " schimpfte ich.

„Sorry, kleine Mia, es hat etwas länger gedauert, " klang Carlos Stimme zwischen zwei Bissen zu mir herüber.

„Warum kannst du nicht einfach hier bei uns bleiben. Wir machen uns jedes Mal große Sorgen, " sagte ich vorwurfsvoll.

„Weil ich ein Streuner bin, " sagte er kurz und knapp.

Ich seufzte. Diese Diskussion hatte ich mit Carlos schon so oft geführt. Als Carlos satt war sprang er elegant auf einen Schrank, der mit einer warmen Decke versehen war. Das war Carlos Lieblingsplatz. Von hier oben hatte er alles im Blick. Jetzt war er aber müde. Nach einer kurzen Fellpflege rollte er sich zusammen und schlief. Wir wussten nicht, was Carlos auf seinen Streifzügen so alles erlebte. Er machte aus seinen Abenteuern ein großes Geheimnis. Nur manchmal erzählte er uns die ein oder andere Geschichte.

Wir blieben an diesem Abend so lange in der Nähe des fremden Mannes, bis dieser sich zum Schlafen hinlegte. Dann ging jeder von uns seinen nächtlichen Beschäftigungen nach. Tinka und ich streiften durch die Wiesen auf der Suche nach Mäusen. Dandi folgte uns wie ein Schatten. Wir hatten uns an den kleinen Kerl gewöhnt und ihn sehr liebgewonnen. Durch seine Behinderung schaffte Dandi es sehr selten eine Maus zu fangen. Wenn es ihm gelang, war er voller Stolz und schenkte sie uns. Dandi war für Tinka wie ein zweites Kind, für das sie sorgte. Sie teilte ihre Mäuse mit dem jungen Kater, so wie sie am Anfang mit mir geteilt hatte. Inzwischen war ich sehr geschickt bei der Mäusejagd und gab die eine oder andere Maus auch an Dandi ab.

Gegen Morgen kehrten wir müde zu der Scheune zurück. Am Nachmittag wurde ich vom Klopfen des Regens auf das Dach der Scheune wach. Ich erblickte den fremden Mann, der es sich auf dem Sessel der Streuneroma bequem gemacht hatte. Er hatte den alten Schlafsack um seine Schultern gelegt und spielte auf seiner

Gitarre. Ich streckte mich gemütlich auf der Decke aus und schloss wieder die Augen.

Als ich wieder erwachte knurrte mein Magen und ich musste dringend nach draußen. Zum Glück hatte der Regen aufgehört. Ich suchte mir ein einigermaßen trockenes Plätzchen unter einem dichten Busch und verrichtete mein Geschäft. Meine innere Uhr sagte mir, dass bald die Streuneroma zu der Scheune kommen würde. Kurze Zeit später hörten wir ihr Auto. Alle Katzen liefen nach draußen, um die Streuneroma zu begrüßen. Der Mann setzte sich schnell in einen anderen Sessel. Er wollte die nette Frau auf keinen Fall verärgern. Die Streuneroma stieg aus dem Auto. Sie hatte den großen Korb, in dem unser Futter war und einen kleineren Korb dabei. Bevor sie unser Futter verteilte, reichte sie dem Mann den Korb. Der Korb enthielt Essen für ihn. Der Mann bedankte sich bei der Streuneroma und half ihr das Futter zu verteilen.

„Wie heißen Sie eigentlich, " fragte die Streuneroma den Mann.

„Joschka, " sagte er.

„Oh, das ist ein schöner Name. Wir haben hier auch einen Joschka, " schmunzelte sie und blickte sich unter ihren Katzen um. „Da ist er. Der schwarzweiße. Leider lässt er sich von niemandem anfassen."

Joschka wurde zu einem Dauergast in der Scheune. Unsere Menschen brachten für ihn Essen mit, und Joschka machte sich in der

Scheune nützlich. Er räumte auf, verbrannte alte Möbel und Bretter und, nachdem alles gefegt war, sah es in der Scheune richtig gemütlich aus. Sabine und Rita, die eines Tages zum Füttern kamen waren begeistert. Joschka hatte nicht nur in der Scheune aufgeräumt, sondern half auch jeden Tag bei der Reinigung der Katzentoiletten im Anbau. Im Moment gab es dort viel zu tun, denn die Streuneroma hatte mehrere kranke Katzen aufgenommen, die von einer verantwortungslosen Züchterin unter schlimmen Bedingungen gehalten worden waren. Diese Katzen mussten mehrmals am Tag mit Medikamenten versorgt werden. Joschka übernahm bereitwillig die Pflege der kranken Katzen. Es stellte sich sehr schnell heraus, dass er sie mit einer Hingabe und einer Engelsgeduld versorgte. Er gehörte zu den Menschen, die eine unerklärliche Verbindung zu Tieren haben. Joschka wurde zu unserem Mensch. Wir vertrauten ihm. Selbst die Katzen, die kein Vertrauen in Menschen hatten suchten seine Nähe. Diese, verwilderten Katzen, saßen um ihn herum und lauschten seiner Stimme. Joschka schaffte es sogar zwei dieser Katzen in kurzer Zeit zu streicheln. Die Streuneroma, Rita und Sabine waren begeistert von Joschka. Sie bedankten sich für seine Hilfe und brachten ihm Essen und Kleidung. Wir Katzen durften uns auf ein warmes Plätzchen in der Scheune freuen, wenn wir von der Mäusejagd zurückkamen.

Joschka hatte den alten Kachelofen, der in der Scheune stand, in Betrieb genommen. Holz zum Heizen fand sich im Wald genug. Die Streuneroma hatte mit dem Jäger gesprochen, der bereitwillig bei dem Transport der Stämme half. So arbeitete Joschka vom frühen Morgen bis es dunkel wurde. Er war der Streuneroma dankbar für das, was sie für ihn tat. Sie hatte ihm ein warmes Zuhause und eine Aufgabe gegeben. Joschka war der Hoffnungslosigkeit der Straße entronnen. Zweimal in der Woche ging er in die Stadt, um Musik zu machen. Die Musik war sein Leben. Er freute sich, wenn er mit seinen Liedern etwas Geld verdienen konnte.

Wir erlebten einen schönen Herbst am Fluss. Die Tage waren kühl, aber sonnig. Ich liebte mein Katzenleben und genoss es in vollen Zügen. Seit Carlos einen Weg zu dem Bauernhof gefunden hatte, der nicht durch den Wald führte, konnte ich mit Tinka und meiner Familie, wann immer wir wollten, zum Bauernhof gehen. Das taten wir in der Nacht, denn dann war es still auf dem Bauernhof. Morgens, wenn die Menschen mit ihren Maschinen ihre Arbeit begannen, verschwanden wir wieder. Auf dem Bauernhof hatte sich viel verändert. Die alten Möbel waren aus dem Wohnhaus verschwunden. Es gab neue Mauern, und der untere Bereich erstrahlte in neuen Farben. Was hier geschah wussten wir nicht. Meine Familie war enttäuscht, dass aus ihrem schönen Zuhause eine Baustelle geworden war, doch sie hatten sich inzwischen in der Scheune gut eingelebt. Sie liebten ihr Zuhause. Immer wieder machten wir uns auf den Weg, um nachzuschauen, ob wieder Ruhe eingekehrt war. Ich mochte diese Ausflüge zum Bauernhof. Der Weg führte ein Stück am Fluss entlang. Wir hatten eine alte Hütte entdeckt die uns anfangs als Orientierung diente und in der es viele Mäuse gab. Dort machten wir auf dem Rückweg immer Halt. Es gab dort so viele Mäuse, dass selbst Dandi, der uns natürlich immer begleitete, Erfolg bei der Mäusejagd hatte. Das machte ihn sehr stolz und übermütig. Leider führte sein Übermut eines Tages zu einem großen Unglück. Dandi verlor das Gleichgewicht und fiel in eine große rostige Regentonne. Er saß auf dem Boden der Tonne und versuchte verzweifelt seinem Gefängnis zu entkommen, was ihm nicht gelang. Durch seine Behinderung schaffte er es nicht aus der Tonne zu springen. Wir waren erschrocken und wussten nicht, wie wir dem kleinen Kerl helfen sollten. Schließlich entschieden wir zu der Scheune zu gehen. Vielleicht konnten wir Joschka dazu bringen nach Dandi zu suchen. Dandi hatte große Angst und wollte nicht allein bleiben. Oskar blieb bei ihm, während wir schnell zur Scheune liefen. Ich hoffte, dass der schlaue Carlos in der Scheune war, denn der wusste sicher einen Rat. Als wir an der Scheune ankamen war

von Carlos weit und breit keine Spur.
Joschka hackte hinter der Scheune Holz. Als
er uns auf sich zukommen sah, legte er die
Axt zur Seite.
„Gut, dass ihr kommt. Es ist Zeit für eine
Pause," sagte er lachend und setzte sich auf
einen Holzstamm. Er trank Wasser aus einer
Flasche und sah uns erwartungsvoll an. „Na,
wollen wir eine Runde Kuscheln," fragte er
und streichelte über meinen Rücken.
Ich stupste mit meinem Kopf gegen
Joschkas Bein und lief ein Stück von ihm
weg. Tinka, meine Mutter und mein Bruder
folgten meinem Beispiel. „Was ist bloß mit
euch los?" Joschka blickte uns ratlos an. So
hatten sich die Katzen noch nie verhalten.
Als sich das Stupsen und Weglaufen
wiederholte, wusste Joschka, dass
irgendetwas nicht in Ordnung war. Er war
ratlos und schaute nach unseren
Futterschüsseln, weil er vermutet, dass wir
eine Extraportion Futter erhalten wollten.
Joschka füllte etwas Futter in die Schüsseln.
„Ausnahmsweise, " sagte er mit einem
Augenzwinkern.
Wir waren verzweifelt, weil Joschka uns nicht
verstand und liefen weiter um seine Beine
und dann ein Stück von ihm weg.
„Was ist bloß los mit euch? Wollt ihr mir
etwas zeigen" fragte er und lief hinter uns
her.
Erleichtert, dass Joschka unser Anliegen
verstanden hatte, liefen wir weiter. Joschka
folgte uns. Er wusste nicht, was hier

geschah, aber sein Einfühlungsvermögen für uns Katzen sagte ihm, dass hier etwas nicht in Ordnung war. Endlich erreichten wir den alten Schuppen in dem Dandi in der Falle saß. Als Joschka das klägliche Miau hörte, hatte er die Ursache schnell gefunden. Er beugte sich in die Regentonne und fischte Dandi von ihrem Boden. Dandi war unendlich erleichtert und schmiegte sich an Joschka. Wieder einmal hatten wir das Leben dieses kleinen Unglücksraben gerettet. Wir waren uns einig, dass wir in Zukunft noch besser auf ihn aufpassen mussten.

Als wir zurück zur Scheune kamen, war die Streuneroma da. Joschka erzählte ihr die unglaubliche Geschichte, die er soeben mit den Katzen erlebt hatte. Die Streuneroma war sehr überrascht. So eine Fürsorge unter Katzen hatte sie selten erlebt. „Wir müssen auf Dandi gut aufpassen," sagte sie. „Durch seine Behinderung ist er immer in Gefahr."

Nach der Geschichte mit der Regentonne war Dandi noch anhänglicher als zuvor. Am liebste wäre er überhaupt nicht mehr von unserer Seite gewichen, was wir nicht zuließen, denn jede Katze braucht auch ihren Freiraum. Wenn er nicht in unserer Nähe sein konnte, wartete er traurig in der Scheune auf uns. Kamen wir zurück wurden wir von Dandi so begrüßt, als wären wir viele Tage weg gewesen. Tinka und ich waren nur selten ohne Dandi unterwegs. Es brach uns das Herz, wenn er traurig in der Scheune saß und uns nachblickte.

Der Herbst ging vorüber. Ein milder Winter folgte, der viel Regen brachte. Wir Katzen vom Fluss genossen unser neues Leben mit Joschka. Seine Gegenwart in der Scheune bescherte uns nicht nur ein warmes Zuhause, sie sorgte auch dafür, dass wir nun zweimal am Tag Futter erhielten. Die Streuneroma kam zwar immer noch täglich vorbei, um nach ihren Katzen zu sehen, aber sie überließ Joschka gerne die Versorgung der Katzen. Sie vertraute dem Mann, der viele Jahre auf der Straße gelebt hatte. Das Leben war für die alte Frau, seit sie die Unterstützung von Sabine, Rita und Joschka hatte, viel leichter geworden. Sabine und Rita hatten ihren unermüdlichen Einsatz für die Streuner im Internet bekannt gemacht. Nun kamen oft Menschen zu der Streuneroma, die Futter für die Katzen brachten oder der Paketdienst brachte Futterpakete. Manchmal fand auch eine der Katzen ein neues Zuhause, was aber nie dazu führte, dass nun weniger Katzen in der Scheune lebten. Immer wieder brachte die Streuneroma neue Katzen. Manche von ihnen hatten ein schlimmes Schicksal erfahren und große Angst vor Menschen. Andere waren krank oder hatten Verletzungen. Immer wieder schaffte es Joschka Wunden zu heilen, Krankheiten zu lindern und den geschundenen Wesen wieder Vertrauen zu den Menschen zu schenken. Seine Geduld war grenzenlos, wenn ihm eine Katze fauchend gegenüberstand. Irgendwie schaffte er es immer ihr Vertrauen zu erlangen, was nicht selten Wochen dauerte. Manchmal galt es auch Streitigkeiten unter den Katzen zu schlichten. Wo so viele Katzen zusammenleben bleibt Streit natürlich nicht aus. Mit seiner ruhigen Art schaffte es Joschka die Streithähne zu beruhigen. Ernsthafte Kämpfe gab es unter den Katzen nicht. Die Katzen vom Fluss lebten im Allgemeinen friedlich zusammen. Wer sich nicht mochte konnte sich in der großen Scheune aus dem Weg gehen.

An einem kalten Wintertag sollte sich unser Leben in der Scheune ändern. Joschka kam gegen Abend aus der Stadt zurück. Wir trauten kaum unseren Augen, denn er hatte einen großen schwarzen Hund dabei. Als Joschka mit dem Hund die Scheune betrat flüchteten wir auf erhöhte Plätze und beobachteten den Eindringling. Viele Menschen behaupten, dass Hunde und Katzen sich nicht mögen. Das ist falsch. Wir Katzen verstehen die Körpersprache der Hunde nicht, und die Hunde können die Körpersprache der Katzen nicht deuten. Dieser Umstand lässt uns auf Abstand gehen. Manchmal machen Katzen mit Hunde aber auch schlechte Erfahrungen, werden von ihnen gejagt oder sogar verletzt. Diese Katzen wollen natürlich nie wieder etwas mit einem Hund zu tun haben. Ich hatte keine Erfahrungen mit Hunde und beobachtete den Neuankömmling aufmerksam. Joschka fütterte ihn mit Katzenfutter, das er gierig verschlang. Als er damit fertig war, legte Joschka eine Decke auf den Boden. Der Hund legte sich darauf und war kurze Zeit später eingeschlafen. An diesem Abend traute sich keine Katze auf Joschkas Beine zu springen, als dieser in einem gemütlichen Sessel saß. Joschka hatte es inzwischen geschafft einen alten Stromerzeuger wieder in Gang zu bringen. Sabine und Rita hatten ihm ein altes Fernsehgerät gebracht. In der Scheune war es richtig gemütlich geworden, denn die alten Möbel, die jahrelang verstaubt in den Ecken gestanden hatte, erstrahlten, dank einer gründlichen Reinigung und einem Anstrich, in neuem Glanz.

„Na, kommt schon her ,“ sagte Joschka zu Dandi, Tinka und mir. „Max wird euch nichts tun. Er ist genauso verlassen wie ihr.“

Wir saßen in der Nähe und beobachteten den Hund ganz genau, während die anderen Katzen das Interesse längst verloren hatten. Einige waren panikartig geflohen und die anderen gingen ihren abendlichen Beschäftigungen nach.

Am nächsten Morgen war Joschka, wie immer, früh auf den Beinen. Bevor er zu den Katzen im Anbau ging, erhielten wir unser Frühstück. Max wich nicht von Joschkas Seite. Uns Katzen begegnete er vorsichtig. Er hielt von unseren Schüsseln Abstand und wartete geduldig, bis Joschka auch für ihn eine Schüssel gefüllt hatte. Blitzschnell verschlang Max das Futter und folgte

Joschka eilig zum Anbau. Dort wies ihn Joschka an zu warten, was Max auch tat, als hätte er nie an einem anderen Ort gelebt. Als die Streuneroma am Nachmittag mit einer neuen Ladung Futter kam, staunte sie über den neuen Bewohner der Scheune nicht schlecht. Joschka erzählte Max und seine Geschichte, die irgendwann begann, als seine Verzweiflung am größten war. An diesem Tag hatte sein Gitarrenspiel nur wenig Geld eingebracht. Joschka konnte sich, wie auch an den Tagen zuvor, nur ein karges Mahl und eine billige Flasche Wein leisten. Er saß auf einer Bank und blickte gedankenverloren über den Fluss, als Max plötzlich auftauchte. Der Hund beäugte ihn ängstlich und blieb stehen, nachdem er die Bank umrundet und einen Mülleimer nach Futter durchsucht hatte. Der Hund war sehr dünn. Joschka konnte jede einzelne Rippe unter seinem stumpfen schwarzen Fell erkennen. Der Hund hatte einen großen weißen Fleck auf der Brust. Auch das rechte Bein war bis zur Hälfte weiß und das rechte Auge war weiß umrandet, was dem großen Hund einen lustigen Gesichtsausdruck verlieh. Joschka konnte diesen treuen, flehenden Augen nicht widerstehen und gab dem Hund die Hälfte seines kläglichen Abendessens. Der Hund verschlang das Brot und den Käse gierig. Als keine weiteren Happen folgten, trottete er mit gesenktem Kopf davon. Der Hund ging Joschka nicht mehr aus dem Kopf. Als er am nächsten Tag auf der Straße Gitarre spielte und ein trauriges Lied dazu sang, sah er die traurigen Augen des Hundes vor sich. Der Hund ist genauso ohne Hoffnung wie ich, dachte er. An diesem Tag kaufte er eine Dose Hundefutter in der Hoffnung, dass er Hund auch an diesem Abend zu der Bank am Fluss kam. Der Hund kam am Abend zu der Bank. Die Bank wurde zu ihrem Treffpunkt. Joschka taufte den Hund Max und freute sich, dass sein körperlicher Zustand mit jedem Tage besser wurde. Dann, nach Wochen, ließ Max es zu, dass Joschka seinen Kopf streichelte. Diese Berührungen dauerten nie lange, denn Max erschrak sobald sich Joschka auch nur bewegte oder ein Fußgänger vorbei kam. Als Joschka in der Scheune unterkam vergaß er seinen vierbeinigen Freund nicht. Egal bei welchem Wetter kam Joschka am Abend zu ihrer Bank und wartete auf Max. Eines Abends wartete er vergebens auf Max. Voller Sorge wanderte Joschka durch die nächtlichen Straßen auf der Suche nach Max. In dieser Nacht konnte er den Hund nicht finden, und als er am nächsten Abend ausgehungert an ihrer Bank auftauchte, stand Joschkas Entschluss fest. Max sollte bei ihm in der Scheune ein sicheres Zuhause erhalten. Nie wieder sollte er auf der Flucht vor bösen Menschen oder den Hundefänger sein. Am nächsten Tag erstand er in einer Zoohandlung ein Brustgeschirr und eine Leine für Max und setzte sich am Abend, voller Erwartung, auf ihre Bank. Joschka wusste nicht, wie Max auf das Brustgeschirr reagieren würde. Inzwischen hatte der Hund seine Scheu vor ihm verloren und begrüßte ihn immer mit einem freudigen Schwanzwedeln. Als Max an diesem Abend sein Futter verspeist hatte streifte Joschka ihm vorsichtig das Brustgeschirr über. Zu seiner Überraschung ließ der Hund das ohne Probleme geschehen. Sicher kannte er Halsband und Leine aus einem früheren Leben. Ohne zu Zögern folgte er Joschka zu der Scheune.

Die Streuneroma war gerührt von Joschkas und Max Geschichte. Jetzt konnte sie sich endlich für Joschkas Hilfe bedanken. Am nächsten Tag wollte sie die beiden zum Tierarzt fahren, damit Max untersucht und geimpft werden konnte. Vielleicht musste er auch noch kastriert werden. Die Kosten für Max Behandlung würde sie sehr gerne bezahlen, denn Joschkas Hilfe in der Scheune war nicht mehr wegzudenken.

So kam es, dass wir Katzen vom Fluss einen neuen Mitbewohner hatten. Wir gewöhnten uns sehr schnell an ihn, denn Max strahlte eine Ruhe aus, die uns unsere Ängste schnell vergessen ließ. Lediglich die Katzen, die irgendwann schlechte Erfahrungen mit Hunden gemacht hatten, trauten ihm nicht über den Weg und fauchten sobald Max in ihre Nähe kam. Max lernte schnell welche Katzen ihn mochten und welchen er besser aus dem Weg ging. So verlief unser

Zusammenleben bald sehr harmonisch. Am Abend, wenn Joschka vor seinem alten Fernsehgerät saß, versammelten wir uns um ihn. Max lag auf seiner weichen Decke, und viele von uns Katzen lagen ebenfalls in seiner Nähe.

4.Kapitel

So ging auch dieser Winter vorüber. Nur wenige frostige Tage lagen hinter uns, als die ersten Frühlingsblumen vorsichtig aus der Erde spitzten. In diesem Winter hatte es keine Not für uns Katzen gegeben. Es gab genügend Futter für uns, und die Scheune war ein warmer Zufluchtsort. Tinka, Dandi, Carlos und ich hatten nach kurzer Zeit mit dem Hund Freundschaft geschlossen. Das war eine gute Sache, denn wenn es kalt war konnte man sich sehr schön an Max kuscheln. Natürlich sprechen wir Katzen nicht die gleiche Sprache wie die Hunde, doch, wenn beide Seiten sich Mühe geben, können wir uns verstehen. So erfuhren wir, dass Max in seinem Zuhause mit zwei Katzen zusammengelebt hatte. Die Katzen waren verschwunden, als der Mensch in seinem Alkoholrausch jeden Abend schrie und nach seinen Tieren trat und schlug. Max war bei ihm geblieben und ertrug die Misshandlungen, und auch den Hunger, der oft in seinem Inneren wütete, veranlasste ihn nicht dazu seinen Menschen zu verlassen. Hunde sind da anders als Katzen. Sie bleiben bei ihrem Menschen, auch wenn dieser schlecht zu ihnen ist. Irgendwann war der Mann verschwunden. Max harrte über eine Woche in der leeren Wohnung aus und wartete auf seinen Menschen. Als Hunger und Durst Max Leben zu beenden drohten, sprang er durch ein Fenster in die Freiheit.

Max litt große Not bis zu dem Tag an dem er Joschka traf. Sie waren beide Gestrandete, die ihre Tage ohne Hoffnung verbrachten. Am Tag waren sie damit beschäftigt ihr Überleben zu sichern. In der Nacht suchte jeder für sich einen Unterschlupf, der ein wenig Geborgenheit und Wärme gab. Die abendlichen Treffen am Fluss waren für Joschka und Max kleine Lichtblicke in ihren grauen Tagen. Max hatte nach einiger Zeit Vertrauen zu Joschka gefasst, denn er spürte, dass von ihm keine Gefahr ausging. Zum ersten Mal in seinem Leben war da ein Mensch, der sanft seinen Kopf streichelte. Nach ihren abendlichen Treffen am Fluss trennten sich ihre Wege immer wieder, bis zu dem Abend, an dem Joschka Brustgeschirr und Leine mitbrachte. Max ließ sich das Brustgeschirr bereitwillig überstreifen, denn er spürte, dass er nun bei seinem Menschen angekommen war.

Für Joschka und Max hatte in der Scheune ein neues Leben begonnen. Beide waren sie es gewohnt von Menschen abgelehnt und verjagt zu werden. Hier in der Scheune war alles anders. Da gab es plötzlich Menschen, die sie so akzeptierten, wie sie waren. Joschka hatte bei der ersten Begegnung mit der Streuneroma gespürt, dass sie eine ganz besondere Frau war. Ihre gütigen Augen hatten auf Joschka geruht, als er ihr zum ersten Mal begegnete. Er hatte sofort gespürt, dass von ihr keine Gefahr ausging. Obwohl er ohne ihre Erlaubnis in die

Scheune eingedrungen war, war sie nicht böse auf ihn gewesen. Am nächsten Tag hatte sie ihm Essen mitgebracht. Joschka war der Streuneroma sehr dankbar. Lange hatte er sich als Versager gefühlt. Hier in der Scheune spürte er eine Geborgenheit, die sehr lange in seinem Leben gefehlt hatte. Die Katzen und ihre Menschen gaben ihm neue Zuversicht, und als dann auch noch Max bei ihm lebte, war sein Glück perfekt. Hier war er kein Außenseiter. Die Sorge für die Katzen wurde zu Joschkas Lebensinhalt, so wie sie auch zum Lebensinhalt der Streuneroma geworden war, als ihr geliebter Mann früh sterben musste. Obwohl die Streuneroma Joschkas Lebensgeschichte nicht kannte, hatte sie sofort gespürt, dass hier ein Mensch vor ihr stand, dem das Schicksal jede Freude am Leben genommen hatte. Sie sah, wie die Sorge für die Katzen diesen Menschen von Tag zu Tag veränderte. Das Lachen kehrte in seine Augen zurück. So war es auch bei ihr, als sie nach langen Monaten der Trauer ein dünnes, krankes Katzenkind in ihrem Garten gefunden hatte. Sie hatte ihm ein neues Leben geschenkt und gleichzeitig von dem Kätzchen ein neues Leben erhalten. Die Streuneroma hatte ihre Trauer überwunden. Von dieser Zeit an hatte sie ihr Leben den Streunerkatzen gewidmet. Manchmal, wenn sie bei ihren Katzen in der Scheune saß, dachte sie an diese Zeit zurück. Immer noch spürte sie den schmerzlichen Verlust des

Menschen, den sie über alles geliebt hatte.
Sie dachte an den Nachmittag im Sommer,
als sie ihrem Paul zum ersten Mal begegnet
war. Wie leicht und unbeschwert war dieser
Sommer als sie zwölf Jahre alt war.
Träumend hatte sie am Flussufer gesessen,
als sich ein blondhaariger Junge mit vielen
Sommersprossen, der kaum älter war als sie,
sich wie selbstverständlich zu ihr setzte. Sie
sprachen über dies und das. Es war eine
Vertrautheit zwischen ihnen, obwohl sie sich
vorher noch nie gesehen hatten. Von diesem
Tag an waren sie unzertrennliche Freunde,
bis aus ihrer Freundschaft, ein paar Jahre
später, eine innige Liebe wurde. Als ihr Mann
aus dem Leben gerissen wurde, zerbrach für
sie eine ganze Welt. Kein anderer Mann
konnte die Lücke füllen, die sein Tod in ihrem
Leben hinterließ. Sie lebte allein mit ihrer
Tochter. Fünf Jahre waren ihre Tage eintönig
und ohne Freuden, bis zu dem Tag an dem
dieses kleine, verängstigte Fellknäul in ihrem
Garten saß. Da hatte sie in ihrem Inneren
etwas gespürt. Es war eine tiefe, innige
Liebe, die sie nur noch für ihre Tochter
gespürt hatte, eine Liebe die die Mauern der
Verzweiflung durchbrechen konnte. Das
Leben hatte sie wieder! Einige Wochen
später ging sie zu der Scheune. Seit dem
Tod ihres Mannes hatte sie diesen Ort, an
dem sie mit ihm viele glückliche Stunden
verbracht hatte, gemieden. Hier fand sie
viele glückliche Erinnerungen an die
gemeinsame Zeit, denn hier am Fluss war

der Ort ihrer ersten Begegnung. Als sie die alte Scheune betrat, war die Erinnerung an den ersten Kuss so lebendig, als wäre er gerade erst geschehen. Gedankenverloren saß sie in dem alten Sessel. Die Sonne schien in die Scheune und ließ Millionen von Staubkörnchen vor ihren Augen tanzen. Plötzlich war da ein Rascheln aus einer Ecke in der ein Stapel alter Säcke lag. Drei winzige Katzenbabys und eine viel zu dünne Katzenmutter erblickte sie, als sie nach der Ursache des Raschelns suchte.

Von diesem Tag an kam sie jeden Tag zu der Scheune. Zuerst war es nur die Katzenmutter und ihre Kinder, die sie versorgte, doch sehr schnell stellte sie fest, dass die Scheune ein Zufluchtsort für viele verlassene Katzen war. Ihre Fürsorge für verlassene Katzen war bald weit über ihren Heimatort bekannt. Viele tierliebe Menschen unterstützten die Frau mit Futter- und Geldspenden. Jahre später, als ihr Haar grau wurde, nannte man sie liebevoll die Streuneroma.

So hatten sie zusammen gefunden. Eine einsame Frau, die ihre große Liebe für immer verloren hatte und die Katzen, für die niemand sorgte. Manchmal dachte die Streuneroma, dass die Katzen hier in der Scheune die große Liebe spürten, die sie für ihren Mann empfunden hatte. Vielleicht kamen sie deshalb in ihrer Not zu diesem Ort. Diese Vorstellung tröstete sie und schenkte ihr viele Stunden des Glücks, wenn sie bei ihren Katzen in der Scheune saß. Manchmal, wenn die Trauer sie wieder überkam, wie eine Wasserflut bei einem großen Regen das Ufer des Flusses überschwemmte, sah sie sich umringt von ihren Katzen. Sie gaben ihr Trost und das Gefühl geborgen zu sein. Nie hatte sie es bereut diesen armen Tieren ihr Leben zu widmen. Die Liebe ihrer Katzen war für die Streuneroma ein großes Geschenk. Jedes Mal, wenn eine Katze sie verließ, war sie traurig, obwohl sie wusste, dass sie in ein gutes Zuhause kam. Die Streuneroma wählte die neuen Menschen sehr sorgfältig aus. Sie besuchte die neuen Besitzer vor der Vermittlung in ihrem Zuhause und sprach sehr lange mit ihnen. Sehr oft entwickelte sich aus diesen Vermittlungen ein loser Kontakt. Die neuen Besitzer schickten Bilder, Futter oder kamen persönlich mit Futterpaketen zu ihr. Die Arbeit der Streuneroma beeindruckte viele tierliebe Menschen, und seit ihre Tochter für ihren Einsatz im Internet warb, war die Streuneroma berühmt geworden. Nicht selten kamen Futterpakete oder Geldspenden von Menschen, die in fernen Ländern lebten. So war für die Streuneroma vieles leichter geworden. Ihre Tochter, Sabine und natürlich Joschka waren eine große Hilfe. Sie hatte Joschka, aus dem sie nicht schlau wurde, in ihr Herz geschlossen. Instinktiv spürte sie, dass dieser schweigsame Mann ein schweres Schicksal

in sich trug. Fragen mochte sie ihn nicht,
denn sie befürchtete, dass Joschka nicht mit
ihr über seine Vergangenheit sprechen
wollte. So saßen sie oft in der Scheune,
umringt von den Katzen und sprachen über
den Tag. Joschka nahm seine Arbeit für die
Katzen sehr genau. Er wusste immer, wie
das Befinden der Katzen war. Oft erlebte die
Streuneroma, wie besonders ängstliche Tiere
Vertrauen zu Joschka fassten. Die
gemeinsamen Stunden in der Scheune
wurden für sie sehr wichtig. Manchmal
mochte Joschka nicht mit ihr sprechen,
sondern saß in einem Sessel und spielte auf
seiner Gitarre. Die Lieder gefielen der
Streuneroma sehr, denn sie waren traurig
und berührten ihre Seele.
Eines Tages bedankte sich Joschka bei der
Streuneroma für das neue Leben, welches
sie ihm geschenkt hatte. Ohne sie, so sagte
Joschka, wäre er vielleicht schon nicht mehr
am Leben. An diesem Nachmittag erfuhr die
Streuneroma vieles aus Joschkas
Vergangenheit. Er stammte aus einem
vermögenden Elternhaus. Sein Vater hatte
eine Firma, die er gerne seinem einzigen
Sohn vermacht hätte, doch, als Joschka
volljährig war, wurde ihm das spießige Leben
seiner Eltern zu langweilig. Er hatte keine
Lust mehr in die Schule zu gehen, zog lieber
mit Freunden um die Häuser. Kein Club war
vor ihnen sicher. Eines Tages reichte es
ihnen nicht mehr Alkohol zu trinken. Sie
probierten alle möglichen Drogen aus.

Joschka war nur noch selten zuhause. Das Leben war eine schillernde Party, bis zu dem Tag an dem der Vater seinem Sohn das Geld sperrte. So hoffte er seinen widerspenstigen Sohn zur Vernunft zu bringen, was aber nicht gelang. Im Gegenteil! Joschka und seine Clique hatte längst begonnen Autos zu knacken. Die Drogen verschlangen viel Geld. Es kam wie es kommen musste. Joschka landete im Gefängnis und musste zwei Jahre seine Strafe absitzen. Sein Vater brach jeden Kontakt zu seinem Sohn ab, und wenn die Mutter ihren Sohn heimlich im Gefängnis besuchte, gab es viele Vorwürfe. Joschka brach den Kontakt zu seiner Mutter ab. Seine Fehler sah er nicht ein. Er hatte keine Lust auf das spießige Leben seiner Eltern und träumte im Gefängnis davon, ohne Arbeit an das große Geld zu kommen. Bereits im Gefängnis stellte er die Weichen für seine weitere kriminelle Laufbahn. Zusammen mit einem Mithäftling, den er aus seinem Leben in Freiheit kannte, verkaufte er im Gefängnis Drogen. Sie versammelten andere Gefangene um sich, die bei ihren Geschäften nützlich waren und verschafften sich mit den Fäusten Respekt bei den Konkurrenten. Während der Zeit im Gefängnis verstrickte sich Joschka immer mehr im Sumpf aus Drogen und Gewalt. Ein neuer Gefängnisaufenthalt war nach seiner Entlassung schon vorprogrammiert. Er schaffte es ein Jahr in Freiheit zu bleiben. In dieser Zeit wurde sein Strafregister länger und länger, was eine Gefängnisstrafe von fünf Jahren zur Folge hatte. Diese lange Zeit hinter Gitter brachte Joschka zum Nachdenken. Er machte eine Ausbildung zum Schreiner.

Der Streit mit seinen Eltern trübte sein Glück, doch er fand keinen Weg zu ihnen zurück. Vor seiner zweiten Inhaftierung war es zu einer unschönen Auseinandersetzung mit seinem Vater gekommen, bei der dieser ihn schlug. Joschka schlug zurück. Sein Vater hielt sich den blutenden Kopf, als er ihn aus dem Haus jagte. Das war der endgültige Bruch mit den Eltern. Im Gefängnis hatte er oft an diese letzte Begegnung gedacht und bitter bereut, dass es zu diesem Streit gekommen war. Oft hatte er sich während dieser Zeit eine Versöhnung mit den Eltern herbeigesehnt, doch er schaffte es nie, sie um Verzeihung zu bitten. Seine Eltern suchten keinen Kontakt zu ihrem Sohn. Während seines ersten Gefängnisaufenthaltes hatte ihn seine Mutter einige Male heimlich besucht, bis er sie nach einem Streit davonjagte. In den langen Jahren, die er beim zweiten Aufenthalt verbrachte, kam seine Mutter nicht. Joschka war sicher, dass eine Versöhnung unmöglich war. Seine Verfehlungen waren zu groß. Alles, was ihm Hoffnung gab, war der Versuch ein besserer Mensch zu werden. Vielleicht konnte er so eines Tages seinen Eltern gegenüber treten.

Als Joschka aus dem Gefängnis entlassen wurde, hatte er das große Glück eine Anstellung in einer Schreinerei zu finden. Der Besitzer war ein herzensguter Mensch, der der Meinung war, dass jeder Mensch eine zweite Chance verdient hatte. Joschka tat alles, um seinen Chef nicht zu enttäuschen. Sein Leben schien nun in geordneten Bahnen zu verlaufen. Er fand eine kleine Wohnung, und wenig später lerne er Marie kennen in die er sich unsterblich verliebte. Sein Leben war perfekt, als Marie ihm nach zwei Jahren eine Tochter schenkte. Jetzt, so glaubte Joschka, war die Zeit gekommen seinen Eltern gegenüber zu treten. Gemeinsam mit Marie plante er einen Besuch bei ihnen. Die Versöhnung sollte ihr junges Glück perfekt machen, denn Joschka konnte sich eine Heirat ohne seine Eltern nicht vorstellen. Leider hatte das Schicksal andere Pläne mit der kleinen Familie, Pläne, die sein ganzes Leben erneut zerstören sollten.

Joschka hatte sich an diesem Nachmittag frei genommen und wartete auf Marie, die nur schnell die kleine Luise vom Kindergarten abholen wollte. Die kurze Strecke zum Kindergarten fuhr Marie, wie jeden Tag, mit ihrem Fahrrad. Auf dem Rückweg erfasste ein Auto das Fahrrad. Marie und Luise wurde weit in die Böschung geschleudert, wo sie bewegungslos liegen blieben. Es gab keine Rettung mehr. Als Joschka das Krankenhaus erreichte, konnten die Ärzte nur noch vom Tod seiner Lieben berichten.

Nach diesem tragischen Unfall verlor Joschka seinen Lebensmut. Er wollte seinem Leben ein Ende setzen, doch zwei Versuche misslangen. Er landete in der geschlossenen Psychiatrie, wo er viele Monate verbringen musste. Nach der zweiten Entlassung gab er den Versuch, seinem nutzlosen Leben ein Ende zu setzten, auf. Er wollte nicht mehr in der Hoffnungslosigkeit der geschlossenen Psychiatrie gefangen sein. Joschka sah sich als Versager, der nicht in der Lage war, seinen Lieben in den Tod zu folgen. So versank er in tiefer Verzweiflung, die er mit Alkohol betäubte. Er ging nicht mehr zur Arbeit, verlor seine Wohnung, als er die Miete nicht mehr zahlen konnte. Als er die erste Nacht in einem Hauseingang schlief, war der Alkohol sein Freund, der die Kälte und die Angst vertrieb.

Viele Monate folgten, aus denen schließlich drei Jahre auf der Straße wurden. Joschka verdiente sich etwas Geld als Straßenmusiker und lebte von einem Tag auf den anderen. Sein Leben war ein Warten auf den Tag, an dem er sterben würde. Die Hoffnung Marie und Luise nach seinem Tod wiederzufinden lebte in seinem Denken. An ihr hielt er sich fest, wenn er glaubte das Leben auf der Straße nicht mehr zu ertragen. Er hoffte, auf ein schnelles Ende seines trostlosen Lebens, bis zu dem Tag an dem er dem Hund begegnete. Joschka sah in seine

Augen. Sie waren wie ein Spiegel seiner Seele, die seine eigene Verzweiflung spiegelten, doch er sah auch die Freude, als er sein karges Mahl mit ihm teilte. Die Begegnung mit dem Hund wurde zu Joschkas neuer Hoffnung. Immer, wenn er in die Augen des Tieres sah, erblickte er nicht nur eine freudige Erwartung, sondern auch die Liebe und Treue, die dieser Hund ihm entgegenbrachte. Der Beginn ihrer Freundschaft war ein Neuanfang für Joschka. Jetzt war er nicht mehr alleine. Er musste für den Hund sorgen, der ohne ihn verloren war. Diese Aufgabe erfüllte Joschka mit neuem Lebensmut und erweckte in ihm den Wunsch für seinen vierbeinigen Freund und sich eine trockene Unterkunft zu finden. Im letzten Winter hatte Joschka in einer alten, zugigen Gartenlaube Unterschlupf gefunden. Als er an einem kalten Tag im Frühling in der Laube Zuflucht suchen wollte, hatte man sie niedergerissen. Bei der Suche nach einem neuen Unterschlupf hatte Joschka die Scheune mit den Katzen gefunden. In der Scheune war es trocken und es gab sogar einen alten Holzofen. Vor der Scheune lagerte Holz mit dem er im Winter eine wohlige Wärme erzeugen konnte. Die Scheune mit ihren vierbeinigen Bewohner gab Joschka ein Gefühl von Geborgenheit, die er seit vielen Jahren nicht mehr gespürt hatte. Er versuchte den Menschen, die die Katzen versorgten aus dem Weg zu gehen, was ihm nicht lange gelang. Als die Streuneroma Joschka in der Scheune überraschte, hatte er sofort große Angst, sein neues Zuhause wieder zu verlieren. Joschka durfte bleiben. Überglücklich und dankbar, dass er dem Leben auf der Straße entkommen war, tat er alles, was in seiner Macht stand, um sich nützlich zu machen.

Die Streuneroma war von Joschkas Lebensgeschichte tief berührt. Dieser Mensch hatte so viel erlebt. Ihr eigenes Schicksal erschien der Streuneroma plötzlich unbedeutend. Der Verlust ihres Mannes war schlimm, doch dieser Mann hatte seine ganze Familie verloren.

„Wir könnten deine Eltern besuchen," sagte die Streuneroma mit leiser Stimme.

„Es ist zu spät," sagte Joschka bestimmt. Beide schwiegen. Die Streuneroma spürte, dass es wenig Sinn machte Joschka zu bedrängen. Vielleicht würde sich seine Einstellung eines Tages ändern.

Die Streuneroma war sehr glücklich, dass Joschka in der Scheune lebte und freute sich auf ihre gemeinsamen Gespräche. Als die Tage wärmer wurden saßen sie manchmal vor der Scheune und tranken Wein. Meist sprachen sie über die Katzen, doch manchmal erzählten sie sich Geschichten aus ihrem Leben. Joschka hatte viel zu erzählen. Die Zeit im Gefängnis und das Leben auf der Straße hatten viele Erinnerungen hinterlassen.

Wir Katzen wussten nichts von der Vergangenheit unserer Menschen. Wir lebten im Hier und Jetzt und waren glücklich, dass wir mit Joschka unseren Menschen gefunden hatten. Alles war für uns besser geworden, seit er in der Scheune lebte. Die Besuche der Streuneroma waren nun viel länger, was für uns Katzen viel mehr Streicheleinheiten bedeutete. Ich liebte Joschka heiß und innig und folgte ihm überall hin. Tinka war manchmal richtig eifersüchtig, weil sie so wenig Zeit mit mir alleine verbringen konnte. Das lag allerdings nicht nur an Joschka, denn Dandi war auch immer in unserer Nähe. Zum Glück war Tinkas Eifersucht nicht so ernst gemeint, denn auch sie war in Joschka vernarrt. Inzwischen liebte uns Max und wir liebten ihn. Der große Hund war für uns zu einem liebenswerten Kuschelfreund geworden, der unsere Zuwendung sehr genoss.

Nach dem Winter in der Scheune war meine Familie zum Bauernhof zurückgekehrt. Ich war ihnen nicht gefolgt, denn das neue Leben mit Joschka in der Scheune gefiel mir besser, als der Bauernhof auf dem alles fremd war. Meine Mutter und meine Brüder sahen das nicht so. Katzen sind halt Gewohnheitstiere, die an ihrem Zuhause hängen. Natürlich unternahmen wir immer noch unsere Streifzüge und hatten im Winter den Bauernhof öfter besucht. Der Lärm vom Sommer war verschwunden und vieles hatte sich verändert. Die Katzen, die hier lebten hatten sich im Sommer, als es auf dem Bauernhof keine Ruhe gab, im Wald verkrochen oder waren in einem alten Schuppen verschwunden.. Erst am Abend, wenn Ruhe eingekehrt war, waren sie zurückgekehrt. Sie hatten in der Scheune Futter bekommen. In der Nacht gab es endlich Gelegenheit für sie alles Neue auf dem Bauernhof zu erkunden. Es hatte sich so viel verändert. Die alte baufällige Scheune war nun richtig schön. In der Scheune gab es viele weiche Körbe für die Katzen. Alles wäre wundervoll gewesen, wenn nicht am Tage dieser Lärm gewesen wäre. Kaum war es Frühling, begannen die Arbeiten wieder auf dem Bauernhof. Jetzt war das Wohnhaus an der Reihe. Zum Glück konnten die Katzen, die hier lebten in der Scheune Ruhe finden, wenn sie nach ihren nächtlichen Streifzügen zum Bauernhof zurückkehrten. Die vielen kuscheligen Plätze luden zum Schlafen ein. Unser Leben in der Scheune war schön. Ich fühlte mich rundum wohl seit Joschka bei uns eingezogen war. Es war sehr schön seinen Menschen in der Nähe zu haben. Die Katzen, die bereits mit Menschen so richtig zusammengelebt hatten, erzählten zwar immer, dass es viel schöner war, seinen eigenen Menschen zu haben. Ich konnte das nicht verstehen. Joschka sorgte zwar für viele Katzen, und am Abend musste ich schon schnell sein, damit ich mich neben ihn kuscheln konnte und Streicheleinheiten bekam, doch ich hatte keine Ahnung, wie es war alleine oder nur mit wenigen Katzen bei Menschen zu leben, die ihre Tiere über alles liebten. Hier in der Scheune mussten wir das Futter und die Aufmerksamkeit der Menschen teilen. Natürlich gab es auch Menschen, die uns Katzen regelmäßig in der Scheune besuchten. Das war immer eine große Freude, denn sie brachten uns viele Leckereien mit. Einem Ehepaar, das in letzter Zeit oft in die Scheune kam, hatte es besonders Dandi angetan. Der kleine Kerl, der sich wegen seiner Behinderung nicht besonders schnell bewegen konnte, freute sich immer sehr, wenn sie kamen. Sie brachten immer leckeres Fleisch mit, von dem Dandi die größte Portion bekam. Es dauerte nicht lange, bis Dandi sich von dem Ehepaar ausgiebig streicheln ließ. Besonders die Frau war ganz vernarrt in Dandi. Eines Abends ging sie zu Joschka, der vor der Scheune Holz hackte und sagte ihm, dass sie Dandi ein Zuhause schenken wollte. Joschka wiegte den Kopf, denn der Gedanke, dass Dandi nicht mehr in der Scheune leben sollte, behagte ihm nicht. Dandi gehörte zu Mia, Tinka und Carlos. Er vertröstete das Ehepaar auf die nächste Woche, denn er wollte Dandis eventuelle Vermittlung mit der Streuneroma besprechen. Die Frau war sehr enttäuscht, versprach aber nächste Woche wieder zu der Scheune zu kommen. Joschka hoffte, dass sie nicht kommen oder sich doch für eine andere Katze entscheiden würde.

Am Abend kam die Streuneroma in die Scheune. Aufgeregt erzählte Joschka von dem Ehepaar und ihrem Wunsch Dandi zu adoptieren. Die Streuneroma war alles andere als begeistert, denn Dandi gehörte auch für sie zu der Scheune. Außerdem war es für eine behinderte Katze sehr wichtig, dass sie in einer sicheren Umgebung leben konnte. Hier in der Scheune waren Mia, Tinka und Carlos, die sich um Dandi kümmerten. Die Streuneroma befürchtete, dass er bei dem Ehepaar sehr einsam sein würde. Sie lebten in einem Haus, das von einem großen Garten umgeben war, und sicher lebten dort in der Nachbarschaft auch andere Katzen, doch war es ungewiss, ob diese den behinderten Dandi akzeptieren würden. Die Streuneroma und Joschka überlegten hin und her. Schließlich entschieden sie, schweren Herzens, dem Ehepaar eine Chance zu geben. Dandi sollte zunächst als Pflegekatze vermittelt werden. Die Streuneroma würde das Ehepaar mehrmals besuchen, um zu sehen, wie es mit der Eingewöhnung klappte.

An diesem Abend nahm Joschka den kleinen Dandi auf den Arm und drückte ihn sanft an seine Brust. Dandi schnurrte wohlig. Joschka vermisste Dandi jetzt schon und hoffte, dass das Ehepaar nicht wiederkam oder doch eine andere Katze mitnahm.

Joschkas Hoffnung erfüllte sich nicht. Die Frau meldete sich bereits Anfang der Woche telefonisch bei der Streuneroma. Die

Streuneroma teilte der Frau ihre Befürchtungen mit, doch diese war ganz vernarrt in Dandi und wollte ihm ein neues Zuhause geben. Schweren Herzens stimmte die Streuneroma zu, denn es war natürlich so, dass sie viele Katzen zu versorgen hatten. Es war für jede, die ein Zuhause fand, ein großes Glück, denn es gab viele, die auf der Straße leben mussten und dringend ein Zuhause benötigten.

Tinka, Carlos und ich saßen traurig in der Scheune, als Joschka Dandi in die Transportbox packte, die das Ehepaar mitgebracht hatte. Wir wussten was das bedeutete. Dandi hatte ein neues Zuhause gefunden. Als die Menschen mit Dandi wegfuhren, saßen wir noch lange vor der Scheune und blickten in die Richtung, in die das Auto verschwunden war. Dandi würde uns sehr fehlen. Der kleine tollpatschige Kerl, den wir schon öfter vor einem Unfall bewahrt hatten, war uns sehr lieb geworden. Tinka erzählte von dem Tag, an dem Dandi in dem alten Schuppen in ein Fass gefallen war und wie wir Joschka zu Hilfe geholt hatten. Wie glücklich waren wir, als Joschka uns gefolgt war, um den kleinen Kerl zu retten. Jetzt war er weg, und wir würden ihn bestimmt nie wiedersehen.

Wir vermissten Dandi sehr. Inzwischen war es Mai geworden. Die Sonne lachte von einem strahlend blauen Himmel. Tinka und ich streiften durch die Wiesen auf der Suche nach Mäusen. Unser Leben am Fluss war wundervoll, doch oft waren wir traurig, weil Dandi uns so sehr fehlte. Wir erzählten uns Geschichten vom letzten Sommer, als Dandi noch bei uns war. Manchmal hätten wir lieber Zeit ohne ihn verbracht, denn er folgte uns auf Schritt und Tritt, doch jetzt schämten wir uns für diese Gedanken. Natürlich blieb unseren Menschen unsere Trauer nicht verborgen. Sie kümmerten sich besonders liebevoll um uns. Seit Joschka in der Scheune war, kamen die Streuneroma, Sabine und Rita am Abend oft vorbei. Wenn das Wetter schön war, saßen sie vor der Scheune, tranken Wein und sprachen über den Tag. Sie erzählten sich Geschichten aus ihrem Leben, sprachen über ihre Katzen und wärmten sich am Feuer, das Joschka angezündet hatte. Sabine brachte eines Abends Kartoffeln mit, die sie in die Glut legten. Die Menschen liebten diese Abende. Sie waren ein schöner Ausklang nach einem arbeitsreichen Tag. Für Sabine und Rita, die arbeiteten, war die Arbeit für die Katzen eine große Anstrengung, die sie aber gerne in Kauf nahmen. Besonders glücklich waren sie darüber, dass die Arbeiten auf dem Bauernhof so gut voran gingen. Sabine und Rita hatten den Hof zu einem sehr günstigen Preis gekauft. Bald sollte ihr Traum von einem eigenen Bauernhof wahr werden. Natürlich sollte auch die Streuneroma auf dem Bauernhof leben. Die Streuneroma war sehr glücklich, denn Sabine und Rita würden ihr Lebenswerk weiterführen.

An einem Samstagabend, als sie wieder einmal gemütlich zusammensaßen sagte Sabine zu Joschka:

„Joschka, wie wäre es, wenn du mit uns auf dem Bauernhof leben würdest?"

Joschka sah sie mit großen Augen an: „Ich würde gerne mit euch zusammenwohnen, aber was soll dann aus den Katzen werden, die hier leben," sagte Joschka.

„Das wäre das geringste Problem, sagte Sabine. „Mia, Tinka, Carlos und die anderen zahmen Katzen könnten auf den Bauernhof umziehen. Die verwilderten Katzen, die hier leben werden weiterhin von uns versorgt. Hier in der Scheune kannst du nicht auf Dauer wohnen."

„Es wäre schon schön wieder ein richtiges Zuhause zu haben, aber ich möchte niemand zur Last werden, " sagte Joschka.

„Du bist doch keine Last," mischte sich die Streuneroma in das Gespräch ein. „Du arbeitest Tag für Tag hier, ohne einen einzigen freien Tag."

Joschka wusste nicht, ob er das Angebot annehmen sollte. Er liebte seine Unabhängigkeit hier in der Scheune. Hier ging es ihm viel besser als auf der Straße. Ein Leben in einem richtigen Haus hatte natürlich sehr viele Vorteile, bedeutete aber auch, dass er sich an andere Menschen anpassen musste. Das fiel Joschka sehr schwer. Die lange Zeit im Gefängnis und sein Leben auf der Straße hatten ihn zu einem Einzelgänger gemacht. Das Leben hier in der

Scheune mit den Tieren hatte seinem Leben einen neuen Sinn gegeben. Er hatte den Verlust seiner Familie nie überwunden, doch seit er hier lebte war der seelische Schmerz geringer geworden. Er hatte seinen Frieden gefunden. Die Aussicht mit Menschen zusammen zu leben, die ihm noch wenig vertraut waren, machte ihm große Angst. Er verschob die Entscheidung, denn schließlich würden die Renovierungsarbeiten auf dem Bauernhof noch bis in den Herbst dauern. Inzwischen hatten sich Joschka und Max nicht nur mit den meisten Katzen angefreundet. Manchmal kamen Eltern mit ihren Kindern zu der Scheune. Max hatte anfangs fremde Menschen misstrauisch beobachtet und war geflüchtet, wenn sie ihm zu nahe kamen, und auch Joschka verschwand hinter der Scheune, wenn Besucher kamen. Das hatte sich inzwischen alles geändert. Max lief nun Besuchern schwanzwedelnd entgegen, freute sich über die Streicheleinheiten und die mitgebrachten Leckerbissen. Die Kinder, die zu Besuch in die Scheune kamen waren ganz vernarrt in Max und hatten auch Joschka bald ins Herz geschlossen. Viele Kinder kamen regelmäßig mit ihren Eltern. Sie liebten es in und um die Scheune zu toben und mit den Katzen, die keine Angst vor Menschen hatten, zu spielen. Joschka hatte ein tolles Klettergerüst gebaut, das von den Kindern gerne genutzt wurde.

Eines Abends, als Joschka, Sabine, Rita und die Streuneroma wieder einmal gemütlich in der Scheune saßen, hatte Rita die Idee in der Scheune ein Frühlingsfest zu veranstalten. Die anderen waren Feuer und Flamme, denn mit einem Frühlingsfest konnten sie etwas Geld für die Katzen verdienen. Schnell waren die Aufgaben verteilt. Rita und Sabine würden bunte Plakate entwerfen und verteilen. Die Streuneroma würde ihre Freundinnen um Unterstützung beim Kuchen backen bitten. Joschka würde sich um den Getränkeeinkauf und die Vorbereitungen des Festes kümmern.

Als drei Wochen später, an einem sonnigen Samstag, das erste Fest in der Scheune stattfand, wurde es zu einem großen Erfolg. Zehn Kuchen, die die Streuneroma mit ihren Freundinnen gebacken hatte gingen weg wie warme Semmel. Dazu gab es herrlichen Kräutertee, den die Streuneroma aus den Kräutern, die in ihrem Garten wuchsen herstellt, Kaffee, Bier und für die Kinder Limonade.

Am Abend saßen sie, bei einem Glas Wein, erschöpft in der Scheune und freuten sich über den Erfolg ihres ersten gemeinsamen Festes. Schnell waren sie sich einig, dass es ein Sommerfest geben sollte. Die Streuneroma sprudelte voller Energie, obwohl der Tag für sie sicher sehr anstrengend war. Sie freute sich sehr über den Erfolg ihrer Streunerhilfe. Wenn die

Renovierungsarbeiten auf dem Bauernhof abgeschlossen waren, würden dort viele Streunerkatzen ein neues Zuhause finden. Sie hatte es immer sehr bedauert, dass sie nicht mehr helfen konnte. Jetzt hatte sie Sabine, Rita und Joschka an ihrer Seite. Für uns Katzen hatte sich in der Scheune auch viel verändert. Wir bekamen nun zweimal am Tag Futter und hatten gelernt die vielen Besucher zu akzeptieren, denn sie brachten uns oft allerlei Leckereien mit. Nur die ängstlichen Katzen ergriffen die Flucht, wenn Besucher kamen. Tinka, Carlos und ich waren die Lieblinge der Besucher. Carlos war nicht mehr tagelang verschwunden, denn auch er genoss die vielen Streicheleinheiten, die wir nun bekamen. Einige Besucher, besonders die Kinder, wollten Tinka, Carlos oder mich adoptieren, doch die Streuneroma, Sabine, Rita und Joschka hatten einstimmig beschlossen, dass wir für immer bei ihnen bleiben sollten. Das Leben für uns Katzen vom Fluss war schön. Viele von uns hatten schlechte Erfahrungen mit den Menschen und lernten hier in der Scheune, dass es auch Menschen gab, die uns Katzen liebten. Für manche Menschen sind wir Katzen aber auch geheimnisvoll und unnahbar. Viele Menschen glauben, dass wir Katzen Einzelgänger sind. Sie denken, dass wir am liebsten alleine mit unseren Menschen leben, aber das ist nicht richtig. Auch wir Katzen brauchen andere Katzen. Wir möchten zwar nicht immer ganz eng zusammenleben, aber wer uns Katzen kennt, weiß viele Geschichten über Freundschaften zwischen Katzen zu berichten. Manchmal sind die Freundschaften zwischen Katzen sehr innig, und wenn eine der Katzen stirbt, trauern die Gefährten. In der Scheune gab es viele Katzenfreundschaften, aber keine war so eng wie die zwischen Tinka und mir. Uns gab es nur im Doppelpack, was aber nicht bedeutete, dass wir mit anderen Katzen in der Scheune keine Freundschaften pflegten. Unsere liebsten Gefährten waren Carlos und Dandi, ehe dieser vermittelt wurde. Oft saßen Tinka und ich am Fluss, schauten auf das Wasser und malten uns aus, wie Dandis Leben nun war. Wir stellten uns vor, dass Dandi in einem sehr schönen Zuhause lebte, aber wir konnten uns nicht vorstellen, dass er uns vergessen hatte. Es machte uns sehr traurig, wenn wir daran dachten, dass er nun alleine leben musste. Das war für den kleinen Kerl sicher schwer, denn er hatte lange mit uns in der Scheune gelebt. Dandi gehörte zu den Katzen, die anderen Katzen immer freundlich begegneten. Nie hatten wir von ihm ein Fauchen gehört, selbst wenn andere Katzen unfreundlich zu ihm waren. Dandi war stets mit hocherhobenem Schwanz auf andere Katzen zu gegangen. Wir vermissten ihn schmerzlich und hatten die Hoffnung aufgegeben ihn jemals wiederzusehen.

Eines Morgens kam die Streuneroma aufgeregt in die Scheune. Sie rief laut nach Joschka, der im hinteren Teil der Scheune alte Möbel reparierte. Als sie ihn gefunden hatte sagte sie aufgeregt: „Joschka stell dir vor, ich habe einen Anruf erhalten. Dandi ist verschwunden."

„Wie konnte das passieren," sagte Joschka und legte den Hammer, mit dem er gerade gearbeitet hatte, zur Seite.

„Er durfte zum ersten Mal in den Garten und ist einfach verschwunden. Das ist nun schon drei Tage her." Die Streuneroma war außer sich vor Sorgen.

„Wir hätten ihn nicht vermitteln dürfen," sagte Joschka mit sorgenvoller Miene. „Dandi war hier zuhause. Sicher ist er nun auf der Suche nach der Scheune."

Joschka und die Streuneroma redeten noch eine Weile über das Verschwinden von Dandi. Schließlich sagte Joschka entschlossen:

„Ich werde ihn mit Max suchen."

„Ja, wir werden ihn suchen," sagte die Streuneroma. „Lass uns heute am Abend mit Rita und Sabine sprechen."

„Das ist eine gute Idee," sagte Joschka, der am liebsten sofort losgelaufen wäre.

Tinka und ich hatten bei der Streuneroma und Joschka gesessen und alles mitbekommen. Wir waren in großer Sorge. Dandi war ein Unglücksrabe. Erst wurde er im Wald angeschossen und dann fiel er in einem alten Schuppen in ein Regenfass.

Was würde ihm alles zustoßen, wenn er in der Stadt unterwegs war? Ich dachte an die Nacht in der Tinka eingefangen wurde. Die Straßen waren sehr gefährlich. Ein behinderter Kater wie Dandi hatte da wenige Überlebenschancen. Dandi war sehr ungeschickt, wenn es darum ging Mäuse zu jagen. Er würde hungrig durch die Straßen irren. Ein kleiner Trost war nur die Tatsache, dass unsere Menschen nach ihm suchen würden. Ich kuschelte mich an die Streuneroma, die bekümmert in ihrem Sessel saß. Sie streichelte meinen Kopf und sagte leise:

„Hätten wir Dandi nur nie vermittelt. Hier in der Scheune war er sicher."

Am Abend saßen unsere Menschen zusammen und überlegten, was sie alles tun konnten, um Dandi zu finden. Sabine und Rita, die beide am Tag arbeiteten, konnten sich nur am Abend an der Suche beteiligen. Sie wollten Flugblätter in der Stadt aufhängen und im Internet Suchmeldungen aufgeben. Die Streuneroma und Joschka, die sich um die Versorgung der Katzen in der Scheune und auf dem Bauernhof kümmerten, würden ihre Arbeit auf das Notwendigste beschränken. Die Streuneroma wollte gleich morgen zu den Tierheimen in der Umgebung fahren und dort Bilder von Dandi aufhängen. Vielleicht war der kleine Kerl ja bereits eingefangen worden. Joschka und Max würden sich am nächsten Tag auf die Suche nach Dandi machen. Joschka hoffte, dass ihm Max feine Nase dabei helfen würde. Der Hund war in Dandi ganz vernarrt. Joschka würde ihm ein Stofftier, mit dem Dandi oft gespielt hatte und das er zur Erinnerung in einem Schrank aufbewahrte, unter die Nase halten.

Am nächsten Morgen arbeitete Joschka ganz schnell. Er erledigte in Windeseile die Fütterung der Katzen und das Reinigen der Katzentoiletten. Für kranke Katzen, die Medikamente benötigten nahm sich Joschka, wie jeden Tag, viel Zeit. Sie erhielten ausgiebige Streicheleinheiten. Nach der Versorgung der Katzen fuhr Joschka mit dem Fahrrad, das Sabine ihm geschenkt hatte, in die Stadt. Der Hund hatte inzwischen gelernt neben dem Fahrrad herzulaufen, ohne Joschka zu behindern. Dem ehemaligen Straßenhund solchen Gehorsam beizubringen, erforderte sehr viel Geduld. Am Anfang hatte Max große Angst vor dem Fahrrad, und als er endlich seine Angst überwunden hatte und neben dem Fahrrad herlief, brachte er Joschka zweimal zu Fall, weil ein Geräusch ihn erschreckt hatte. An diesem Morgen klappte alles ohne Probleme. Der Hund lief gehorsam neben dem Fahrrad her, und so erreichten sie schnell Dandis neues Zuhause. Joschka wollte von hier aus seine Suche beginnen.

Dandis neue Besitzerin war von Dandis Verschwinden überhaupt nicht begeistert. Sie war der Meinung, dass es dem Kater bei ihr an nichts fehlte und fand es ungeheuerlich,

dass er einfach weggelaufen war. Joschka
ließ sich vom Lamentieren der Frau nicht aus
der Ruhe bringen. Er bat sie das Grundstück
nach Dandi absuchen zu dürfen. Die Frau
ließ ihn nach Dandi suchen, verfolgte ihn
aber auf Schritt und Tritt. Joschka fand Dandi
nicht und verabschiedete sich von der Frau,
um in der Nachbarschaft nach ihm zu
suchen. Er klingelte an vielen Türen, zeigte
das Bild von Dandi. Niemand hatte den Kater
gesehen, und auch Max trottete gleichgültig
neben ihm her. Nichts deutete darauf hin,
dass seine Nase den Freund roch. Für
Joschka gab es keine andere Möglichkeit
als, auf gut Glück, die Straßen der
Umgebung des Hauses nach Dandi
abzusuchen. Dort, wo es einen
Gartenschuppen gab, klingelte er an der Tür
und bat die Bewohner in ihrem Schuppen
nachzusehen, denn nicht selten kam es vor,
dass Katzen unabsichtlich in
Gartenschuppen eingesperrt wurden. Die
Menschen mit denen er ins Gespräch kam
waren fast alle freundlich. Viele versprachen
die Augen offen zu halten und anzurufen,
falls sie Dandi zu Gesicht bekamen. Joschka
suchte die Straßen bis nach Mitternacht nach
Dandi ab, bis er völlig erschöpft war.
Am nächsten Tag fuhren Rita und Sabine
nach der Arbeit in die Stadt, um Plakate zu
verteilen. Die Streuneroma hatte am Tag
zuvor die Tierheime in der Umgebung
abgeklappert und Dandi nicht gefunden.
Joschka fuhr auch an diesem Tag wieder in

die Stadt. Er hatte sich eine neue Strategie überlegt. Vielleicht hatte Dandi zu einer der vielen Futterstellen für verwilderte Katzen in der Stadt gefunden. Aus seiner Zeit auf der Straße kannte er zwei Futterstellen, die in einer Schrebergartensiedlung lagen. Joschka hatte dort im Winter in einem alten, verlassenen Wochenendhaus Unterschlupf gesucht. Er kannte die beiden älteren Damen, die dort verwilderte Katzen fütterten. Eine der Damen kam gegen vier am Nachmittag und die andere gegen sieben. So konnte er heute beide Frauen nach Dandi fragen.

Die alte Dame an der ersten Futterstelle freute sich Joschka zu sehen. Sie hatte sich immer gerne mit ihm unterhalten und sich um ihn gesorgt, als sie ihn nicht mehr traf. Joschka erzählte ihr von seinem neuen Leben und zeigte das Bild von Dandi. Die Frau konnte ihm nicht helfen, war aber sehr froh, dass er nun nicht mehr auf der Straße leben musste. Sie erzählte ihm von einer Freundin, die in einer anderen Schrebergartensiedlung Katzen fütterte. Joschka würde auch dort nach Dandi suchen, wenn er an der zweiten Futterstelle kein Glück hatte. Die Zeit, die ihm bis zum Abend blieb, nutzte Joschka, um jeden, den er in der Schrebergartensiedlung traf, nach dem verschwundenen Kater zu fragen. Joschka hatte auch an der zweiten Futterstelle kein Glück. Der Weg zu der anderen Futterstelle war weit. Joschka hatte sein Fahrrad am Stadtrand abgestellt und war mit der Straßenbahn in die Stadt gefahren. Max neben dem Fahrrad laufen zu lassen, war in der Stadt zu gefährlich. Der Hund war sehr ängstlich, als Joschka mit ihm zum ersten Mal Straßenbahn fuhr. Das hatte sich schnell gelegt. An diesem Abend, war Max froh, in der Straßenbahn schlafen zu können. Seit er in der Scheune lebte, schätzte er das ruhige Leben und die Stunden, die sie nun schon mit der Suche nach Dandi verbracht hatten, ließen ihn müde werden. Joschka blickte aus dem Fenster. Er war traurig, denn die Hoffnung Dandi zu finden, war nicht sehr groß.

Dandi gefiel sein neues Zuhause überhaupt nicht. Die Menschen gaben sich zwar die größte Mühe und verwöhnten ihn mit allerlei Leckerbissen, aber Dandi vermisste die anderen Katzen in der Scheune und die Menschen, die für sie sorgten, schmerzlich. Hier in dem großen Haus war er ganz allein. Die Menschen ließen ihn auch nicht nach draußen. Oft lag Dandi auf seinem großen weichen Kissen und dachte wehmütig an die Abenteuer die er mit Mia, Tinka und Carlos erleben durfte. Jetzt im Sommer war es so schön. Sie waren durch die Wiesen gestreift auf der Suche nach Mäusen. Mit jedem Tag der verging wurde Dandi immer trauriger. Er naschte ständig von den vielen Leckereien, die die Menschen ihm hinstellten und wurde immer dicker und schwerfälliger. Wenn die

Menschen ihn streicheln wollten, ließ er es manchmal widerwillig geschehen, was bei ihnen großes Entzücken hervorrief. Dandi spürte, dass diese Menschen es gut mit ihm meinten, doch sie konnten sein Heimweh nicht vertreiben.

Eines Tages als er wieder einmal gelangweilt auf seinem Kissen lag, sah Dandi, dass das Fenster ein Spalt weit offen war. Schnell quetschte er sich durch den Spalt und verschwand im Garten des Nachbarhauses. Dandi rannte, als wäre der Teufel hinter ihm her. Die vielen Leckerbissen machten ihm bei seiner Flucht sehr zu schaffen. Bald musste er anhalten, denn in seinem verletzten Hinterbein machten sich stechende Schmerzen bemerkbar. Es legte sich unter ein dichtes Gebüsch. Während er versuchte wieder zu Atem zu kommen, durchforschten seine Augen die Umgebung. Alles war ihm fremd. Hier gab es viele Gärten und Rasenflächen, aber es gab auch eine Straße. Die lauten Geräusche der vorbeifahrenden Autos machten dem kleinen grauen Kater große Angst. Er war seinem Gefängnis entflohen, doch wie sollte er die Scheune finden? Als sich Dandi etwas erholt hatte, streifte er weiter durch die Gärten. Er dachte an den Nachmittag an dem er in eine Regentonne gefallen war. Joschka war gekommen und hatte ihn gerettet. Vielleicht würde das auch jetzt so sein, hoffte Dandi inständig.

Als es dunkel wurde erreichte er ein Grundstück, das anders war als die Gärten, die er bisher durchstreift hatte. Hier war alles verwildert und voller Müll. überall wucherte hohes Unkraut. Jetzt war es dunkel. Auf dem Grundstück erwachten Schatten zum Leben. Hier lebten verwilderte Katzen, die den Neuankömmling misstrauisch begutachteten. Ein großer roter Kater bei dem Dandi zunächst glaubte es handele sich um Carlos, baute sich drohend vor ihm auf.

„Was willst du hier," zischte er.

„Ich habe mich verlaufen. Könnt ihr mir vielleicht sagen, wie ich zur Scheune der Streuneroma komme," sagte Dandi und duckte sich vor dem riesigen Kater.

„Ne, nie gehört. Wie heißt du? Ich bin Tiger, der Chef hier, " sagte der Kater.

„Ich bin Dandi."

„Du kannst hierblieben, " sagte Tiger gnädig.

„Ich will nicht hierbleiben, sondern in mein Zuhause zurück, " sagte Dandi und ein paar Tränen kullerten aus seinen Augen.

„Wo ist dein Zuhause, " wollte nun eine rot weiße Katze wissen.

„Ich wohne in einer Scheune, " erklärte Dandi. „Bei der Streuneroma."

Beide Katzen schüttelten die Köpfe. „Nie davon gehört, " sagte Tiger.

„Hier kommt am Abend auch öfter eine Frau und bringt uns Futter, aber ob das deine Streueroma ist, glaube ich nicht, " sagte die rot weiße Katze, die sich als Chipsy vorgestellt hatte.

Bei dem Stichwort Futter spürte Dandi, dass sein Magen ziemlich laut knurrte.

„Unser Futter kommt, " rief Tiger plötzlich aufgeregt.

Dandi beobachtete aus einem sicheren Versteck die Frau, die Futter auf Teller verteilte. Auf dem Gelände gab es mehrere Futterhäuser. Die Frau verteilte die Teller in den Futterhäusern und beobachtete wie überall Katzen auftauchten, die sich hungrig auf das Futter stürzten. Dandi traute sich nicht aus seinem Versteck. Er wartete bis die Frau die Behälter vom Vortag eingesammelt hatte und verschwand. Erst jetzt traute er sich an das wenige Futter, das übrig war.

Bei uns in der Scheune ging das Leben weiter. Wir vermissten Dandi sehr. Joschka, der immer noch jeden Tag viele Stunden unterwegs war, um nach dem kleinen Kerl zu suchen, gab die Hoffnung nicht auf. In der ganzen Stadt fragte er nach Futterstellen für verwilderte Katzen, um die Menschen, die dort Katzen fütterten das Bild von Dandi zu zeigen. Jeden Tag kehrte Joschka enttäuscht in die Scheune zurück. Niemand hatte Dandi gesehen. Tinka, Carlos und ich vermissten Dandi, der uns immer wie ein Schatten gefolgt war, besonders schmerzlich. Aus Rücksicht auf Tinka sprachen wir nicht über die Möglichkeit, dass man Dandi in einem Tierheim gefangen hielt. Wir wussten nicht, dass die Streuneroma mehrmals die Woche in allen Tierheimen in der Umgebung anrief, um sich nach Dandi zu erkundigen. Dandi blieb verschwunden. Die Hoffnung ihn wiederzufinden schwand mit jedem Tag, der verging.

Auch Sabine und Rita gaben Dandi nicht auf. So oft es ihre Zeit erlaubte, waren sie in der Stadt unterwegs, um Flugblätter mit Dandis Bild zu verteilen oder sie an Bäumen, in Geschäften oder an Plakatwänden aufzuhängen. Bei einer dieser Aktionen gab es für Sabine eine große Überraschung. Sie war in ein kleines Elektrogeschäft gegangen, um die Erlaubnis für einen Aushang zu erhalten, als sie schlagartig von ihrer Vergangenheit eingeholt wurde. Sabine stand ihrem Vater gegenüber, den sie seit über zehn Jahren nicht mehr gesehen hatte. Schlagartig erinnerte sie sich an den Streit mit ihrem Vater, als dieser erfuhr, dass sie mit einer Frau zusammenleben wollte. Er hatte sie übel beschimpft und letztendlich aus dem Haus geworfen. Sie war eine Schande für die Familie. Der Streit war so schlimm gewesen, dass es für Sabine kein Zurück mehr gab. Sie kündigte ihre Wohnung und zog mit Rita in eine andere Stadt, wechselte die Telefonnummer und vermied in den nächsten zehn Jahren jeden Kontakt zu ihrer Familie. Immer wieder ermutigte Rita sie einen neuen Anfang zu wagen, denn sie sah, wie sehr ihre Freundin unter dem Streit litt, doch Sabine wollte davon nichts hören. Die seelischen Verletzungen waren zu tief.

„Sabine, " sagte der alte Mann. Seine Augen wurden groß in dem fahlen Gesicht.

„Papa, " stammelte Sabine.

Der Mann kam hinter der Theke hervor. Tränen liefen über sein Gesicht. „Meine Gebete wurden erhört. Ich habe so gehofft meine Tochter noch einmal zu sehen, bevor ich diese Welt verlassen muss."

Sabine konnte nicht sprechen. Ein riesengroßer Kloß saß in ihrem Hals. Sie hatte ihren Vater über zehn Jahre nicht mehr gesehen. .

„Wie geht es dir, Papa," stammelte sie. „Und seit wann arbeitest du in einem Elektrogeschäft?"

Sabine erinnerte sich an die schwere Arbeit ihres Vaters an einem Hochofen.

„Lange Geschichte, " sagte ihr Vater, der immer noch mit den Tränen kämpfte. „Als ich vor acht Jahren einen Schlaganfall hatte, war es mit der Arbeit in der Fabrik vorbei. Ich habe diesen kleinen Laden übernommen, als es mir wieder besser ging. Aber erzähl', wie geht es dir?"

Sabine erzählte in kurzen Sätzen von ihrer Arbeit in einer Kunstgalerie und von dem Bauernhof, den sie mit Rita gekauft hatte. Als sie geendet hatte sagte ihr Vater:

„Wir haben so viel Zeit verloren. Es tut mir so leid, dass ich damals so hartherzig zu dir war. Deine Mutter und ich haben dich in den langen Jahren so vermisst."

Sabine blieb noch eine Weile in dem Geschäft. Der Zufall hatte gewollt, dass sie an diesem Tag ihren Vater wiedersah. Der Streit von einst war vergessen. Sabine musste ihrem Vater versprechen, dass sie mit Rita am Abend zu den Eltern kam.

Sabine nahm die Einladung glücklich an. Sie hatte ihre Eltern in all den Jahren sehr vermisst. Wäre der Zufall ihr nicht zur Hilfe gekommen, hätte sie wohl den Weg zu ihren Eltern nicht mehr gefunden.

Als sie das Elektrogeschäft verließ war sie überglücklich. Der Streit mit den Eltern hatte ihr Leben schwer belastet, doch sie hatte es nie geschafft den ersten Schritt zu gehen. Als sie ihre Flugblätter verteilt hatte, fuhr sie nachhause, um Rita die gute Nachricht zu erzählen. Rita freute sich sehr endlich die Eltern von Sabine kennenzulernen. Pünktlich um acht hielten sie vor dem Haus der Eltern. Die Mutter öffnete die Tür und fiel ihrer Tochter weinend um den Hals.

Es wurde ein sehr schöner Abend. Rita wurde herzlich aufgenommen. Niemand sprach mehr von dem schlimmen Streit, der die Familie so lange getrennt hatte. Sabine erfuhr von der schweren Zeit, als ihr Vater um sein Leben kämpfte. Damals hätte er sich so gerne mit seiner Tochter versöhnt, aber Sabine war nicht mehr in der Stadt, und niemand wusste, wo sie hingezogen war. Sie hatte eine neue Telefonnummer und weder ihre ehemaligen Arbeitskollegen noch die Freunde wussten, wo sie zu finden war.

Dandi hatte sich in seiner Umgebung eingewöhnt. Das Leben auf dem heruntergekommenen Grundstück, das früher zu einer Werkshalle gehörte, war für die Katzen hart. Hier war es nicht so warm und gemütlich wie in der Scheune. Die alte Werkshalle schützte die Katzen vor Nässe. Es gab ein paar alte Kissen, die die Frau, die hier fütterte, den Katzen mitgebracht hatte, doch der kalte Wind pfiff durch die kaputten Scheiben. Futter bekamen die Katzen meistens nur jeden zweiten Tag. Die Frau, die zum Füttern kam war alt. Der Weg zu der alten Werkshalle war weit. Manchmal hatte sie kein Geld für die Straßenbahn und musste den weiten Weg zu Fuß zurücklegen. Die Frau brachte den Katzen jeden zweiten Tag Dosenfutter und füllte Schüsseln mit Trockenfutter. Das Futter war sehr schnell verspeist. Dandi wurde manchmal von anderen Katzen von den Futterplätzen verjagt. Der kleine Kerl war inzwischen abgemagert, denn es gelang ihm immer noch selten eine Maus zu erwischen. Hier gab es keine Katzen, die für ihn sorgten. Jede Katze lebte für sich. Es gab keine Katzenfreundschaften wie Dandi sie aus der Scheune kannte. Am Tag versteckte sich Dandi in der Werkshalle. In der Nacht streifte er durch die Straßen auf der Suche nach einem Weg, der ihn zu der Scheune führte. Auf einem seiner Streifzüge durchquerte er einen Garten und fand dort eine Schüssel mit Futter, das er gierig verschlang. Die

Menschen, die in diesem Haus wohnten, hatten das Futter für die vielen Igel, die in ihrem Garten lebten, hingestellt. Sie wunderten sich in der nächsten Zeit sehr, dass die Schüssel am Morgen immer bis auf das letzte Krümelchen leer war. Dandi ging jede Nacht zu dem Haus, und zu seiner Freude war die Schüssel immer gut gefüllt. So wurden nicht nur die Igel, sondern auch Dandi satt.

Die Suche nach der Scheune war für den kleinen Kerl jede Nacht eine Enttäuschung. Inzwischen waren zwei Monate vergangen. Dandi hatte die Hoffnung, die Scheune zu finden, aufgegeben. Einsam streifte er in der Nacht durch die Straßen. Am Tag traute er sich nicht aus seinem Versteck. Alles war hier laut und machte ihm große Angst. Inzwischen war es Herbst geworden. Die Nächte waren schon empfindlich kalt. Manchmal träumte Dandi von der schönen Zeit in der Scheune, wenn er in der zugigen Werkshalle auf einem alten Kissen schlief. Er spürte die Wärme von Mia und Tinka und war traurig, wenn er erwachte und die Kälte, die ihn umgab, spürte.

Auf dem Bauernhof gingen die Arbeiten nun dem Ende zu. Die Streuneroma, Rita und Sabine waren eingezogen. Das Haus der Streuneroma war inzwischen verkauft. Der Bauernhof erstrahlte in einem neuen Glanz. Das Wohnhaus war renoviert und mit gemütlichen Möbeln ausgestattet. Hier gab es für die Streuneroma, Sabine und Rita sehr viel Platz. Unter dem Dach gab es eine gemütliche kleine Wohnung, die für Joschka gedacht war. Die Streuneroma hatte es in der letzten Zeit vermieden mit ihm über einen Umzug zu sprechen, denn Joschka hatte alle Hände voll zu tun. In der Scheune lebten nun über dreißig Katzen, die Joschka versorgte. Rita und Sabine waren, neben ihrem Job, mit den Umbauarbeiten auf dem Bauernhof beschäftigt. Außerdem waren sie fast täglich unterwegs, um Spenden für die Katzen abzuholen oder kranke Katzen zum Tierarzt zu bringen. So hatten sie meist einen zwölf Stunden Tag. Die Streuneroma versorgte die Katzen, die auf dem Bauernhof lebten und half Joschka in der Scheune. Die Scheune, die zu dem Bauernhof gehörte, war in zwei Katzenhäuser unterteilt worden. Eines der Katzenhäuser hatte ein großes Freilaufgehege. Hier wurden neue Katzen untergebracht. Das zweite Katzenhaus war für die Freigängerkatzen bestimmt. Es gab gemütliche Schlafnischen und Schlafhöhlen für die Katzen. Beide Katzenhäuser konnten im Winter beheizt werden. Im Wohnhaus gab es im zweiten Stock eine Krankenstation für Katzen. In der unteren Etage wohnte die Streuneroma mit Sabine und Rita. Natürlich gab es im Wohnhaus einige Katzenklappen durch die die Katzen ins Wohnhaus kommen konnten. Die Streuneroma, Rita und Sabine freuten sich sehr als Tinka, Mia, Carlos,

Pauline, Oskar und Paul auf den Bauernhof kamen. Schnell hatten sie verstanden, dass sie durch die Katzenklappen ins Haus gelangen konnten. Das gefiel ihnen sehr gut. Die Streuneroma nahm sich vor das Gespräch mit Joschka zu suchen, denn sie wollte ihm so gerne ein richtiges Zuhause geben. Als sie an diesem Morgen zu der Scheune fuhr, nahm sie Joschka zur Seite und sagte:

„Lieber Joschka, ich möchte so gerne, dass du mit uns auf dem Bauernhof lebst. Hast du über einen Umzug nachgedacht?"

„Im Moment habe ich keine Zeit, " brummte Joschka. „Hier gibt es viel zu tun und ich muss Dandi suchen."

Die Streuneroma spürte, wie sich ihr Herz zusammenzog.

„Joschka, ich glaube Dandi ist nicht mehr am Leben, " sagte sie leise.

„Dandi lebt, " sagte Joschka mit einer Stimme die keinen Widerspruch zuließ. „Ich werde ihn finden, und dann werde ich über einen Umzug nachdenken."

Die Streuneroma schwieg. Sie vermisste Dandi sehr, doch sie hatten so vieles unternommen, um ihn zu finden. Überall in der Stadt hingen Bilder von ihm. Joschka hatte viele Futterstellen für verwilderte Katzen nach ihm abgesucht. Er blieb verschwunden. Die Streuneroma glaubte nicht mehr daran, dass Dandi noch am Leben war. Durch seine Behinderung hatte er auf der Straße kaum eine Chance. Warum nur hatte sie ihn weggegeben? Sie schwieg, denn sie wusste, dass Joschka seine Meinung nicht ändern würde. Seit Dandi verschwunden war hatte er sich sehr verändern. Irgendwie war der Wunsch Dandi zu finden für Joschka zu einer fixen Idee geworden.

Am Abend sprach die Streuneroma mit Sabine und Rita über ihr Gespräch mit Joschka. Sie saßen gemütlich bei einem Glas Wein im Wohnzimmer. Mia und Tinka hatten es sich neben der Streuneroma bequem gemacht. Pauline lag auf Sabines Schoß. Die drei waren meist im Haus. Pauline ging kaum noch vor die Tür. Hinter ihr lag ein langes Streunerleben, das viele Entbehrungen mit sich gebracht hatte. Jetzt war es an der Zeit einen gemütlichen Lebensabend zu genießen. Pauline, Tinka und Mia hatten sich sehr schnell an das Leben im Haus gewöhnt. Sie wichen nicht von der Seite ihrer Menschen und teilten auch gerne das Bett mit ihnen.

Sabine und Rita waren genauso ratlos was Joschka betraf. Sie überlegten hin und her, wie sie ihn zu einem Umzug bewegen konnten. Joschka hatte die Scheune, mit einfachen Mitteln, zu seinem Zuhause gemacht, doch sie waren alle drei der Meinung, dass er ein schönes, warmes Zuhause hier auf dem Bauernhof verdient hatte. Wie sie ihn zu einem Umzug bewegen konnten, wussten sie nicht. Alles hing von Dandi ab. Wie lange würde es dauern bis

Joschka akzeptieren konnte, dass Dandi nicht mehr zurückkommen würde? Er war besessen von der Idee ihn zu finden und nachhause zu bringen. Sabine, Rita und die Streuneroma sprachen traurig über den kleinen Kater, der sie alle mit seiner Liebenswürdigkeit verzaubert hatte. Wie lange würde es dauern bis sein Verlust nur noch eine schmerzliche Erinnerung war?

5. Kapitel

Katzen leben im Hier und Jetzt. Dadurch unterscheiden wir uns von den Menschen. Wir leben an jedem Tag, als ob es ein neuer Tag wäre. So konnten wir auch mit Dandis Verlust klarkommen. Jeder Tag brachte für uns neue Erlebnisse, wenn wir durch die Wiesen liefen, oder es gab in der Scheune, die wir hin und wieder besuchten, Begegnungen mit anderen Katzen, die unsere Aufmerksamkeit erforderten. Wir hatten Dandi nicht vergessen, sondern lebten unser Katzenleben weiter.
Den Umzug auf den Bauernhof hatten wir ohne die Hilfe unserer Menschen bewerkstelligt, und das kam so: Eines Tages hatte ich die Idee mal wieder dem Bauernhof einen Besuch abzustatten. In den letzten Wochen waren wir nicht mehr dort gewesen, denn der Lärm und die Unordnung hatten uns die Freude an den Besuchen verleitet. Meine Mutter und meine Brüder waren ebenfalls schon seit einigen Wochen in der Scheune, sprachen aber oft davon, dass sie zum Bauernhof gehen wollten. Eines Morgens, nach einem ausgiebigen Frühstück, machte sich meine Familie auf den Weg und Tinka, Carlos und ich begleiteten sie. Wir hatten keine Eile. Es war ein schöner warmer Tag. Wir schlenderten am Fluss entlang und erreichten schließlich den alten Schuppen in dem Dandi in ein Wasserfass gefallen war. Hier gab es sehr

viele Mäuse, doch unsere Bäuche waren vom Frühstück gut gefüllt, so dass wir nur eine Rast an dem alten Schuppen einlegten. Wir legten uns in das weiche Gras und Tinka sagte: „Wisst ihr noch als Dandi in das Wasserfass gefallen war und Joschka ihn gerettet hat?"

Wir andere nickten traurig. Wie konnten wir diesen Tag je vergessen? Der sonnige Tag wurde von dieser traurigen Erinnerung überschattet. Wir dachten an den kleinen Unglücksraben, der in seinem Leben doch so viel Glück hatte. Jetzt hatte ihn sein Glück verlassen, davon waren wir alle überzeugt. Jeder von uns hatte die Hoffnung verloren Dandi jemals lebend wiederzusehen.

Joschka hatte seine Suche nach Dandi noch nicht aufgegeben, doch seine Streifzüge durch die Stadt wurden seltener. Immer wieder kehrte er enttäuscht und traurig zurück. Wochenlang hatte er Abend für Abend nach ihm gesucht. Niemand hatte ihn gesehen. Es gab keinen Hinweis, dass Dandi noch am Leben war. Traurig setzten wir unseren Weg fort.

Als wir den Bauernhof erreichten war dort alles still. Kein Lärm von Baumaschinen störte die Ruhe. Wir schlenderten zu der Scheune und trafen dort auf ein paar Katzen, die hier lebten. Sie hatten es sich auf den neuen Schlafplätzen gemütlich gemacht und schliefen. Auch wir waren müde. Jeder von uns suchte sich ein gemütliches Plätzchen, um etwas zu schlafen.

Die Sonne stand schon tief, als Tinka mich aufgeregte weckte.

„Das musst du dir unbedingt ansehen," sagte sie aufgeregt. „Ich habe eine tolle Entdeckung gemacht. Du musst unbedingt mitkommen!"

Ich war noch ganz verschlafen. „Was ist denn passiert," sagte ich schlaftrunken und streckte mich.

„Komm' mit! Das musst du sehen!"

Ich war schlagartig hellwach. Tinka musste wirklich eine unglaubliche Entdeckung gemacht haben. So aufgeregt hatte ich sie selten erlebt. Sie lief zu dem Wohnhaus und blieb vor der Tür stehen.

„Jetzt pass' auf"! Ich zeige dir einen tollen Trick, " sagte Tinka geheimnisvoll.

Sie stupste mit dem Kopf gegen eine Klappe in der Tür. Die Klappe öffnete sich. Tinka verschwand im Inneren des Hauses. Ich stand ratlos vor dieser seltsamen Klappe und wusste nicht, was ich davon halten sollte. Wir kannten zwar schon die Funktionen von Katzenklappen, doch diese hier sah so komisch metallisch aus und gab beim Hindurchgehen ein Surren von sich. Mir war diese Klappe unheimlich. Wo war Tinka?

Nach ein paar Minuten tauchte Tinkas Kopf wieder auf. „Komm' schon, " sagte sie.

Ich tat es ihr nach und gelangte ins Innere des Hauses. Wir standen in einer hellen, freundlichen Diele. Tinka schlenderte durch die Diele in einen großen Raum in dem es ein gemütliches Sofa und Sessel gab. Ich war Tinka gefolgt und stand staunend in dem schönen Raum.

„Hier leben unsere Menschen, " sagte Tinka.

„Das ist so schön. Wir müssen das unbedingt den anderen zeigen, " sagte ich.

Wir verließen das Haus durch die Katzenklappe. In der Scheune war meine Familie und Carlos inzwischen wach geworden.

„Kommt schnell mit. Wir müssen euch etwas ganz Tolles zeigen, " rief ich aufgeregt.

Meine Mutter blinzelte in dem dämmrigen Licht der Scheune. In letzter Zeit sah sie nicht mehr so gut. Carlos streckte sich ausgiebig. Lediglich meine Brüder waren sofort zur Stelle. Für sie war das ganze Leben ein Abenteuer, und nun hofften sie etwas Spannendes zu erleben. Tinka und ich liefen voraus, gefolgt von meinen Brüdern. Meine Mutter und Carlos ließen sich viel Zeit. Als wir das Wohnhaus erreicht hatten, verschwanden Tinka und ich durch die Katzenklappe in das Innere des Hauses. Oskar und Paul blieben verwundert vor der Tür stehen. Sie waren in Freiheit geboren und hatten lange gebraucht, sich an die alte Klappe zu gewöhnen. Ich kletterte durch die Klappe wieder nach draußen.

„Kommt schon, da drin ist es so schön, " sagte ich.

„Besser nicht, " sagte Oskar.

Inzwischen waren meine Mutter und Carlos zum Wohnhaus gekommen.

„Was gibt es denn so Aufregendes, " sagte Carlos und gähnte ausgiebig.

„Kommt mit ," sagte ich und verschwand durch die Katzenklappe.

„Achso, eine Katzenklappe, " brummte Carlos. „Das ist doch nichts Besonderes." Er musste sich dünn machen, um durch die Katzenklappe in das Innere des Hauses gelangen zu können. Seit wir so viel leckeres Futter erhielten, war Carlos zu einem dicken, faulen Kater geworden, der das ruhige Leben schätzte.

Auch für Pauline war die Katzenklappe nicht besonders aufregend, und nachdem alle im Inneren verschwunden waren, trauten sich Oskar und Paul auch.

Im Haus gingen wir dann auf Entdeckungstour. Es gab viel zu sehen, aber der Geruch im Haus gefiel uns überhaupt nicht. Hier roch es nicht nach Scheune, Wald oder anderen Katzen. Lediglich der Geruch von Max, den wir auf dem weichen Teppich wahrnahmen, war uns vertraut.

Als die Streuneroma nachhause kam staunte sie nicht schlecht, denn wir lagen alle sechs auf dem weichen Teppich.

„Das ist aber schön, dass ihr alle hier seid, " sagte sie mit einem Lächeln. „Na, dann kommt mal mit. Ich zeige euch euren Futterplatz."

Die Streuneroma ging in die Küche und füllte Futter in hübsche Schüsseln, die sie uns hinstellte. Natürlich hatten wir Hunger. Die Streuneroma setzte sich in einen bequemen Sessel. Als wir mit unserer Mahlzeit fertig waren, sprangen Tinka und ich auf den Schoß der Streuneroma. Pauline, Oskar und Paul legten sich auf den weichen Teppich. Bald kamen auch Rita und Sabine. Auch sie waren sehr überrascht uns im Haus zu sehen.

„Wir brauchen unsere Lieblinge nicht mehr umzuziehen. Das haben sie bereits selbst erledigt, " lachte die Streuneroma.

Tinka und ich ließen uns von der Streuneroma ausgiebig streicheln.

„Haben wir jetzt ein schönes Zuhause," fragte ich Tinka.

„Oja, ich glaube wir haben jetzt das schönste Zuhause der Welt, " sagte Tinka, die sich auf dem Schoß der Streuneroma zusammengerollt hatte.

Etwas später klingelte es an der Tür.

Joschka und Max kamen ins Haus. Natürlich waren auch Joschka und Max überrascht uns hier zu sehen.

„Jetzt fehlen hier nur noch ihr beiden," sagte die Streuneroma und sah Joschka in die Augen.

„Ich muss in der Scheune bleiben. Wenn Dandi zurückkommt muss ich da sein, " sagte Joschka.

„Joschka, wir glauben, dass Dandi nicht mehr am Leben ist, " sagte Rita mit sanfter Stimme.

„Dandi lebt und solange er nicht zurück ist, muss ich in der Scheune bleiben, " sagte Joschka.

„Du kannst doch nicht den Rest deines Lebens in der Scheune verbringen und auf einen Kater warten, der nicht mehr zurückkommt, " sagte Sabine kopfschüttelnd.

„Dandi wird zurückkommen. Ich weiß, dass er am Leben ist und nach einem Weg zu der Scheune sucht, " sagte Joschka mit einer Stimme, die keinen Widerspruch duldete. Sein Gesicht hatte einen entschlossenen Ausdruck.

„Lasst uns von etwas anderem sprechen, " schaltete sich die Streuneroma in das Gespräch ein. „Wenn ich an Dandi denke werde ich immer ganz traurig."

„Mama, du hast recht. Wie wäre es mit einem Fest zur Einweihung des Bauernhofes. Wir könnten die Einnahmen gut gebrauchen. In letzter Zeit haben die Tierarztkosten Unsummen verschlungen, " sagte Rita.

„Das ist eine gute Idee, " sagte Joschka.

An diesem Abend saßen sie noch bis weit nach Mitternacht zusammen und trugen viele gute Ideen für das Einweihungsfest zusammen. Das Fest sollte etwas ganz besonderes werden, denn die Hilfe für die Katzen war für jeden von ihnen zu einer Lebensaufgabe geworden. Sie sprühten alle vor Energie. Die Müdigkeit, welche sich zu dieser späten Stunde normalerweise bemerkbar machte, war wie weggeflogen.

Sie saßen auf der überdachten Terrasse und wärmten sich an dem Feuer, das der alte Kamin verströmte. Die Streuneroma hatte Folienkartoffel in der Glut geröstet, die sie hungrig verschlangen. Dazu tranken sie Rotwein, der ihre Gedanken beflügelte. An diesem Abend übernachtete Joschka auf dem Bauernhof. Nach einer kurzen Nacht genoss er das Frühstück mit seinen Freunden. Es war ein schöner Samstagmorgen. Sie aßen ihr Frühstück auf der Terrasse, wo der Kamin immer noch eine wohlige Wärme verstrahlte. Der sonnige Morgen ließ die herbstlichen Felder erstrahlen. Jetzt am frühen Morgen hatten die Strahlen der Sonne nicht mehr so viel Kraft, obwohl es am Tage noch sommerliche Temperaturen gab. Überall hingen Spinnennetze, die das Sonnenlicht einfingen und silbrig glitzerten.

„Hier ist es so schön," sagte Joschka und ließ den Blick über die Felder streifen. „Wenn Dandi zurück ist, möchte ich gerne mit euch hier leben."

Sabine, Rita und die Streuneroma schwiegen. Joschkas Glaube daran, dass Dandi noch am Leben war, hatte sie alle drei bis in den Schlaf verfolgt. Ihre Gedanken waren vor dem Einschlafen bei dem kleinen tapferen Kater. Jeder von ihnen hoffte inständig, dass Joschka Recht behielt.

Nach dem Frühstück ging jeder seiner Arbeit nach. Die Streuneroma fuhr mit Joschka zu der Scheune, um ihm bei der Versorgung der

Katzen zu helfen. Rita und Sabine kümmerten sich um die Bauernhofkatzen. Nachdem alle hungrigen Mäuler gestopft, die kranken Katzen versorgt und die Katzentoiletten gereinigt waren, setzten sie sie sich an den PC und begannen mit der Planung ihres Festes. Sie entwarfen ein Plakat. Diese Plakate sollten, wenn sie gedruckt waren, in der Umgebung aufgehängt werden. Natürlich würde es auch im Internet Werbung für ihr Fest geben. Nachdem das erste Fest in der Scheune schon ein Riesenerfolg war, rechneten Sabine und Rita mit noch mehr Besuchern bei dem Einweihungsfest. Die Streuneroma musste unbedingt ihre Freundinnen aktivieren, die bei dem Fest in der Scheune mit Feuereifer mitgeholfen hatten. Für die älteren Damen war so ein Fest eine willkommene Abwechslung. Sabine und Rita, die seit vielen Jahren auf tierische Produkte verzichteten, wollten für das Fest leckere vegane Speisen zum Ausprobieren anbieten. Hier auf dem Dorf war dieser neue Trend, der sich unaufhaltsam ausbreitet, noch nicht angekommen. Sabine und Rita sahen es als ihre Aufgabe an, die Menschen auf Möglichkeiten der Ernährung hinzuweisen für die kein Tier leiden oder sterben musste. Als die Streuneroma nach drei Stunden zurückkehrte, staunte sie, denn die Planung des Festes hatte am PC bereits Gestalt angenommen. Rita hatte sogar mit dem Sänger einer Band telefoniert, den sie schon lange kannte. Als dieser von dem geplanten Fest hörte, war er sofort Feuer und Flamme. Er würde mit seinen Bandkollegen sprechen, die sicher, genauso gerne wie er, diese Feier unterstützen würden.

So arbeiteten sie in den nächsten Wochen an den Vorbereitungen für das Fest. Es gab allerhand zu tun. Eine Freundin der Streuneroma war Lehrerin. Sie hatte die großartige Idee mit ihren Schülern für eine Tombola zu sammeln. Die Kinder waren mit Feuereifer dabei und machten alle Geschäfte unsicher, um Geschenke für die Tombola zu erhalten. Die meisten Besitzer waren bereit etwas zu spenden. So dauerte es nicht lange bis die Kinder dreihundert kleine Geschenke für die Tombola gesammelt hatten. Gespannt fieberten sie, mit ihrer Lehrerin, dem Tag des Festes entgegen. Sie wollten die Lose verkaufen und für das Geld Futter für die Katzen besorgen.

Eine andere Freundin der Streuneroma hatte wunderschöne Kissen genäht, die die Form eines Katzenkopfes hatten. Diese Kissen sollten, neben anderen Handarbeiten, die von Unterstützerinnen der Streuneroma gefertigt worden waren, angeboten werden. Die Streuneroma war überglücklich über die Hilfe für ihre Katzen. Eine Frau und ihr Mann, die in der Nachbarschaft lebten, organisierten kurzerhand einen Kuchenverkauf für die Streuner.

Alle unsere Menschen waren mit den Vorbereitungen für das Fest beschäftigt.

Tinka und ich vermissten die gemütlichen Abende, die wir mit der Streuneroma auf dem Sofa verbringen durften. Bis spät am Abend waren unsere Menschen mit irgendetwas beschäftigt und, wenn sie endlich müde und erschöpft ins Haus kamen, blieb nur noch Zeit für eine Dusche, ehe sie sich müde in ihre Betten legten. Wir hatten es uns zur Gewohnheit gemacht die Nächte im Haus zu verbringen. Am Tag streiften wir durch die Felder und waren pünktlich zurück, wenn unsere Menschen es sich vor dem Fernseher gemütlich machten. Das war für uns die schönste Zeit des Tages. Besonders schön waren die Abende an denen Joschka auf dem Bauernhof war. Er kam mehrmals die Woche und meist übernachtete er dann auf dem Bauernhof. Jetzt gab es keine ruhigen Abende auf dem Sofa, aber Tinka und ich hatten schnell herausgefunden, dass es im Bett unserer Menschen sehr gemütlich war. So machten wir es uns im Bett der Streuneroma gemütlich. Schnell sprach sich das bei anderen Katzen rum, die keine Angst vor Menschen hatten. Sie genossen, wie wir, das Leben im Haus. Zu unserer großen Überraschung mutierte der selbsternannte Streunerkönig Carlos zu einem richtigen Hauskater. Seine nächtlichen Streifzüge wurden, seit er auf dem Bauernhof lebte, immer kürzer. Meine Mutter, die inzwischen ein stolzes Alter von siebzehn Jahren erreicht hatte, ging überhaupt nicht mehr auf die Jagd. An schönen Tagen lag Pauline in einem gemütlichen Sessel, der auf der Veranda stand und, wenn das Wetter schlecht war, blieb sie im Haus. Sie hatte ein langes Streunerleben hinter sich und war nun froh und dankbar, dass sie ein warmes Plätzchen gefunden hatte. Das Leben auf dem Bauernhof war schön, auch, wenn unsere Menschen im Moment wenig Zeit für uns hatten. Für die Katzen, die in ihrem Leben viele Entbehrungen erfahren hatten war der Bauernhof wie der Himmel auf Erden. Sie mussten nicht mehr hungern und fanden ein gemütliches Plätzchen, wenn sie müde waren. Obwohl auf dem Bauernhof um die dreißig Katzen lebten, gestaltete sich das Zusammenleben friedlich. Es gab selten Streitereien, und wenn es welche gab waren sie schnell vorbei. Die Streithähne gingen sich einfach aus dem Weg, bis sie sich wieder versöhnt hatten.

Dandi hatte in seinem neuen Leben nicht so viel Glück. Das Leben mit anderen Streunern auf dem Fabrikgelände war hart. Die alte Frau, die die Streuner versorgte schaffte es nicht mehr jeden zweiten Tag nach den Katzen zu sehen. Sie war gebrechlich, und an manchen Tagen schaffte sie den weiten Weg zu den Katzen nicht mehr. So mussten die Katzen alleine zurechtkommen. Das Futter, das die alte Dame von ihrer kargen Rente kaufen konnte, reichte für die Katzen nicht. Außer Dandi gab es auf dem Gelände noch fünf andere Katzen, die keinen Spaß verstanden, wenn es um Futter ging. Dandi wurde von ihnen verjagt. Nur wenn sie sich an dem Futter satt fressen konnte, durfte der kleine, behinderte Kater an die Schüsseln. Die alte Dame bekam von der neuen Katze viele Wochen nichts mit, denn Katzen haben sehr gute Ohren. Sie können Mäuse aus einer größeren Entfernung laufen hören. Die Schritte der alten Damen hörten sie natürlich auch schon von weitem. Schnell liefen sie zu dem Futterplatz. Dandi, der am Anfang auch zu dem Futterplatz gelaufen war, wurde verjagt. Inzwischen war Dandi schon ganz abgemagert und hätte er nicht seine eigene Futterstelle in dem Garten gefunden, hätte er das sicher nicht überlebt. Hier gab es keine Katzen die für ihn sorgten. Niemand fing für ihn Fische oder brachte ihm Mäuse mit. Das Leben auf dem alten Fabrikgelände war für ihn ein Spießrutenlauf. Die anderen Katzen mochten ihn nicht. Sie duldeten ihn lediglich. Freundschaften wie in der Scheune gab es hier nicht. Dandi verkroch sich am Tag in einen abgelegenen Raum, der im hinteren Teil der Fabrikhalle war. Dort gab es ein paar alte Säcke auf die er sich schlafen legte. In der Nacht streifte er umher auf der Suche nach seinem Zuhause. Jeden Morgen, wenn er auf das Fabrikgelände zurückkehrte hatte er ein wenig mehr Hoffnung verloren, die Scheune je wieder zu finden.

Das Unglück wollte für den kleinen Kater kein Ende nehmen, denn eines Tages, als er in den Garten schlich in dem er immer etwas

Futter gefunden hatte, war keine Schüssel mehr da. Dandi verstand nicht, dass die Menschen, die das Futter hingestellt hatten, nicht mehr da waren. Sie waren in eine andere Stadt gezogen. Die neuen Menschen, die in das Haus zogen, stellten kein Futter für streunende Katzen und Igel in den Garten. Dandi kam noch oft zu seiner ehemaligen Futterstelle, aber es gab kein Futter mehr. Hungrig streifte er durch die nächtlichen Straßen auf der Suche nach Futter. Hier und da fand er Essensreste, die Menschen am Tage achtlos weggeworfen hatten. Dandi lernte aus Mülleimern das Essbare zu fischen. Oft bekam ihm das Futter nicht. Er fühlte sich krank, litt unter Erbrechen und Durchfall. Nur sein Wille die Scheune wiederzufinden, bewahrte ihn davor einfach aufzugeben und zu sterben.

Eines Nachts, als er wieder mit knurrendem Magen durch eine Straße streifte, die er noch nicht kannte, entdeckte er einen alten Schrottplatz. Neugierig durchsuchte er die alten Autos. Vielleicht fand sich in ihnen etwas Essbares.

„Was willst du hier," ertönte plötzlich die drohende Stimme eines Hundes.

Dandi drehte sich um seine eigene Achse und schaute in die drohenden Augen eines großen Hundes. Dandi, der ja mit einem Hund zusammengelebt hatte, erschrak zuerst bis ins Mark, bemerkte dann aber, dass der Hund mit dem Schwanz wedelte. Er erinnerte sich an die Anfangszeit als Max zu ihnen gekommen war. Er hatte sich genauso verhalten, wie dieser Hund. Es hatte nicht lange gedauert bis sie Freunde wurden.

„Hallo, ich bin Dandi und habe großen Hunger. Naja, da habe ich mir gedacht, dass ich hier etwas finden könnte, aber, wenn du nicht willst, dass ich hier bin, werde ich natürlich gleich wieder verschwinden," sagte Dandi freundlich zu dem großen schwarzen Hund.

Der Hund setzte sich hin und beäugte ihn misstrauisch.

„Warum läufst du hier auf meinem Schrottplatz rum? Hast du kein Zuhause, " fragte der Hund mürrisch.

„Doch, ich habe ein Zuhause, " sagte Dandi traurig. „Aber ich kann es nicht mehr finden."

„Hä, du hast ein Zuhause, aber du kannst es nicht finden? Ich dachte Katzen würden immer heimfinden, " sagte der Hund und schüttelte verwundert seinen großen Kopf.

Dandi erzählte dem Hund seine Geschichte. Als er geendet hatte blickte der Hund ihn aus traurigen Augen an.

„Du armer kleiner Kerl, " sagte er. „Wenn du willst kannst du hier bei mir bleiben. Der Schrottplatz ist groß, und ich könnte etwas Hilfe beim Bewachen gebrauchen."

„Wenn ich kann, werde ich dir gerne helfen, aber ich habe sehr großen Hunger, " sagte Dandi. Sein Magen schmerzte vor lauter Hunger.

„Das ist kein Problem. Mein Name ist Pax und deiner? Aber komm' erst mal mit. Ich zeige dir, wo es etwas zu futtern gibt." Pax ging voraus und Dandi folgte ihm.

In einem kleinen Schuppen gab es einen schönen weichen Schlafplatz für Pax und zwei gefüllte Futterschüsseln, sowie eine Schüssel mit frischem Wasser. Dandi machte sich gierig über das Hundefutter her, das natürlich nicht so gut schmeckte wie Katzenfutter, aber das war Dandi egal. Als er seinen Hunger gestillt hatte, legte er sich erschöpft auf den kuscheligen Schlafplatz von Pax.

„Na, wie heißt du nun, " fragte Pax und legte sich neben ihn.

Dandi nannte seinen Namen, den der Hund vergessen hatte und war kurz darauf eingeschlafen. Die Nähe des Hundes schenkte ihm Geborgenheit. Er träumte, dass es Max war der hier neben ihm lag und dessen Körper eine wohlige Wärme ausstrahlte.

Am nächsten Morgen wurde Dandi von einer feuchten Hundenase wachgestupst. Er öffnete die Augen.

„Komm' mit, mein Mensch wird gleich hier sein. Dann gibt es leckeres Frühstück, " sagte Pax und wedelte aufgeregt mit dem Schwanz.

Dandi war noch ganz schlaftrunken, aber die Aussicht, dass hier ein fremder Mensch aufkreuzen würde, ließ ihn hellwach werden.

„Hoffentlich vertreibt dein Mensch mich nicht, " sagte er misstrauisch. Seit er hier in der fremden Umgebung leben musste, hatte er keinen Menschen getroffen, der es gut mit ihm meinte. Wenn er in den Mülltonnen nach Futter suchte, war es schon vorgekommen, dass Menschen mit Steinen nach ihm warfen. Er hatte immer Glück gehabt und war schnell verschwunden.

„Aber nein, mein Mensch ist der liebste Mensch auf dieser Welt. Komm' mit ich höre schon sein Auto, " sagte Pax und beeilte sich an das Tor des Schrottplatzes zu kommen. Dandi folgte ihm. Als Pax seinen Menschen stürmisch begrüßte blieb er lieber im Hintergrund. Erst als Pax den kleinen Kater mit seiner Nase stupste, bemerkte der Mann den Gast.

„Ja, wenn hast du denn da angeschleppt, Pax, " sagte der Mann und lachte.

Dandi spürte sofort, dass es sich hier um einen guten Menschen handelte. Katzen spüren das.

„Da werde ich doch schnell mal zum Supermarkt gehen und für unseren Gast Katzenfutter besorgen." Der Mann verschwand durch die Tür.

Als er zurückkam füllte er eine kleine Schüssel mit Katzenfutter.

„Das ist für deinen kleinen Freund, Pax. Nicht, dass du auf die Idee kommst das Katzenfutter zu fressen, " sagte er lachend, während er Pax Schüssel füllte.

Dandi genoss das leckere Futter. Es war ein herrliches Gefühl endlich einmal wieder genug Futter zu haben. Der Mann strich ihm über den Rücken. Dandi ließ es zu, denn er spürte, dass von ihm keine Gefahr ausging. „Mein Gott, bist du ein armes, dünnes Kätzchen, " sagte der Mann. Er strich behutsam über meinen Rücken und spürte die Knochen unter seinen Fingern. „Na, und die Flöhe plagen dich auch, aber da hab ich noch ein Mittel dagegen."

Der Mann ging in ein kleines Haus, das ihm als Büro diente. Als er zurückkam träufelte er ein paar Tropfen in Dandis Nacken. Er kannte diese Prozedur, denn in der Scheune hatten die Katzen von der Streuneroma oder Joschka auch immer von diesem Mittel bekommen, wenn sie sahen, dass sie sich oft kratzten. Jetzt war Dandis abgemagerter Körper von vielen kleinen Wunden übersät, die er sich beim Kratzen durch seine Krallen beigebracht hatte. Sein Fell war stumpf und glanzlos. Als Dandi satt war, suchte er sich einen Schlafplatz, rollte sich zusammen und schlief, zum ersten Mal seit vielen Wochen, glücklich ein. Er hatte zwar noch immer nicht sein Zuhause gefunden, doch das Schicksal hatte ihm diesen guten Menschen und Pax geschickt. Vielleicht würde jetzt alles gut werden.

Meine Familie, Tinka, Carlos und ich hatten es uns auf dem Bauernhof gemütlich gemacht. Zur Scheune gingen wir nur noch selten. Glücklich endlich ein richtiges Zuhause gefunden zu haben, blieben wir in der Nähe des Hauses. Selbst der selbsternannte Streunerkönig Carlos verzichtete auf längere Streifzüge. Wenn das Wetter gut war, ging er am Abend auf die Jagt, war aber pünktlich, wenn es Frühstück gab, zurück.

Auf dem Bauernhof war ein munteres Treiben. Neben der täglichen Arbeit galt es ein Fest vorzubereiten. Joschka pendelte zwischen Scheune und Bauernhof hin und her. Die Streuneroma hatte ihm einen alten Jeep besorgt, der seine Arbeit einfacher machte. Joschka hatte sich sehr verändert. Der einst so schweigsame Einzelgänger sprach mit Menschen, die zu ihnen kamen, um einer Katze ein Zuhause zu schenken, als hätte er nie in seinem Leben etwas anderes getan. Er beriet die Interessenten, die sich für eine Katze interessierten und erzählte von den Eigenarten der Katze. Niemand kannte die Katzen so gut wie Joschka. Er hatte eine Engelsgeduld mit verwilderten oder kranken Katzen. Es war immer wieder erstaunlich wie er es schaffte Zugang zu den verängstigten Geschöpfen zu finden. Joschka verfügte über eine Gabe, die nur wenigen Menschen gegeben ist.

Die Streuneroma war glücklich, dass Joschka ihr so viel Arbeit abnahm. So konnte sie es sich am Nachmittag gemütlich machen. Sie spürte das Alter, und die Knochen taten weh. Bei schönem Wetter saß sie in einem Schaukelstuhl auf der Terrasse. Oft kamen Bekannte auf einen Kaffee vorbei, die Futter für die Katzen oder Spenden für die Tombola brachten. Manchmal kullerten auch ein paar Tränen aus ihren alten, gütigen Augen, wenn sie sah, wie das geplante Fest immer mehr Gestalt annahm. Als sie eines Abends, bei einem Glas Wein, mit Sabine, Rita und Joschka zusammensaß, hatte Rita die Idee, Tische und Bänke für das Fest unter die alten Bäume zu stellen. Die imposanten Kastanienbäume, die sicher schon zweihundert Jahre hier standen, bildeten eine schöne Kulisse für das Fest. Auch das Wetter meinte es gut mit ihnen. Obwohl es schon Oktober war, strahlte eine warme Sonne vom blauen Himmel. Die Schüler, die sich um die Tombola kümmerten hatten noch andere Kinder von dem Fest erzählt, und so hatte die Theatergruppe der Schule eine kleine Aufführung zugesagt. Joschka hatte für die Gruppe eine Bühne gebaut. Die Schüler bastelten mit Feuereifer Dekoration für das Fest. Als am Tag vor dem Fest alles aufgebaut und dekoriert war, standen sie staunend da und bewunderten die Dekoration. Das Fest sollte am nächsten Tag, einem Samstag, um vierzehn Uhr stattfinden. Schon am frühen Morgen waren alle Helferinnen und Helfer mit den letzten Vorbereitungen beschäftigt. Die Tombola wurde aufgebaut, Kuchen und alle sonstigen Speisen standen gegen Mittag für die Gäste bereit. Gegen halb zwei kamen die ersten Besucher. Eine Stunde später waren bereits alle Sitzplätze besetzt. Die Besucher, die keinen Sitzplatz bekamen, machten es sich auf der Wiese bequem. Manche hatten sich Decken mitgebracht und lagen gemütlich in der Sonne, die an diesem wunderschönen Herbsttag von einem strahlend blauen Himmel lachte. Die Streuneroma begrüßte Gäste und half, wo sie gebraucht wurde. Sie war nach einer schlaflosen Nacht um fünf Uhr aufgestanden, und obwohl Rita, Sabine und Joschka sie immer wieder zum Ausruhen überreden wollten, gönnte sie sich keine Minute Pause.

Tinka, Carlos und ich beobachteten das bunte Treiben aus sicherer Entfernung. Uns war das alles viel zu laut und hektisch. In der Nacht war ich zu der Streuneroma ins Bett gekrochen und hatte ihre Unruhe gespürt. Ich machte mir Sorgen um sie und erzählte Tinka von meiner Befürchtung, dass es der Streuneroma nicht gutging. Tinka war sehr besorgt. Sie wusste, dass ich ein sehr feines Gespür für die Nöte und Sorgen unserer Menschen hatte. So oft hatte ich mich an Joschka geschmiegt, denn ich spürte, wie sehr er immer noch Dandi vermisste. Bei der Streuneroma war es anders. Ich spürte ihre Erschöpfung und ihren eisernen Willen, der sie auf den Beinen hielt. Sie tat alles für uns Katzen, doch ich hätte ihr gerne gesagt, dass sie sich ausruhen soll, weil ihr Körper mit einer Krankheit kämpfte.

Das Fest wurde zu einem riesigen Erfolg und brachte richtig viel Geld in die Kasse. Die Streuneroma, Sabine, Rita und Joschka waren überglücklich, als sie die Einnahmen zählten. Das Geld würde ausreichen um den Heuboden der Scheune für die Katzen zu renovieren und die Futter-und Tierarztkosten für die nächsten Monate zu decken.

Erschöpft saßen die vier am späten Abend, umgeben von einigen Katzen, die die eingekehrte Ruhe genossen, im Wohnzimmer. Mia und Tinka lagen dicht bei der Streuneroma, die sich auf dem Sofa ausgestreckt hatte. Im Licht der Kerzen wirkte das Gesicht der Streuneroma grau. Sie schien in den letzten Stunden um Jahre gealtert zu sein. Das sonst so rosige Gesicht wirkte eingefallen und faltig. Rita machte sich große Sorgen um ihre Mutter und rief schließlich einen Arzt an. Sie tat das heimlich, denn ihre Mutter hätte da sicher nicht mitgespielt. Als der Arzt kam, blieb ihr nichts anderes übrig als der Untersuchung zuzustimmen. Nach einer gründlichen Untersuchung bestand der Arzt auf einer Einweisung ins Krankenhaus. Das Herz der Streuneroma machte ihm Sorgen. Nach einigem Hin und Her war die Streuneroma schließlich einverstanden.

Wir Katzen verstanden natürlich, dass unsere Streuneroma krank war und vermissten sie in der nächsten Zeit sehr. Sabine, Rita und Joschka versorgten uns mit traurigen Gesichtern. Zum Glück sahen sie nach zwei Wochen wieder optimistischer in die Welt. Die Streuneroma war nur knapp einem Herzinfarkt entkommen. Eine Operation war notwendig gewesen, um ihr

Herz zu stabilisieren. Die Ärzte hatten strikte Ruhe verordnet und zu einer Kur geraten. Aus Sorge um ihre Katzen hatte sie die Kur zuerst abgelehnte, doch Rita konnte ihre Mutter überzeugen in die Kur zu fahren. Zwei Freundinnen der Streuneroma hatten zugesagt auf dem Bauernhof mitzuhelfen und das hatte letztendlich dazu geführt, dass sie der Kur zustimmte.

Als die Streuneroma nach sechs Wochen auf den Bauernhof zurückkam war sie wieder ganz die Alte. Die Ärzte hatten ihr nahegelegt mehr auf sich zu achten. Diesen Rat beherzigte sie auch und gönnte sich mehrere Pausen am Tag, die sie damit verbrachte mit ihren Katzen zu schmusen. Zum Glück halfen inzwischen die zwei jungen Frauen, die durch das Fest von der Streunerhilfe erfahren hatten, auf dem Bauernhof.

Dandi hatte sich inzwischen auf dem Schrottplatz eingelebt. Er genoss die regelmäßigen Mahlzeiten, die er bekam und hatte in den zwei Wochen, die er nun schon hier lebte fast sein altes Gewicht erreicht. Sein Fell war wieder seidig, und er fühlte sich bei seinem neuen Menschen und Pax sehr wohl. Dandi hatte die Suche nach seinem alten Zuhause aufgegeben. Nachts streifte er manchmal über den Schrottplatz, doch meist war er am Tage, wenn sein Mensch auf dem Schrottplatz war, aktiv und schlief nachts in Pax Hütte. Dandi traute sich nicht sein neues Zuhause zu verlassen. Zu groß war seine

Angst wieder allein durch die Straßen zu irren.

Joschka dachte in der letzten Zeit immer öfter darüber nach auf den Bauernhof zu ziehen. Das lag nicht nur an der Bequemlichkeit und Wärme, die die kleine Wohnung bot. Er liebte die Gespräche mit der Streuneroma, Sabine und Rita, wenn sie abends gemütlich im Wohnzimmer saßen. Seine Hoffnung, dass Dandi zu der Scheune zurückfinden würde, wurde von Tag zu Tag kleiner. Sooft er Zeit fand fragte er in den Tierheimen der Umgebung nach dem Kater. Er kannte inzwischen viele Futterstellen für verwilderte Katzen in der Stadt und besuchte sie regelmäßig, in der Hoffnung Dandi zu finden. In ihm wohnte die Gewissheit, dass der kleine Kater noch am Leben war. Er war hin und her gerissen zwischen seinem Wunsch in einem schönen Zuhause zu leben und dem schlechten Gewissen, das er den Katzen gegenüber empfand, die in der Scheune lebten. Viele der scheuen Streuner hatten sich eng an ihn angeschlossen. Wenn er ehrlich zu sich selbst war hatte er auch Angst vor einem Leben in einer Gemeinschaft. Sein Lebensweg hatte ihn zu einem Einzelgänger gemacht. Besonders die Zeit im Gefängnis hatte ihn geprägt. Die Enge seiner Zelle und der unvermeidbare Kontakt mit anderen Häftlingen, die er nicht mochte, hatten dazu geführt, dass er die Nähe von anderen Menschen nur sehr schwer ertrug. Auf der Straße hatte Joschka den Kontakt zu anderen Obdachlosen meist gemieden, obwohl das Leben auf der Straße in der Gemeinschaft leichter war. Das lag nicht unbedingt daran, dass man sich gegenseitig half. Im Abseits der Gesellschaft dachte jeder nur an sein eigenes Überleben, das in der Gruppe sicherer war. Einmal hatte er einen älteren Mann getroffen, der ihm mit Ehrlichkeit begegnet war. Mit ihm hatte er sich eine alte Gartenlaube geteilt. In alten Decken gehüllt hatten sie sich am Abend von ihrem Leben erzählt. Der Mann hatte, nach einem Unfall, seine Arbeit verloren, und er hatte seine Perspektivlosigkeit im Alkohol ertränkt. Ein Mann über fünfzig hatte wenige Chancen auf eine neue Arbeitsstelle. Dieser Umstand führte zu viel Streit mit seiner Frau. Eines Tages hatte er es nicht mehr ausgehalten und war, mit einem Rucksack voll Habseligkeiten, gegangen. Das Leben, das er einst geführt hatte war vorbei. Es blieb ihm nichts als Enttäuschung über die Frau, die er so viele Jahre geliebt hatte und die ihm jetzt, in seiner Verzweiflung, fremd war. Als er nach einer Woche zu ihr zurückkehren wollte, weil die vielen gemeinsamen Jahre ihn nicht loslassen wollten, hatte bereits ein anderer Mann seinen Platz eingenommen. Als ihn die Erkenntnis traf, dass seine Ehe nicht erst seit seiner Arbeitslosigkeit zu Ende war, stürzte er in ein tiefes Loch. Dieses Leben konnte er nur noch ertragen, wenn er sich mit Alkohol betäubte. Was für ihn früher unvorstellbar gewesen wäre, wurde zu seinem traurigen Alltag. Tagsüber streifte er durch die Einkaufspassage und bettelte fremde Menschen um etwas Geld an. Es war ihm egal was andere von ihm dachten. Er war dort angekommen, wo es nicht mehr weiter abwärts ging.

Als Joschka eines Tages in der Einkaufspassage Musik machte, lernte er Paul kennen. Paul saß auf einer Bank und hörte ihm zu. Joschka spielte an diesem Tag traurige Lieder, weil in ihm eine tiefe Traurigkeit wohnte. Vielen Menschen schien es an diesem grauen Herbsttag genauso zu gehen, denn in seinem Teller lagen viele Münzen. Viele Menschen blieben stehen und lauschten. Paul saß einfach nur mit gesenktem Kopf auf der Bank. Irgendwann spielte Joschka „Heart of Gold" von Neil Young. Er sah, wie der fremde Mann auf der Bank den Kopf hob. Tränen liefen über seine eingefallenen Wangen.

„Ich danke dir, Bruder, " sagte er plötzlich zu Joschka. „Das ist mein Lieblingslied und du spielst so wundervoll."

Irgendwie war Joschkas Traurigkeit mit diesem Satz verschwunden. Er spürte, dass hier ein Mensch war, der genauso einsam war wie er selbst. An diesem Nachmittag wurden sie Freunde. Joschka spendierte dem Mann eine Currywurst und teilte eine Flasche Wein mit ihm.

In der nächsten Zeit verbrachten die beiden Männer viel Zeit zusammen. Sie hatten eine

gute Zeit. Menschen, die auf der Straße leben brauchen nicht viel, um eine gute Zeit zu haben. Alkohol, ein wenig Essen, gute Gespräche über ein früheres Leben, das in der Erinnerung viel besser war und einen Platz für die Nacht, an dem sie vor Übergriffe sicher und etwas vor der Kälte geschützt waren. Mehr Ansprüche hatten sie nicht mehr. Joschka hatte den verlassenen Schrebergarten im Sommer gefunden und sich in dem Holzhaus etwas eingerichtet. Ein paar Möbel vom Sperrmüll und ein kleiner Campingkocher, den er auf einem Schrottplatz gefunden hatte, boten den beiden Gestrandeten ein gutes Leben. In der zweiten Nacht war Paul schreiend aufgesprungen, als eine große Ratte neben seinem Kopf auftauchte. Joschka hatte ihn beruhigt, denn die Ratte tat niemandem etwas. Eines Tages hatte Joschka, die Ratte, die noch sehr klein war, im Garten gefunden. Sie hatte ein verletztes Bein. Joschka hatte sich um das Tier gekümmert, und sie war in dem Holzhaus geblieben. Er mochte die Ratte, fühlte sich mit ihr verbunden, denn sie war, genau wie er, ein Geschöpf das niemand wollte.
Paul tat sich am Anfang schwer mit der Gesellschaft der Ratte, doch mit der Zeit gewöhnte er sich an ihre Gegenwart. Schließlich liebte er sie genauso wie Joschka. Die beiden Männer verbrachten viele Abende damit die zutrauliche Ratte mit Leckerbissen ihres kargen Abendessens zu

füttern. Sie lachten über das Tier, das sich vor ihnen auf die Hinterbeine stellte und um Futter bettelte.

Ein paar Monate später war die Ratte verschwunden. Abend für Abend saßen die beiden Männer in der Hütte und warteten auf das Tier. Die Ratte blieb verschwunden. Sie trauerten um sie, wie um einen guten Freund. Für Joschka sollte es nicht nur bei dem Verlust der Ratte bleiben. Eines Abends wartete er vergebens auf Paul. Während er in der Einkaufspassage Musik gemacht hatte, war Paul in der weihnachtlich beleuchteten Fußgängerzone unterwegs um etwas Geld zu erbetteln. Als die Geschäfte in der Einkaufspassage schlossen und kaum noch Menschen unterwegs waren, machte sich Joschka auf den Heimweg. Paul würde, so dachte Joschka, sicher bald auftauchen. Die Nacht verging, ohne dass Paul in der Holzhütte auftauchte. Am Morgen machte sich Joschka auf die Suche nach seinem Freund. Als er ihn an keinem der bekannten Plätze finden konnte, fragte er in den Krankenhäusern nach Paul. Er war wie vom Erdboden verschwunden. Erst Tage später erfuhr Joschka von einem anderen Obdachlosen, dass man Paul erfroren im Park gefunden hatte. Seine Alkoholsucht war ihm zum Verhängnis geworden. Ein Spaziergänger, der mit seinem Hund im Park spazieren ging hatte Polizei und Krankenwagen informiert, als er am späten Abend, den reglosen Mann auf der Parkbank liegen sah. Der herbeigerufene Notarzt konnte nur noch seinen Tod feststellen. Paul war im Alkoholrausch erfroren.

Pauls Tod warf Joschka völlig aus der Bahn. Obwohl er diesen Mann nur kurze Zeit gekannt hatte, stürzte sein Tod ihn in eine tiefe Verzweiflung. Das eigene Dasein erschien Joschka sinnlos. Der Tod seines Freundes führte ihm deutlich vor Augen, dass es für ihn kein Weg zurück in ein geregeltes Leben mehr geben konnte.

Joschka lag, eingerollt in eine alte Decke, in seiner Laube. Er ging nicht mehr in die Einkaufspassage um seine Lieder zu spielen, was zur Folge hatte, dass er nichts zu essen hatte. Noch schlimmer war es, dass er keinen Alkohol hatte, um seinen Schmerz zu betäuben. In der Nacht erwischte ihn der Entzug vom Alkohol. Sein Körper kribbelte, als wären Tausende Insekten auf ihm. Als er an sich heruntersah, waren überall Krabbeltiere. Obwohl es in der Laube sehr kalt war, rann der Schweiß von seinem Gesicht, und eine Angst, die er noch nie in seinem Leben gespürt hatte, ergriff Besitz von ihm.

Als er die Nacht überstanden hatte, waren seine Gedanken wieder klar, und die Hoffnungslosigkeit in ihm kannte keine Grenzen. Joschka sah keinen Ausweg mehr. Er hatte gekämpft und immer wieder verloren. In seiner Verzweiflung wollte sich Joschka an diesem Morgen von einer Brücke

stürzen. Ein Mann rief die Polizei, und ein
Krankenwagen brachte ihn in die Psychiatrie.
Joschka blieb fast ein halbes Jahr im
Krankenhaus, weil er immer wieder die
Absicht äußerte seinem Leben ein Ende zu
setzen. In den ersten Wochen seines
Aufenthaltes war das auch so. Später wollte
er einfach nur im Krankenhaus bleiben. Alles
war hier so einfach. Er musste sich um nichts
kümmern. Die Medikamente, die man ihm
verabreichte machten ihn angenehm
gleichgültig. Innerhalb von kurzer Zeit legte
er an Gewicht zu, weil er nur noch schlief
oder auf die Mahlzeiten wartete. Jede Form
der Therapie lehnte Joschka ab.
Wahrscheinlich hätte er noch ewig so vor
sich hin gelebt, wenn nicht ein junger Pfleger
seine Gitarre aus dem alten Schuppen geholt
hätte. Das riss ihn aus seiner Lethargie. Er
saß nun oft im Flur auf dem Boden, spielte
Gitarre und sang dazu. Innerhalb weniger
Minuten war er von anderen Patienten
umringt, die begeistert mitsangen.
Nach seinem Aufenthalt in der Psychiatrie
sollte Joschka nicht mehr zurück auf die
Straße. Ein Sozialarbeiter brachte ihn in
einem Männerwohnheim unter. Leider war
dieser Aufenthalt nur von kurzer Dauer.
Joschka kam mit den meisten seiner
Mitbewohner nicht zurecht und flüchtete
schon bald zurück auf die Straße. Hier lebte
er wieder als Einzelgänger, war
hoffnungslos. Der Gedanke seinem
sinnlosen Leben ein Ende zu setzen, war

allgegenwärtig, bis zu dem Tag an dem er
den Hund zum ersten Mal traf. Plötzlich gab
es wieder einen Freund in seinem Leben, auf
den er sich freuen konnte.

Später, als Joschka schon lange mit Max in
der Scheune lebte dachte er oft an die
schlimme Zeit auf der Straße. Er kam immer
wieder zu dem Schluss, dass Max sein
Lebensretter war. In seiner
Hoffnungslosigkeit war er wie ein Engel in
seinem Leben aufgetaucht. Seine
bedingungslose Liebe hatte ihn tief berührt
und seinem Leben einen neuen Lebensinhalt
gegeben. Sie waren beide Gestrandete. Der
Hund, weil ihn ein verantwortungsloser
Mensch verlassen hatte und Joschka, weil er
seinen Lebensmut verloren hatte und sich
als Versager

6. Kapitel

Wie im Fluge verging der Winter. Der Winter hatte uns viel Schnee und Eis gebracht. Wir Katzen genossen unser warmes Zuhause. Tinka und ich verbrachten die kalten Tage meist in der warmen Stube. Nur wenn es sonnige Wintertage gab, gingen wir nach draußen. An diesen Tagen machte der Winter uns so richtig Spaß. Wir tollten durch den Schnee oder liefen zu der alten Scheune, um unsere Freunde zu besuchen. Trotz des kalten Wetters gab es für Joschka in der Scheune immer allerhand zu tun. Er freute sich, wenn Tinka und ich ihm Gesellschaft leisteten. Carlos begleitete uns nur noch selten. Aus dem einstigen Streunerkönig, der seine Freiheit über alles liebte, war ein richtiger Pantoffelheld geworden. Er war meistens in der Nähe der Streuneroma, die jetzt sehr viel Zeit im Haus verbrachte, weil sie gesundheitlich nicht mehr so auf der Höhe war. Der kalte Winter tat ihren Knochen, die bei jedem Schritt schmerzten, nicht gut. Oft lag sie auf dem Sofa und schaute fern. Carlos lag bei ihr und kuschelte sich eng an sie. Der große, stolze Kater war mit seinen fünfzehn Jahren auch nicht mehr der Jüngste.

Joschka war im Spätherbst doch in das Wohnhaus auf dem Bauernhof gezogen. Jeden Morgen fuhr er zur Scheune, um die Katzen dort zu versorgen. Für Joschka gab es keinen freien Tag, kein Wochenende und keine Feiertage. Unermüdlich war er im Einsatz für die Katzen. Max, sein treuer Gefährte, begleitete ihn auf Schritt und Tritt. Die Streuneroma, Sabine und Rita versuchten ihn oft zu einem freien Tag zu überreden, doch Joschka winkte nur ab. Er liebte die Katzen und wollte ihre Versorgung niemandem überlassen. Natürlich gab es inzwischen einige Helferinnen und Helfer, die auf dem Bauernhof mithalfen, doch niemand kannte die Katzen so gut wie Joschka und die Streuneroma, die trotz ihrer gesundheitlichen Beschwerden jeden Tag bei ihren Katzen war.

Eines Tages, es war bereits Frühling geworden, statteten Tinka und ich der Scheune wieder einmal einen Besuch ab und wurden dort von einer fremden Frau überrascht, die Joschka bei der Versorgung der Katzen half. Joschka der oft sehr wortkarg war, erzählte der fremden Frau von seinen Katzen.

„Ich glaube Joschka ist verliebt, " sagte Tinka lachend.

„Woher willst du das denn wisse, " fragte ich erstaunt.

„Ich weiß das! Genauso wie ich weiß, dass du schon immer in Carlos verliebt bist, " schmunzelte Tinka.

„Ich bin doch nicht in Carlos verliebt, " empörte ich mich. „Carlos ist nur ein sehr guter Freund für mich."

Tinka blieb bei ihrer Meinung. Ich musste mir eingestehen, dass ich Carlos schon immer bewundert hatte und etwas Schwärmerei für ihn war da sicher auch dabei. So richtig verliebt hatte ich mich noch nie. Joschka schon. Damit sollte Tinka Recht behalten. In der nächsten Zeit erlebten alle auf dem Bauernhof, wie es bei Joschka zu einer erstaunlichen Wandlung kam. Nie hatten wir ihn so gut gelaunt erlebt. Joschka fuhr in die Stadt und kaufte neue Kleidung. Das war während der Zeit, die er nun auf dem Bauernhof verbrachte noch nie vorgekommen. Bisher hatte er auf seine Kleidung wenig Wert gelegt. Die abgelegten Kleidungsstücke, die Freunde für ihn mitbrachten, hatten ihm gereicht. Das Geld, welches er für seine Arbeit erhielt, bewahrte er in einem Versteck auf. Joschka hatte es lange abgelehnt Geld für seine Arbeit anzunehmen. Er hatte alles, was er brauchte. Die Streuneroma hatte auf eine kleine Entlohnung bestanden. Ein Teil des gesparten Geldes investierte Joschka nun in neue schicke Kleidung, die er trug wenn er mit Ellen in die Stadt zum Essen fuhr. Alle auf dem Bauernhof freuten sich über das junge Glück. Joschka hatte es, verdient endlich glücklich, mit einer Frau an seiner Seite, zu leben. Darüber waren sich alle einig.

Eines Morgens als ich mich wohlig auf der Veranda streckte hörte ich Joschka laut fluchen: „Ausgerechnet heute wo ich so viel zu tun habe, springt die blöde Karre nicht an!"

Sabine kam gerade aus dem Haus gelaufen. Sie hatte es eilig, denn sie musste zur Arbeit.

„Was ist passiert, Joschka," rief sie.

„Gerade heute springt das Auto nicht an. Ich muss später mit drei Katzen zum Tierarzt fahren. Das ist wirklich wichtig, " schimpfte Joschka.

„Das ist echt blöd," sagte Sabine. „ Der neue Kater, den die Kinder aus der Tierfalle befreit haben, muss unbedingt zum Tierarzt. Du nimmst einfach mein Auto. Ich rufe meinen Chef an und sage ihm, dass ich etwas später komme."

„Das wäre super. Ich werde heute Nachmittag die Kiste auseinandernehmen und sehen, was ihr fehlt, " sagte Joschka erleichtert.

An diesem Tag war Joschka bis in den späten Abend mit seinem Auto beschäftigt. Er musste es unbedingt wieder zum Laufen bringen. Jeder der Joschka kannte wusste, wie geschickt er beim Reparieren war. Egal ob es sich um ein Auto, einen Toaster, einen Rasenmäher oder was auch immer handelte, Joschka bekam so ziemlich alles wieder hin. Nachbarn und Freunde brachten manchmal ihre kaputten Sachen zum Reparieren. Joschka brachte die Sachen wieder in Ordnung und ließ sich mit Futter bezahlen. Als er am Abend mit seiner Arbeit fertig war, wusste er, was dem Auto fehlte. Am nächsten Tag wollte er zum Schrottplatz fahren, um nach einem passenden Ersatzteil zu suchen. Joschka war nun beruhigt, denn

der Schaden an dem Auto war nur gering.
Auch Ellen, die immer öfter auf dem
Bauernhof übernachtete, war froh, dass
Joschka mit der Arbeit endlich fertig war. So
konnten sie noch gemütlich ein Glas Wein
zusammen trinken.

Am nächsten Tag fuhr Sabine mit dem Bus
zur Arbeit und überließ Joschka das Auto.
Joschka versorgte die Katzen. Dann fuhr er
zu einem Schrottplatz, wo er sehr schnell
das benötigte Ersatzteil fand. Als er beim
Besitzer bezahlen wollte, sah er plötzlich
eine kleine graue Katze, die sich an einen
großen Hund kuschelte. Schlagartig kam
Joschka der schmerzlich vermisste Dandi in
den Sinn. Obwohl er nicht an diesen
unglaublichen Zufall glaube wollte, rief er
„Dandi, bist du das?"

Der Kopf der Katze schnellte hoch und ehe
Joschka sich versah kam die Katze auf ihn
zu gerannt. Als er in die Hocke ging, war
Dandi mit einem Satz in seinen Armen. Der
Hund und sein Herrchen beobachteten die
Szene, die sich ihnen bot, ungläubig.
Joschka drückte den kleinen Kater liebevoll
an sich. Die Tränen schossen ihm in die
Augen und er vergrub sein Gesicht in dem
weichen Fell. Als er sich etwas beruhigt hatte
erzählte er dem überraschten Mann Dandis
Geschichte. Nachdem er geendet hatte
sagte der Mann traurig: „Sie wollen den
kleinen Kerl bestimmt mitnehmen. Er ist uns
so sehr ans Herz gewachsen."

Joschka nickte und erzählte dem Mann von Mia, Tinka und Carlos, die sich immer so rührend um Dandi gekümmert hatten. Der Mann nickte traurig, denn er ahnte, wie sehr der kleine Kater in seinem Zuhause vermisst wurde.

„Wie wäre es, wenn Sie Dandi auf dem Bauernhof besuchen kommen. Vielleicht finden Sie ja auch eine Katze, der sie ein schönes Zuhause schenken können," schlug Joschka, dem Mann, der ihm sehr leid tat, vor.

„Das ist eine gute Idee. Pax und ich werden den kleinen Kerl sehr vermissen, " sagte er traurig.

Joschka verließ mit Dandi den Schrottplatz. Während der Heimfahrt lag Dandi auf seinen Beinen und schnurrte ganz laut. Seinen Kopf schmiegte er zärtlich an Joschkas Bauch.

„Du kannst dir überhaupt nicht vorstellen, wie ich dich vermisst habe, " sagte Joschka leise, und als hätte er jedes Wort verstanden, schmiegte Dandi sich noch enger an Joschka.

Tinka, Carlos und ich saßen gemütlich auf der Veranda. Meine Mutter hatte es sich auf dem Schaukelstuhl der Streuneroma gemütlich gemacht, der mit einer kuscheligen Decke ausgestattet war. Obwohl es noch recht kühl war, genossen wir die Wärme der Sonne, die auf unser Fell schien. Meine Mutter hatte sich in die Decke eingekuschelt. Sie liebte den Geruch nach der Streuneroma, die die Decke verströmte. Als wir Sabines Auto kommen hörten hoben wir, wie auf Kommando, die Köpfe. Wir konnten die Autogeräusche unseren Menschen zuordnen, allerdings wussten wir nicht, dass heute Joschka Sabines Auto fuhr. Als wir zum Auto trotteten waren wir überrascht, als er ausstieg. Das war aber nicht alles. Unsere Überraschung sollte noch viel größer werden.

„Das kann nicht sein. Seht ihr, was ich sehe, " fragte ich Tinka und Carlos.

„Das ist Dandi, " flüsterte Tinka, als befürchtete sie, wenn sie zu laut sprach, dass das Bild welches uns bot, wieder verschwand.

„Schaut mal, wen ich hier habe," sagte Joschka und wir konnten hören, wie glücklich er war.

„Wo warst du nur so lange, " sagte Carlos und rieb zärtlich seinen Kopf an Dandis Kopf.

„Das ist eine ganz lange Geschichte, " sagte Dandi. „Aber warum lebt ihr nicht mehr in der Scheune? Ich habe mich so auf die Scheune gefreut."

„Wir leben jetzt hier bei unseren Menschen. Das ist so schön. Du wirst es lieben, " erklärte ich Dandi.

„Bestimmt. Ich bin so froh wieder bei euch zu sein, " sagte Dandi und schmiegte sich an mich.

„Wir haben nicht mehr daran geglaubt, dass du noch am Leben bist, du kleiner Unglücksrabe," sagte Carlos und war ganz gerührt.

„Du darfst nie wieder weggehen, " sagte Tinka.

„Ich will immer bei euch bleiben. Hoffentlich gibt mich die Streuneroma nicht wieder zu fremden Menschen, " sagte Dandi.

Inzwischen hatte Joschka der Streuneroma von Dandis Heimkehr berichtet. Die alte Frau kam ganz aufgeregt aus dem Haus gelaufen. Sie nahm Dandi auf den Arm und drückte ihn an sich. Tränen liefen über ihr Gesicht.

„Dich gebe ich nie wieder her," schluchzte sie.

Die Freude über Dandis Heimkehr hielt auch die nächsten Tage noch an. Wie ein Lauffeuer verbreitete sich die gute Nachricht bei Freunden und Nachbarn. Auf dem Bauernhof war ein Kommen und Gehen. Die Wenigsten kannten Dandi, doch seine Geschichte berührte sie. So kamen sie und brachten Futter für die Katzen mit. Dandi, der sich ausschließlich im Haus oder auf dem Gelände, das zu dem Bauernhof gehörte aufhielt, wurde der Wirbel oft zu viel. Die Besucher waren zwar enttäuscht, wenn sie den kleinen Kater nicht zu Gesicht bekamen, doch die vielen anderen Katzen und ein kleines Schwätzchen mit der Streuneroma ließ sie die Enttäuschung schnell vergessen. Sabine schrieb im Internet Dandis Geschichte. Viele Menschen waren berührt und glücklich über seine Heimkehr. Die Streuneroma und ihre Katzen wurden schlagartig zu einer Berühmtheit im Internet, was zur Folge hatte, dass viele Menschen

Futter oder Geldspenden schickten. Der kleine Unglücksrabe Dandi bescherte den vielen Streunern, die inzwischen von der Streuneroma und ihrem Team betreut wurden, viel Glück.

Am nächsten Morgen war Dandi voller Tatendrang, was Tinka und ich mit gemischten Gefühlen sahen. Die Nacht hatte er bei Joschka im Bett verbracht und war keinen Zentimeter von ihm gewichen. Als Joschka am Morgen zu der Scheune fuhr, war Dandi ins Haus gekommen und zu der Streuneroma ins Bett gekrochen. Tinka und ich hatten auch bei der Streuneroma übernachtet. Wir drei genossen die Streicheleinheiten, die wir von der Streuneroma vor dem Aufstehen bekamen. Irgendwann machten sich unsere Bäuche bemerkbar, die nach einem Frühstück verlangten. Tinka stupste die Streuneroma liebevoll und sprang von ihrem Bett. Ich folgte ihrem Beispiel und die alte Frau verstand.

„Na, ist schon Zeit für euer Frühstück, " sagte sie schelmisch.

Wir folgten ihr ins Bad, wo sie zur Toilette ging und sich das Gesicht wusch. Ich schleckte liebevoll ihre Beine in der Hoffnung so schneller zu einem Frühstück zu kommen.

„Dauert es dir heute Morgen wieder einmal zu lange, kleine Mia," sagte sie liebevoll.

In der Küche war allerhand los, denn die meisten Katzen, die auf dem Bauernhof lebten kamen am Morgen in die Küche. Die

Streuneroma füllte Tellerchen um Tellerchen und stellte es den Katzen hin, die sich gierig auf das Futter stürzten. Danach setzte sich die alte Frau an den Küchentisch und schenkte sich eine Tasse Kaffee ein. Sie genoss diese Zeit des Tages. Rita hatte, bevor sie zur Arbeit fuhr, für sie Frühstück zubereitet. So konnte sie gemütlich am Tisch sitzen und den Katzen beim Futtern zuschauen. Ein großes Glück erfüllte sie, denn diesen Lebensabend hatte sie sich nie erhofft. Rita und Joschka waren an ihrer Seite und würden, wenn sie nicht mehr auf dieser Erde sein durfte, für ihre Katzen sorgen. In den letzten Wochen hatte sie sich große Sorgen um ihre Tochter gemacht, die die plötzliche Trennung von Sabine verarbeiten musste. Zu ihrer Überraschung hatte Rita die Trennung gut weggesteckt. Sie schien nach kurzer Zeit richtig befreit zu sein. Es gab keine Vorwürfe und keinen Streit. Sabine und Rita gingen als Freundinnen auseinander. Darüber freute sich die Streuneroma sehr, denn sie hatte Sabine liebgewonnen und telefonierte nun oft mit ihr. Wir Katzen wussten nichts von all diesen menschlichen Verwicklungen. Für uns war das Futter wichtig. Das morgendliche Frühstück ging bei uns Katzen nie ohne Fauchen und Knurren über die Bühne. Obwohl die Streuneroma viele Teller mit Futter gefüllt hatte, fühlte sich die ein oder andere Katze benachteiligt. Tinka und ich teilten unseren Teller bereitwillig mit Dandi.

Nachdem wir satt waren, wollte Dandi mit uns zur Scheune. Tinka und ich waren uns einig, dass wir unbedingt auf den kleinen Tollpatsch aufpassen mussten. Also gingen wir mit ihm zur Scheune, wo wir auf Joschka und seine Freundin trafen. Joschka nahm Dandi auf den Arm und drückte ihn liebevoll an sich.

„Das ist Dandi von dem ich dir so viel erzählt habe, " sagte er zu Ellen.

„Du bist wirklich ein bezaubernder kleiner Kater, " sagte Ellen und streichelte Dandis Kopf.

Ellen ging in den hinteren Teil der Scheune und kam mit Futterschüsseln für uns zurück.

„Die Katzen hatten schon ihr Futter, " sagte Joschka mit einem schelmischen Augenzwinkern.

„Das wird ihnen bestimmt schmecken. Schließlich sind sie vom Bauernhof bis hier zur Scheune gelaufen, " lachte Ellen.

Wir ließen uns nicht lange bitten und machten uns über das leckere Futter her. Als wir unsere Schüsseln geleert hatten schlenderten wir zum Fluss. Es war wie früher, als wir noch in der Scheune lebten. Tinka und ich gefolgt von unserem Schatten Dandi. Am Fluss angekommen legten wir uns ins Gras und beobachteten die Fische, die blitzschnell durch das klare Wasser schwammen.

„Wir haben so ein schönes Leben, " sagte ich zu Tinka und Dandi.

„Ja, das stimmt, " sagte Tinka. „Und das größte Glück ist, dass Dandi wieder bei uns ist."

„Ihr könnt euch nicht vorstellen, wie froh ich bin wieder bei euch zu sein, " sagte Dandi. „Natürlich vermisse ich Alfred und Pax ganz schrecklich, aber hier bei euch bin ich zuhause."

Eng aneinander gekuschelt schliefen wir ein. Als wir erwachten schlenderten wir zurück zur Scheune. Joschka und Ellen waren immer noch bei der Arbeit. Als Ellen uns sah, kramte sie aus ihren Taschen ein paar Leckereien für uns, die wir schnell verputzten. Danach schlenderten wir zu dem Hügel mit der Trauerweide, auf dem Pauline und viele andere Streuner ihre letzte Ruhe gefunden hatten. Hier war ein schöner friedlicher Ort, an dem wir die Seelen der gestorbenen Katzen spüren konnten. Sie alle hatten die Liebe der Streuneroma erfahren dürfen, auch, wenn sie für einige der Katzen nur eine kurze Weile andauerte. Die Streuneroma hatte so vielen Hoffnungslosen ohne Namen einen Namen gegeben und ihnen ihre Liebe geschenkt. Wir Katzen spürten an diesem Ort diese Liebe, die für viele Katzen ein rettender Strohhalm war. Nach unserem Besuch bei den Gräbern schlenderten wir zum Bauernhof zurück. Als wir an dem alten Schuppen vorbei kamen, blieb Dandi stehen.

„Wisst ihr noch, als ich in das Regenfass gefallen bin, " sagte er und schauderte.

„Oh ja, daran kann ich mich noch gut erinnern, " sagte ich. „Zum Glück hat Joschka dich gerettet."

„Du bist wirklich ein Unglücksrabe, " sagte Tinka. „Wir müssen sehr gut auf dich aufpassen."

Wir kamen pünktlich zum Abendessen auf dem Bauernhof an. Joschka und Ellen waren inzwischen auch zurück. Sie halfen der Streuneroma die Tellerchen zu füllen. Rita, die sich nach der Arbeit ein Bad gegönnt hatte, sah zu, wie sich die Katzen hungrig über das Futter hermachten. Tinka, Dandi und ich hatten keinen großen Hunger. Unsere Teller wurden an diesem Abend nicht leer.

„Was ist denn mit euch los. Habt ihr keinen Hunger, " sagte die Streuneroma.

„Die waren bei uns in der Scheune und haben von Ellen eine Extraportion erhalten, " lachte Joschka.

Nachdem alle Katzen versorgt waren, setzten sich die Menschen an den Tisch und machten sich hungrig über das Abendessen her, das die Streuneroma gekocht hatte. Sie sprachen über den Tag. Im Moment lief auf dem Bauernhof und in der Scheune alles gut. Die Katzen waren alle wohlauf, und es gab viele Menschen, die den Katzen mit Geld- und Futterspenden halfen. Alle vier waren glücklich, dass alles so gut lief, denn die über sechzig Katzen, die inzwischen auf dem Bauernhof und in der Scheune lebten, brauchten natürlich sehr viel Futter und

Katzenstreu. Hinzu kamen die Tierarztkosten und die Instandhaltung. Rita, die als Steuerberaterin arbeitete und die Ein-und Ausgaben der Streunerhilfe im Auge behielt, war sehr zufrieden. In den nächsten Monaten brauchten sie sich keine Sorgen zu machen. Für den Sommer hatten sie ein Sommerfest geplant. Sie waren sicher, dass das Fest auch in diesem Jahr wieder ein Erfolg sein würde. Mit den Einnahmen würden sie hoffentlich gut über den Winter kommen. Ellen, die in ihrer Freizeit gerne malte, hatte wunderschöne Bilder von den Katzen gemalt, die sie beim Sommerfest versteigern wollte. Eine weitere Idee von Ellen war ein Wettbewerb, bei dem ein Name für die Streunerhilfe gesucht werden sollte. Der Gewinner würde ein besonders schönes Bild von Mia und Tinka erhalten.

„Ich bin so froh, dass du bei uns bist, Ellen, " sagte die Streuneroma.

„Ja, und das soll auch so bleiben, " sagte Joschka und legte seine Hand auf Ellens Arm. „Mein Glück ist nun perfekt. Ich habe liebe Menschen an meiner Seite, die Katzen, die mir jeden Tag Freude machen und das Glück, dass Dandi wieder bei uns ist."

Die Streuneroma blickte Joschka an. Solche Offenbarungen kannte sie von ihm überhaupt nicht. Ellen hatte ihn sehr verändert. Sie saßen noch lange zusammen, denn am nächsten Tag war Sonntag. Am Sonntag konnten sie alle, außer der Streuneroma, ausschlafen. Sie war schon früh auf den

Beinen, um die Katzen mit Futter zu versorgen. Am Sonntag fuhr sie immer zur Scheune und verbrachte den Vormittag bei den Katzen. Sie liebte die Ruhe in der Scheune, wenn niemand arbeitete. Die Streuneroma setzte sich in ihren alten Sessel und sah den Katzen beim Fressen zu. Danach wurde ausgiebig gekuschelt, sofern die Katzen das zuließen, denn in der Scheune lebten viele Katzen, die keinen Menschen tolerierten. Sie waren wild geboren und ließen niemanden an sich heran. Manchmal gelang es ihnen den Zugang zu so einer Katze zu finden. Besonders Joschka hatte da eine gute Hand, aber selbst wenn es gelang die Katzen zu streicheln, so blieben sie immer auf Abstand zu Menschen.

Es war ein sehr schöner, sonniger Morgen, und so setzte sich die Streuneroma auf die Bank vor der Scheune. Sie liebte die warmen Strahlen der Maisonne, die ihren alten Knochen so guttat. Wehmütig dachte sie an die vielen Jahre zurück, die sie ihren Katzen gewidmet hatte. Es hatte so viele schöne Momente und bestimmt genauso viele traurige Momente gegeben. Oft hatte sie daran gedacht, dass die Katzen ohne ihre Hilfe auf sich allein gestellt sein würden, wenn sie eines Tages diese Welt verlassen musste. Jetzt war sie glücklich, denn es gab Menschen, die ihr Lebenswerk weiter führen würden. Die alte Frau schloss die Augen und lauschte den Vogelstimmen und dem Wind in den alten Bäumen, die die Scheune umgaben. Plötzlich vernahm sie ein Piepsen, das so überhaupt nicht zu den Geräuschen der Natur passen wollte. Sie öffnete ihre Augen und lauschte. Außer den Vogelstimmen war kein Geräusch zu vernehmen. Vielleicht habe ich eine Maus gehört, dachte die Streuneroma und schlenderte zu dem Hügel mit der Trauerweide. Hier setzte sie sich auf einen Holzstamm. Ihre Gedanken weilten bei den Katzen, die sie hier begraben hatte. Es waren viele Katzen von denen sie Abschied nehmen musste, die sie nicht retten konnte. Ihr Herz wurde jedes Mal schwer, wenn sie an die armen Seelen dachte, die durch die Grausamkeit von Menschen keinen Platz auf dieser Welt finden konnten. Für manche, die den Weg zu ihr gefunden hatten, kam jede Hilfe zu spät. Sie verließ diesen Ort, der ihr immer so viel Kummer bereitete und setzte sich wieder auf die Bank. Zwei Katzen ließen sich rechts und links neben ihr nieder. Sie streichelte die Tiere und ein wohliges Schnurren erklang. Während sie dem Schnurren der Katzen lauschte vernahm sie erneut dieses feine Piepsen, das sie nicht zuordnen konnte. Die alte Frau beschloss dem Geräusch auf den Grund zu gehen und stand auf. Die beiden Katzen miauten empört, weil die Schmuseeinheiten schon beendet waren. Die Streuneroma ging um die Scheune und vernahm das feine Geräusch an der Hinterseite nun lauter und deutlicher. Jetzt erkannte sie das Geräusch. Es stammte von ganz kleinen Katzenwelpen. Die alte Frau war alarmiert und durchsuchte das Gebüsch an der Rückseite der Scheune. Schnell wurde sie fündig. In einem alte Kaninchenkäfig lagen vier winzige Kätzchen, höchstens ein paar Tage alt. Die Kleinen lagen erschöpft in dem Kaninchenkäfig. Die Streuneroma wusste, dass sie nun schnell handeln musste. Man hatte die Katzenwelpen vielleicht schon gestern ausgesetzt. Schnell trug sie den Kaninchenkäfig in die Scheune. Joschka hatte vor kurzem einem kranken Katzenkind Aufzuchtsmilch gefüttert, weil das Kätzchen jede Nahrung verweigerte. Dank Joschkas Ordnungssinn fand die Streuneroma schnell die Dose mit dem Pulver. Sie rührte die Milch an und füllte sie in kleine Flaschen die einen Schnuller hatten. Die Kätzchen nuckelten gierig, als die Streuneroma geschickt die Schnuller in die kleinen Mäulchen steckte. Sie schaffte es sogar die vier Katzenkinder gleichzeitig zu füttern. Schnell waren die Fläschchen geleert. Nun massierte die Streuneroma die kleinen Bäuche. Die Streuneroma hatte schon öfter kleine Katzen aufgezogen und wusste, dass eine Bauchmassage wichtig für die Verdauung war. Die kleinen Kätzchen streckten sich wohlig, und bevor sie einschliefen bettete die Streuneroma sie in ein kuscheliges Katzenbettchen. Danach fuhr sie mit ihnen zum Bauernhof. Jetzt würden anstrengende

Wochen auf sie warten, denn die kleinen Kätzchen mussten Tag und Nacht, in einem Abstand von drei Stunden, gefüttert werden. Als sie auf dem Bauernhof ankam wurde sie freudig von Max begrüßt, der die kleinen Kätzchen sehr schnell entdeckte und nicht so recht wusste, was er von ihnen halten sollte. Nachdem die Streuneroma sie ins Haus gebracht hatte, stand der große Hund vor dem Katzenbettchen und beschnüffelte die Neuankömmlinge. Als eines der Kätzchen ein quietschendes Geräusch von sich gab, trat Max die Flucht an und versteckte sich hinter dem Sofa. Die Streuneroma schüttelte sich vor Lachen. Sie setzte sich auf das Sofa neben das Katzenbettchen, in dem die Welpen friedlich schliefen. Joschka und Ellen kamen ins Wohnzimmer und waren von den Kleinen entzückt.

„Wo kommen die denn her, " fragte Ellen.

„Ich habe sie bei der Scheune gefunden, " sagte die Streuneroma.

„Wie können Menschen nur so herzlos sein, " empörte sich Ellen.

„Darüber versuche ich schon lange nicht mehr nachzudenken. Zum Glück haben sie die Kleinen an der Scheune ausgesetzt. Im Wald wären sie gestorben, " sagte die Streuneroma.

Rita kam ebenfalls ins Wohnzimmer. Nachdem sie den Kleinen eine Weile beim Schlummern zugesehen hatten und sich Max zu ihnen gesellt hatte, wurde die Versorgung der Kätzchen geplant. Die Streuneroma würde die Versorgung am Tage übernehmen. Die Nächte würden sie sich im Wechsel um die Ohren schlagen. Gespannt warteten sie nun bis es Zeit für die nächsten Fläschchen war. Das dauerte nicht lange. Die Kätzchen verlangten nach Nahrung.

Ich hörte unsere Menschen im Haus lachen und scherzen und, weil wir Katzen sehr neugierig sind, wollte ich erfahren, was sie zum Lachen brachte. Wie selbstverständlich folgten mir Tinka und Dandi. Carlos hatte es sich auf einem Sessel bequem gemacht und schlief. Er war erst vor kurzem von einem Streifzug zurückgekommen. Während er den Winter fast ausschließlich im Warmen verbracht hatte, genoss er es nun durch die Felder zu streifen, auch wenn seine Streifzüge nicht mehr die ganze Nacht andauerten.

Als wir ins Haus kamen und die kleinen Kätzchen sahen, waren wir sehr überrascht. Dandi und ich hatten noch nie so kleine Kätzchen gesehen und wussten nicht, wie wir uns verhalten sollten. In Tinka erwachten sofort Muttergefühle. Sie schleckte die Kleinen, die sich wohlig reckten.

„Da haben wir schon jemand, der die Bauchmassage übernimmt, " lachte die Streuneroma und streichelte Tinka zärtlich. Ich sprang auf den Schoß der Streuneroma, und Dandi ließ sich neben Joschka nieder. Tinka legte sich vorsichtig zu den Katzenkindern, die sich eng an sie kuschelten. Die Menschen waren überrascht

und sehr froh über Tinkas Verhalten, denn, wenn sie sich um die Kätzchen kümmerte, war das für ihre Entwicklung sehr gut.
Tinka übernahm die Mutterrolle für die Kätzchen mit einer Hingabe, die mich manchmal eifersüchtig werden ließ. Die Streuneroma hatte einen großen Katzenkorb mit einer weichen Decke ausgestattet. Darin lag nun Tinka, und die kleinen Kätzchen kuschelten sich eng an sie. Tinka verließ den Korb nur noch, wenn es Futter gab oder sie ihr Geschäft verrichten musste. Sie verhielt sich wie eine Katzenmutter, putzte die Welpen und achtete darauf, dass ihnen die anderen Katzen nicht zu nahe kamen. Wie gesagt, ich war richtig eifersüchtig, was Tinka auch bemerkte, denn sie sagte mit ihrer sanften Stimme: „Komm' leg dich zu mir, kleine Mia."
Ich folgte ihrer Aufforderung und kuschelte mich in den Korb. Sofort schmiegte sich eines der Katzenkinder an mich. Meine Eifersucht war wie weggeblasen. Es war sehr schön mit Tinka und den Katzenkinder zu kuscheln. Als die Streuneroma, Joschka, Ellen und Rita uns so sahen waren sie entzückt. Rita machte einige Bilder. Unsere Menschen konnten sich an uns nicht sattsehen. Dandi war von unseren Pflegekindern nicht sehr angetan, denn er vermisste unsere Spaziergänge, doch auch er entdeckte schnell seine Liebe zu den Welpen. Die Streuneroma besorgte einen

größeren Korb, in dem auch noch Dandi
Platz hatte.
Am nächsten Tag wartete auf Dandi eine
große Überraschung. Alfred und Pax kamen
zu Besuch. Der kleine Kater freute sich wie
verrückt. Er vergaß uns und die Katzenkinder
und kuschelte mit Alfred. Als er genug von
den Streicheleinheiten hatte, tollte er mit Pax
auf der Wiese neben dem Bauernhof. Alfred
hatte sich Joschkas Ratschlag, eine Katze zu
adoptieren, zu Herzen genommen. Seit
Dandi nicht mehr bei ihm war fehlte etwas
auf dem Schrottplatz. Alfred wünschte sich
eine Katze, die wie Dandi war. Sie sollte sich
auf jeden Fall gut mit Pax verstehen.
„Wie wäre es mit einer Babykatze, " sagte
Joschka.
„Warum eigentlich nicht, " schmunzelte
Alfred.
Joschka zeigte ihm die Welpen und erzählte
ihre Geschichte. Alfred war sehr betroffen:
„Wie kann man diese hilflosen, unschuldigen
Wesen einfach sich selbst überlassen, "
sagte er und schüttelte traurig den Kopf.
Alfred kniete sich neben den Korb und
streichelte die Welpen und uns sanft. Tinka
und ich hatten nichts gegen diese
Streicheleinheiten, denn instinktiv wussten
wir, dass dieser Mensch keine Gefahr war.
„Ich kann mich überhaupt nicht entscheiden.
Die sind alle so niedlich, " sagte Alfred.
„Wisst ihr was, ich nehme sie alle vier. Auf
dem Schrottplatz ist so viel Platz und da gibt
es jede Menge Mäuse."

Joschka lachte. „Das ist eine gute Entscheidung. Die Kleinen werden bestimmt tüchtige Mäusejäger, " sagte er.

„Am liebsten würde ich sie gleich mitnehmen, " sagte Alfred.

„Das kann ich mir gut vorstellen, aber sie müssen alle drei Stunden gefüttert werden. Außerdem kümmern sich Tinka, Mia und Dandi ganz rührend um die Kleinen. Das ist gut für ihre Entwicklung, " erklärte Joschka.

„Du hast Recht. Hier bei euch sind sie, bis sie alleine fressen können, besser aufgehoben, aber wundert euch nicht, wenn Pax und ich in nächster Zeit oft hier auftauchen, " sagte Alfred.

„Darüber würden wir und Dandi uns sehr freuen, " sagte die Streuneroma, die das Gespräch verfolgt hatte.

„Naja, und vielleicht kann ich auch etwas hier mithelfen, " sagte Alfred. „Wenn ich auf dem Schrottplatz Feierabend habe, langweile ich mich oft. Seit meine Frau nicht mehr da ist, fahre ich nicht mehr gerne nachhause. Die Wohnung ist so leer ohne sie." sagte Alfred.

„Hilfe ist hier immer willkommen, " freute sich Joschka. Er ahnte, dass sie mit Alfred einen neuen Freund gewonnen hatten.

Alfred und Pax wurden für uns alle zu gute Freunde. Wir Katzen freuten uns, wenn Alfreds Auto auf den Hof fuhr, denn er brachte immer ein paar Leckereien für uns mit. Alfred kam fast täglich. Wenn auf dem Schrottplatz nichts mehr zu tun war fuhr er zum Bauernhof und half, wo immer er gebraucht wurde. Am Wochenende war er schon am frühen Morgen da. Joschka und er hatte die Idee für die vielen scheuen Katzen, die sich nicht in die gemütlichen Unterkünfte trauten, ein paar Schutzhütten, etwas abseits vom Hof, aufzustellen.

Während die Männer arbeiteten machte es sich Pax bei der Streuneroma und den Katzenkindern gemütlich. Inzwischen hatten es die Kleinen faustdick hinter den Ohren. Tinka und ich hatten mit den kleinen Rackern allerhand zu tun. Pax verfolgte das Geschehen mit wachsamem Blick, und, wenn die Kleinen müde waren, machten sie es sich manchmal auf dem großen Hund bequem. Pax ließ das alles mit sich geschehen. Während Max Joschka auf Schritt und Tritt folgte, machte Pax lieber ein Schläfchen im Wohnzimmer. Die Katzenkinder, die es sich auf ihm gemütlich gemacht hatten störten ihn überhaupt nicht. An dem Tag, als Tinka und ich die kleinen Kätzchen zum ersten Mal mit nach draußen nahmen, ließ Pax sie nicht aus den Augen. Die Kleinen tollten übermütig auf der Wiese. Sobald eines der Kätzchen sich zu weit entfernte war Pax zur Stelle. Er nahm das kleine Wesen vorsichtig in sein großes Maul und brachte es zu den anderen zurück. Die Streuneroma, Joschka und Alfred beobachteten uns und lachten, bis ihnen die Tränen über das Gesicht liefen.

„Hier bei euch ist es so schön, " sagte Alfred. „So glücklich wie hier auf dem Bauernhof war ich schon lange nicht mehr."

„Ja, bei uns ist immer etwas los, " lachte Joschka. Max, der eigentlich ruhig und gemütlich war, hatte sich von Pax zum Spielen animieren lassen und lief nun schwanzwedelnd hinter Pax her.

„Wir sind auch sehr froh, dass du uns hilfst, Alfred, " sagte die Streuneroma.

„Naja, ich bin froh, dass ich euch hier helfen kann, denn bald werde ich nicht mehr viel zu tun haben," sagte Alfred.

Joschka sah ihn erstaunt an: „Wie meinst du das?"

„Ich werde den Schrottplatz verkaufen. Jetzt habe ich über zwanzig Jahre zwischen den alten Autos verbracht. Das reicht. Vielleicht gibt es ja noch andere Aufgaben für mich. Auf jeden Fall werden die kleinen Katzen für etwas Leben in meinem stillen Haus sorgen," sagte Alfred.

„Oh, ich dachte, dass du auf deinem Schrottplatz zufrieden bist, " sagte Joschka.

„Die Arbeit macht mir schon lange keinen Spaß mehr. Früher, als meine Frau noch lebte, haben wir alles zusammen gemacht, " sagte Alfred traurig.

Die Streuneroma und Joschka sahen sich an, und auch wenn sie nichts sagten, wussten sie doch, dass die gleichen Gedanken in ihrem Kopf waren.

„Wie wäre es, wenn du auf den Bauernhof ziehst? Über der Scheune gibt es noch eine

kleine Wohnung," schlug die Streuneroma Alfred vor. Joschka nickte zustimmend.
„Ihr wollt, dass ich hier auf den Bauernhof ziehe, " fragte Alfred erstaunt.
„Ja, das wäre schön," sagte die Streuneroma. „Du bist ein netter Kerl, und wir können hier immer Hilfe gebrauchen."
So hatte der Bauernhof bald zwei neue Bewohner. Alfred fand schnell einen Käufer für seinen Schrottplatz. Mit dem Geld und einer kleinen Rente, die er bald erhalten würde, konnte er hier auf dem Bauernhof gut leben. Joschka war sehr froh, dass Alfred ihm half. So konnte die Streuneroma kürzer treten und sich mehr um die Verpflegung auf dem Bauernhof kümmern. Darüber freuten sich alle, denn sie liebten die leckeren Gerichte, die die Streuneroma ihnen jeden Abend servierte. Jetzt hatte sie sogar Zeit im Herbst das Obst in leckere Marmelade oder Kompott zu verwandeln. Am Wochenende zog oft ein wunderbarer Duft von selbstgebackenem Kuchen aus der Küche. Die Menschen und Tiere lebten zufrieden auf dem Bauernhof und hofften, dass dieses Leben von Kummer verschont bliebe. Doch das Leben auf dem Bauernhof war immer von tragischen Katzenschicksalen gekennzeichnet. Die Menschen, die ihr Leben Tieren in Not verschrieben hatten, kämpften an vielen Fronten. Zum Glück hatten sich diese Menschen gefunden, denn, wenn die Trauer und die Wut einen von ihnen übermannte, waren die anderen da

und trösteten. Fast jeden Abend saßen sie zusammen, sprachen über den Tag oder beratschlagten was sie für eine kranke Katze, die den Weg auf den Bauernhof alleine gefunden hatte oder von tierlieben Menschen zu ihnen gebracht worden war, tun konnten. Keiner von ihnen hatte Zeit einem Hobby nachzugehen. Der Bauernhof und die Tiere waren ihr Leben. Inzwischen gab es nicht nur Katzen und die Hunde auf dem Bauernhof. Sechs Schafe und vier Ziegen hatten vor kurzem den Weg zu ihnen gefunden. Der Besitzer war gestorben und die Tiere waren eine Woche sich selbst überlassen gewesen, bevor man den alten Mann in seinem Haus fand. Ein Kind hatte sich gewundert, warum die Tiere nicht, wie sonst immer, am Morgen auf die Weide durften. Das Mädchen hatte seine Beobachtung der Mutter erzählt. Die Mutter hatte sich zunächst keine Gedanken gemacht, doch ihre Tochter hatte sie jeden Tag gebeten nach dem Mann und seinen Tieren zu sehen. Als die Mutter nichts unternahm schlich sich das Mädchen heimlich zum Nachbarhaus um selbst nachzusehen. Sie fand die Tiere im Stall in einem jämmerlichen Zustand. Sie hatten weder Futter noch Wasser und der Boden war über und über mit Kot verschmutzt. Das Mädchen lief nachhause und rief, ohne auf die Rückkehr der Mutter zu warten, die Polizei. Die Beamten waren schnell zur Stelle und fanden den alten Mann in seiner

Küche. Nachdem man den alten Mann aus dem Haus gebracht hatte, wusste niemand so recht, was mit seinen Tieren passieren sollte. Zum Glück kannte einer der Polizisten den Bauernhof und die Streuneroma. Er hatte vor kurzem eine Katze adoptiert. Der Besuch auf dem Bauernhof hatte ihn sehr beeindruckt. Obwohl er wusste, dass man sich auf dem Bauernhof nur um Katzen kümmerte, rief er die Streuneroma an, in der Hoffnung sie wüsste einen Rat. Die Streuneroma war nicht umsonst als eine Frau bekannt, die nicht lange redete sondern handelte. Es war Samstagabend und sie hatten es sich im Wohnzimmer gemütlich gemacht, als der Anruf kam. Schnell war der Entschluss gefasst, dass hier auf dem Bauernhof genügend Platz für diese Tiere war. Die Männer waren von dieser Idee begeistert, denn die Tiere würden ihnen das Mähen der großen Wiesen, die den Bauernhof umgaben, sehr erleichtern. Bisher hatten sie das Heu zu einem Bauer gebracht. Alfred und Joschka schmiedeten sofort Pläne für einen Stall und, wo sie das Heu für den Winter lagern konnten. Die Streuneroma sagte dem Polizist Hilfe zu. Joschka und Alfred fuhren zu dem Bauer, dem sie immer das Heu gebracht hatten und liehen sich einen großen Anhänger für den Transport der Tiere aus. Im Anschluss machten sie sich alle auf den Weg, um den Tieren so schnell wie möglich zu helfen. Vor Ort sahen sie, dass ihre Hilfe dringend benötigt wurde, denn die Tiere waren in einem erbärmlichen Zustand. Mit Hilfe der Polizei wurden die Tiere, in zwei Touren, zum Bauernhof gebracht. An diesem schönen Spätsommerabend saßen die Menschen noch lange auf der Wiese und sahen den Tieren zu, die gierig das Gras verschlangen.

„Ich glaube das braunschwarze Schaf ist schwanger," sagte die Streuneroma.

„Oje, darüber haben wir noch nicht gesprochen. Wir werden die männlichen Tiere kastrieren müssen," sagte Rita und rechnete schon mit hohen Tierarztkosten, die auf sie zukommen würden.

„Das ist wohl wahr, " sagte die Streuneroma. „Der Stall wird auch Geld kosten. Unsere Ausgaben sind im Moment sehr hoch."

„Das kann ich nur bestätigen." Rita, die sich um die Finanzen kümmerte wiegte besorgt den Kopf.

„Ich kann auch etwas beisteuern, " sagte Alfred.

„Das ist lieb von dir, " sagte die Streuneroma. „Aber wir brauchen langfristige Einnahmen. Im Moment finanzieren wir das alles durch Spenden, die Einnahmen von unseren Festen und die Vermittlungsgebühren."

„Ja, und das sind alles Einnahmen, mit denen wir nie fest rechnen können. Die Kredite für den Bauernhof zahlen Mama und ich aus der eigenen Tasche."

„Ich kann auf meinen Lohn verzichten," sagte Joschka. „Schließlich wohnen Ellen und ich hier kostenlos."

„Genau! Wir können von meinem Einkommen leben," bot Ellen an.

„Das kommt überhaupt nicht in Frage," sagte die Streuneroma empört. „Joschka, du arbeitest Tag für Tag und sogar an den Wochenenden. Da muss einfach ein kleiner Lohn drin sein!"

„Das sehe ich auch so," sagte Rita. „Wir nagen nicht am Hungertuch. Es geht einfach darum ein, sagen wir mal, festes Einkommen zu erzielen, damit wir für solche unvorhergesehene Aufnahmen oder hohe Tierarztkosten etwas Geld auf die Seite legen können."

An diesem Abend saßen sie noch weit nach Mitternacht in dem gemütlichen Wohnzimmer und überlegten wie sie zu einem regelmäßigen Einkommen kommen konnten. Es gab viele Ideen, von regelmäßigen Festen auf dem Hof bis zu einem eigenen Gemüseanbau, doch sie wurden allesamt auf Eis gelegt, weil sie zu viel zusätzliche Arbeit verursachten.

Nach mehreren Gläsern Wein hatte Ellen eine gute Idee: „Wie wäre es, wenn Joschka und ich ins Haupthaus ziehen und wir die Wohnung als Ferienwohnung vermieten."

Alle waren von Ellens Idee begeistert. In den nächsten Wochen arbeiteten sie fieberhaft an ihrem neuen Projekt. Ellen und Joschka zogen ins Haupthaus. Die Wohnung wurde neue gestrichen. Alfred investierte einen Teil des Geldes, welches er für den Schrottplatz erhalten hatte, für eine neue Einrichtung. Die

Streuneroma saß an der Nähmaschine und nähte neue Vorhänge und passende Kissenhüllen. Als die Wohnung fertig war, dauerte es nicht lange und sie konnten sich vor Anfragen kaum retten. Ferien auf einem Bauernhof, der von vielen Katzen bewohnt wurde, war etwas ganz besonderes. Als alles erledigt war, saßen sie zufrieden auf der Wiese und ließen sich ein leckeres Picknick, das eine Freundin der Streuneroma für sie zusammengestellt hatte, schmecken. Sie freuten sich, dass es den Schafen und Ziegen, die inzwischen einen schönen Stall erhalten hatten, so gut ging. Die Tiere waren sehr zutraulich und freuten sich über den ein oder anderen Leckerbissen den sie von den Menschen erhielten. Joschka und Alfred hatten für die Tiere einen Offenstall gebaut, den die Tiere bei schlechtem Wetter aufsuchen konnten. Im Innern gab es eine große Heuraufe und einen gemütlichen Liegebereich, der mit Sägespänen und Stroh eingestreut war. Der Boden des Stalles war komplett mit Sägespänen und Stroh eingestreut war, damit die Tiere bei schlechtem Wetter im Trockenen ihr Geschäft verrichten konnten. Zu Joschkas Überraschung verursachten die Schafe und Ziegen keine zusätzliche Arbeit, denn sie hielten sich am liebsten auf der große Wiese auf und sorgten dafür, dass hier nicht mehr gemäht werden musste. Joschka und Alfred hatten den Stall so gebaut, dass die Tiere im Wechsel auf zwei Weiden grasen konnten.

Das Mähen hatte sich so erledigt, was eine große Arbeitserleichterung war.

Als Ellen eines Tages in einem Tierheim war, um einige Katzen, die auf dem Bauernhof ein neues Zuhause erhalten sollten, abzuholen, kam sie an einem Kaninchengehege, das für die Tiere, die hier lebten, viel zu klein war., vorbei Ellen taten die Tiere in der Seele leid. Am Abend, als sie zusammen im Wohnzimmer saßen, erzählte sie den anderen von dem Leid der Kaninchen und ihrem Wunsch auf dem Bauernhof eine Nothilfe zu gründen. Zunächst waren Joschka, Alfred, Rita und die Streuneroma von Ellens Idee nicht begeistert. Die Renovierung der Ferienwohnung und der Bau des Stalls steckten allen noch in den Knochen. Oft hatten sie bis zur Dunkelheit gearbeitet, denn die Versorgung der Tiere musste weitergehen so, dass erst am Nachmittag an der Wohnung und dem Stall gearbeitet werden konnte. Besonders die Streuneroma sehnte sich nach den anstrengenden Wochen nach Ruhe. Ellen ließ sich nicht so schnell von ihrem Vorhaben abbringen. Kaninchen auf dem Hof waren für die Feriengäste, die hier wohnten sicher eine willkommene Abwechslung. Warum sollten ihre Feriengäste nicht bei der Versorgung der Tiere mithelfen? Für die Kinder war das sicher ein Riesenspaß. Ellen war sich sicher, dass Menschen, die auf einem Bauernhof ihre Ferien verbrachten die Nähe zu der Natur und den Tieren suchten.

„Naja, Ellen hat schon Recht," sagte Rita. „Wenn ich mir die vielen Reservierungen im Internet ansehe, scheint unsere Ferienwohnung eine richtig gute Einnahmequelle zu werden. Wie wäre es, wenn wir jemand einstellen? Ich glaube das könnten wir uns leisten. Wir hätten so weniger Arbeit und könnten uns noch mehr um die Tiere kümmern."

„Ich hätte da viele Ideen für ein schönes Kaninchengehege, " sagte Alfred.

„Ich bin dabei! Eine Kaninchennothilfe ist eine gute Idee, " sagte Joschka, der Ellen gerne ihren Wunsch erfüllen wollte.

„Ich finde die Idee auch gut, " sagte die Streuneroma. „Vielleicht könnten wir die Lehrerin, die mit ihrer Klasse die Tombola organisiert hat, um Mithilfe bitten."

„Super Idee, " strahlte Ellen.

„Wisst ihr was, ich hab' einen Kumpel, der wie ich auf der Straße gelebt hat, der Willy. Willy würde sich sicher über einen Job freuen, " sagte Joschka.

„Okay, wann legen wir los," sagte Ellen, die am liebsten sofort begonnen hätte.

„Lass uns noch ein paar Tage Verschnaufpause," lachte Rita.

Die Verschnaufpause dauerte ganze zwei Tage. Joschka hatte seinen Freund Willy um Hilfe gebeten, und dieser entpuppte sich als geschickter Handwerker, so dass der Bau des Kaninchengeheges mit vielen kuscheligen Wohnhöhlen zügig voranging. Bereits nach zwei Wochen war die Arbeit erledigt. Ellen holte einen Teil der Kaninchen, die sie im Tierheim gesehen hatte, auf den Bauernhof. So war die Einweihung des Kaninchengeheges perfekt. Die ersten Gäste zogen in die Ferienwohnung und die zwei Kinder des Ehepaares brachten Leben auf den Bauernhof.

7.Kapitel

Ich war glücklich auf dem Bauernhof. Alle schlechten Erlebnisse, die ich in meinem jungen Leben erlebt hatte, waren eine Erinnerung, die immer mehr verblasste. Das Leben würde immer so weiter gehen, davon war ich überzeugt, denn für uns Katzen gibt es ja keine Zukunft. Die Erfahrung, wie schnell ein großes Unglück geschehen konnte, kannte ich in meinem jungen Leben nicht. Bei Tinka war das anders. Sie blickte auf viele Erfahrungen zurück. Ihr feines Katzengespür ließ sie Gefahren, die die Zukunft für uns bereithielt, erahnen. Ich merkte eines Tagen, dass Tinka still und in sich gekehrt war. So hatte ich sie lange nicht mehr erlebt. Vielleicht, so dachte ich, hatte das Schicksal einer neuen Katze, die Rita aus dem Tierheim geholt hatte, Erinnerungen an ihren eigenen Aufenthalt dort, hervorgerufen. Der armen Katze war es im Tierheim sehr schlecht ergangen, weil sie von den anderen Katzen dort misshandelt wurde. Sie hatten Tiger, wie die Streuneroma sie getauft hatte, vom Futter verjagt, so, dass der kleine Kater völlig abgemagert war. Damit aber nicht genug! Die anderen Katzen hatten ihn fast jeden Tag verprügelt. Er hatte viele Wunden an seinem mageren Körper, die nun von Joschka versorgt wurden. Natürlich tat mir der kleine Kerl leid. Irgendwie erinnerte mich der schwarz grau getigerte Kater an Dandi.

Tinka war auch in den nächsten Tag traurig, obwohl es Tiger zusehends besser ging. Als wir an einem schönen Tag durch die Felder streiften entschloss ich mich Tinka darauf anzusprechen. Sie blieb abrupt stehen und sah mich aus ihren schönen Augen traurig an: „Ich glaube Carlos wird sterben, " sagte sie traurig.

Mit dieser Antwort hatte ich überhaupt nicht gerechnet. Carlos war inzwischen ein alter Kater. Niemand wusste so genau wie alt er eigentlich war. Auch er nicht. In letzter Zeit war Carlos nur noch ein Schatten seiner selbst. Der stolzen großen Kater war nur noch ein Schatten seiner selbst. Sein einst so schönes rotes Fell war stumpf und ergraut. Er mochte nicht mehr viel essen, und selbst das Trinken viel ihm schwer. Carlos hielt sich nur noch im Haus oder in der unmittelbaren Nähe der Streuneroma auf. Meist lag er neben ihr auf dem Sofa und schlief. Die Streuneroma hatte eine flauschige Decke für ihn auf das Sofa gelegt, die er sehr mochte.

„Warum glaubst du, dass Carlos sterben wird, " fragte ich Tinka erschrocken. „Er hat doch keine Schmerzen. Nur manchmal, wenn das Wetter feucht ist, tun seine Knochen weh. Das hat er mir selbst erzählt."

„Kleine Mia, wir müssen alle irgendwann von dieser Welt gehen. Ich glaube, dass es für Carlos bald soweit sein wird, " sagte Tinka sanft.

„Woher willst du das wissen, " sagte ich ärgerlich.

„Ich spüre das, " sagte Tinka und senkte traurig den Kopf.

Auf dem Rückweg schwiegen wir beide. Der Gedanke, dass Carlos uns verlassen könnte, schmerzte. Ich wollte das nicht glauben. Ich war böse auf Tinka, die mir so etwas einredete und ging sofort zu Carlos. Er lag auf seiner weichen Decke und schlief. Ich stupste ihn an. Carlos erwachte und öffnete die Augen.

„Mia", sagte er verschlafen. „Was gibt's."

„Ich wollte nur bei dir sein", sagte ich. „Geht es dir gut"?

„Ich kann nicht klagen, Mia. Aber jetzt möchte ich noch etwas schlafen, " sagte Carlos und drehte sich auf die andere Seite. Sofort war er wieder eingeschlafen.

„Siehst du Tinka, Carlos geht es gut, " sagte ich

„Mach dir keine Sorgen Mia. Vielleicht täusche ich mich ja, " sagte Tinka.

Ich war beruhigt. Tinka täuscht sich bestimmt, dachte ich, doch als ich mich zum Schlafen hinlegte, träumte ich, dass Carlos gestorben war. Ich wurde wach und die Trauer trieb mir Tränen in die Augen, obwohl ich schnell erkannte, dass ich nur geträumt hatte.

Wir sahen Carlos nicht mehr draußen. Am Tag lag er auf seiner kuscheligen Decke oder auf dem Schoß der Streuneroma. Abends ging er mit ihr zu Bett und legte sich dicht an ihren Kopf. Tinka und ich suchten oft seine Nähe. Eines Tages als ich alleine neben Carlos auf der weichen Decke lag sagte er leise: „Ich werde bald nicht mehr bei euch sein, kleine Mia. Meine Zeit auf dieser Welt läuft ab. Bald werde ich über die Regenbogenbrücke gehen."

„Nein Carlos, du darfst mich nicht verlassen. Du bist doch mein Retter, mein Held, " sagte ich traurig und schmiegte mich eng an Carlos.

Carlos seufzte. „Wir können nicht für immer leben, kleine Mia, aber ich werde in dem wunderschönen Land hinter der Regenbogenbrücke auf euch alle warten, wenn ich gehen muss."

Ich schwieg. Das was Carlos sagte klang so endgültig und traurig. Tinka und auch andere Katzen hatten mir von dem schönen Leben hinter der Regenbogenbrücke erzählt, doch diese Vorstellung tröstete mich nicht. Ich dachte an meine Mutter, die jedem stolz erzählte, dass sie schon über zwanzig Jahre alt war. So alt würde kein Mensch werden, sagte sie immer. Im Vergleich zu den Menschen haben wir Katzen nur eine kurze Zeit auf dieser Welt, doch unsere Lebensjahre zählen viel mehr als die der Menschen. Tinka sagte, das wäre so, weil die Menschen so viel Zeit ihres Lebens sinnlos vergeuden. Sie brauchen viel mehr Zeit um ihre Bestimmung auf dieser Welt zu finden. Manche konnten sie nie finden, und andere Menschen mussten, noch früher als wir Katzen, sterben. Meine Mutter war inzwischen erblindet und oft konnte sie vor Schmerzen kaum laufen, doch an guten Tagen schaffte sie es immer noch nach Mäusen zu jagen. Wie würde unser Leben sein, wenn meine Mutter und Carlos nicht mehr bei uns waren?

Auch unsere Menschen waren traurig, wenn sie daran dachten, dass Pauline und Carlos sie bald verlassen würden. Sie hatten natürlich schon viele Katzenleben verloren und jedes Mal waren sie traurig. Pauline und Carlos standen ihnen besonders nahe. Sie taten alles um so viel Zeit wie möglich mit ihnen zu verbringen. Die Gedanken an die schöne Zeit, die sie mit Pauline und Carlos verbringen durften tröstete sie, wenn sie an die Zeit nach ihrem Tod dachten. Pauline hatte einige glückliche Jahre mit ihrer Familie verbringen dürfen, und Carlos durfte sein Streunerleben in vollen Zügen genießen ohne Hunger leiden zu müssen.

Eines Abends lag Carlos nicht auf seiner kuscheligen Decke. Die Menschen suchten nach ihm und konnten ihn nicht finden.

„ich glaube Carlos ist von uns gegangen, " sagte die Streuneroma und Tränen liefen über ihr faltiges Gesicht. „Er hat sich zum Sterben zurückgezogen."

Rita legte die Arme um ihre Mutter. Tinka und ich spürten die Trauer der Menschen, die genauso groß war wie unsere eigene. An diesem Abend wollte kein Gespräch in Gang kommen. Jeder war mit seinen Gedanken bei Carlos. Sie hatten mit Taschenlampen den Bauernhof nach Carlos abgesucht, doch er blieb verschwunden. Gegen Mitternacht legten sich die Menschen erschöpft in ihre Betten und fanden doch keinen Schlaf. Der Gedanke, dass Carlos irgendwo da draußen alleine gestorben war, ließ sie nicht los.

Am Morgen erlebten wir eine große Überraschung, denn Carlos erschien mit hocherhobenem Schwanz beim Frühstück. Er verputzte eine große Portion Futter. Das hatte er schon lange nicht mehr gemacht. Gutgelaunt erzählte er Tinka und mir, dass er die ganze Nacht auf Mäusejagd war. Dann legte er sich auf seine kuschelige Decke und schlief.

„Carlos ist fast wieder der Alte," sagte ich überglücklich zu Tinka.

„Ja, es scheint ihm wieder viel besser zu gehen, " sagte Tinka. Ich wusste, dass Tinka das nicht ernst meinte.

„Du zweifelst daran, " fragte ich misstrauisch.

„Wenn ich ehrlich sein soll, glaube ich nicht, dass es ihm besser geht, " sagte Tinka.

Ich war verstimmt und sagte nichts mehr. Warum wollte Tinka nicht sehen, dass es Carlos besser ging?

In den nächsten Nächten unternahm Carlos wieder seine Streifzüge. So wie früher. Am Tag schlief er auf seiner kuscheligen Decke. Tinka, Dandi und ich kuschelten uns an Carlos, was diesem sehr gut gefiel, denn trotz des warmen Wetters fror er oft.

Etwa zwei Wochen später veränderte sich Carlos Verhalten. Er suchte in der Nacht die Nähe der Streuneroma. Carlos lag auf ihrem Kopfkissen und kuschelte sich an ihre Brust. Eines Nachts erwachte die Streuneroma und eine große Traurigkeit erfüllte sie, ohne, dass sie wusste, warum sie traurig war. Sie knipste die Nachttischlampe an. Tinka, Dandi und Mia lagen am Fußende ihres Bettes und schliefen. Die Streuneroma sah, dass Carlos fehlte. Sofort wusste sie, dass ihre Trauer mit Carlos zusammenhing. Sie zog ihren Bademantel an und streifte ruhelos durch das Haus auf der Suche nach dem Kater. Es war eine Eingebung, die sie dazu brachte unter das Sofa zu sehen. Sie sah Carlos, der unter dem Sofa auf der Seite lag. Die Streuneroma mobilisierte alle ihre Kräfte und hob das Sofa zur Seite. Ihre Befürchtung wurde bestätigt. Carlos war gestorben.

Wir Katzen trauerten mit unseren Menschen um Carlos. Die Menschen brachten Carlos zu der alten Trauerweide, wo Joschka ein Grab für ihn schaufelte. Als Carlos unter der Erde begraben war pflanzte die Streuneroma weiße Hortensien auf sein Grab. Lange saßen sie unter der Trauerweide. Viele Tränen flossen. Niemand von ihnen wunderte sich, dass Mia, Tinka und Dandi auftauchten. Die drei schmiegten sich an ihre Menschen. So fanden sie zusammen Trost. Die Menschen und die Tiere, die den Gefährten schmerzlich vermissten.

Später saßen sie noch lange zusammen im Wohnzimmer und erzählten sich Geschichten, die sie mit Carlos erlebt hatten. „Carlos wird immer bei uns sein," sagte die Streuneroma. „Wenn wir von dieser Welt gehen müssen, werden wir sie alle treffen. Die Menschen und Tiere, die uns ein Stück auf unserem Lebensweg begleitet haben." Ich hatte in meinem jungen Leben noch nicht viele Erfahrungen mit dem Tod gemacht. Für mich fühlte sich der seelische Schmerz genauso an wie damals, als man mich von meiner Familie weggebracht hatte. Die Trauer, als Tinka und später Dandi verschwunden war, hatte sich auch so angefühlt, doch jetzt wusste ich, dass es keine Hoffnung auf ein Wiedersehen mit Carlos gab. Mein Beschützer, mein Held würde nie wieder mit uns sprechen, nie wieder mit uns durch die Felder streifen. Unser glückliches Leben, das ich auf dem Bauernhof leben durfte wurde überschattet von Carlos Tod. Wie grausam das Schicksal sein konnte erfuhr ich nur kurze Zeit später. Meine Mutter, die gerne auf der Terrasse in der warmen Sonne lag, erwachte nicht wieder aus ihrem Schlaf. Sie sah so friedlich aus wie sie zusammengerollt auf ihrem weichen Kissen lag.

Wieder versammelten sich unsere Menschen unter der Trauerweide und begruben Pauline. Die Streuneroma pflanzte eine rote Hortensie auf Paulines Grab. Niemand wunderte sich, dass Tinka, Dandi und ich an

Paulines Grab auftauchten. Unsere Menschen wussten, dass wir Tiere genauso trauern konnten wie die Menschen. Die Streuneroma nahm mich liebevoll auf den Arm, denn sie wusste, dass ich um meine Mutter und meinen Freund trauerte. Sie spürte meinen Schmerz der auch ihr eigener war. Viele Katzen hatte die Streuneroma schon hier unter der Trauerweide beerdigt. Der Schmerz war immer neu. Nie würde sie sich daran gewöhnen.

Menschen, die sich für Tiere in Not einsetzen wissen, dass ihr selbstloser Einsatz mit Kummer und seelischem Schmerz einhergeht. Oft können sie das Leiden nicht mehr ertragen und sind kurz davor aufzugeben. Trotzdem machen sie weiter, denn sie wissen, dass, wenn sie aufgeben für die Tiere alles verloren ist. Auf dem Bauernhof herrschte in den nächsten Tagen eine gedrückte Stimmung. Die Gedanken der Menschen waren bei Carlos und Pauline, die sie verlassen hatten. Mia, Tinka und Dandi suchten noch mehr die Nähe ihrer Menschen. Die Streuneroma saß nun oft in einem Sessel auf der Veranda, umgeben von ihren Katzen. Die Wärme der Sonne tat ihren alten Knochen gut. Die Arbeit auf dem Bauernhof fiel ihr von Tag zu Tag schwerer. Meistens fütterte die Streuneroma nur noch die Katzen. Inzwischen gab es viele Menschen, die auf dem Bauernhof mithalfen. Manchmal kamen Schulklassen auf den Bauernhof. Die Kinder waren nicht nur von

den vielen Tieren begeistert, sondern lauschten ganz gespannt den Geschichten über die Katzen, die die Streuneroma zu erzählen hatte. Dandis Geschichte fanden alle Kinder spannend. Dandi genoss die Aufmerksamkeit, die ihm von den Kindern geschenkt wurde. Er mochte Kinder sehr gerne, was viele Katzen nicht verstehen konnten, die eilig verschwanden, wenn Kinder in ihre Nähe kamen. Nicht so Dandi. Er begleitete die Kinder, wenn sie von der Streuneroma oder Joschka auf dem Bauernhof herumgeführt wurden und ging sogar mit ins Kaninchenhaus, das ein großzügiges Außengehege hatte. Ellen und Joschka hatten das Zuhause der Kaninchen liebevoll gestaltet. Sie hatten hübsche Häuschen gebaut, die eine kleine Kaninchenstadt bildeten. In der Mitte des Außengeheges stand ein alter Geräteschuppen, der als Kaninchenhaus diente. Ellen hatte ihn mit einem neuen Anstrich versehen und mit Bildern von Kaninchen bemalt. Die Kinder waren begeistert von den Kaninchen, die munter durch das Gehege hoppelten oder miteinander kuschelten. Dandi mochte die Kaninchen und die Kaninchen mochten Dandi. Sobald er im Gehege war, kamen sie und kuschelten mit Dandi.
Tinka und ich waren nicht so offen was Kinder betraf. Sie waren uns zu laut und hektisch. Wir folgten ihnen lieber in einem sicheren Abstand. Die dreibeinige Tinka

erweckte schnell die Aufmerksamkeit der Kinder. Viele waren traurig, weil sie mit nur drei Beinen zurechtkommen musste. Die Streuneroma tröstete die Kinder und erzählte ihnen, dass Tinka mit ihren drei Beinen eine geschickte Mäusefängerin war. Obwohl die Kinder Tinka und mir nicht geheuer waren, genossen wir doch die Aufmerksamkeit und gewöhnten uns, mit der Zeit, an die kleinen Menschen. Seit es die Ferienwohnung gab waren oft Kinder auf dem Bauernhof. Zur Freude der Menschen, die auf dem Bauernhof lebten, war die Ferienwohnung schon bis in den Herbst ausgebucht. Rita und Ellen kümmerten sich gerne um die Gäste. Die Ferienwohnung war eine sichere Einnahmequelle, die ihnen half die laufenden Kosten für die Tiere, ihren eigenen Unterhalt und die Instandhaltung zu decken. Rita, die sich um die Finanzen kümmerte zerbrach sich immer wieder den Kopf, weil ihre Einnahmen nie ausreichten um etwas Geld zurückzulegen.

Eines Abends, als sie gemütlich zusammensaßen machte Rita den Vorschlag die Scheune zu einer Ferienwohnung umzubauen. In einer Diskussion, die bis weit nach Mitternacht dauerte, wurde das Für und Wider abgewogen. Inzwischen waren alle Katzen auf den Bauernhof umgezogen und die Scheune war ungenutzt. Nur ein paar verwilderte Katzen, die keine Menschen tolerierten, wurden dort noch versorgt. Ritas Vorschlag wurde lange diskutiert, denn dieses Projekt würde viel Geld kosten, auch, wenn sie genügend Helfer finden konnten.

Es dauerte bis weit nach Mitternacht, bis sich alle einig waren.

Die Entscheidung die Scheune zu einer Ferienwohnung umzubauen sollte in dieser Woche nicht die einzige Neuigkeit bleiben.

Am Samstagabend luden Ellen und Joschka zu einem leckeren Abendessen ein. Ellen deckte den Tisch festlich und stellte einen guten Wein bereit. Sie selbst trank Orangensaft. Alle waren gespannt auf diesen Abend, denn so ein Festmahl gab es sonst nie. Die Menschen waren auf dem Bauernhof mit der vielen Arbeit beschäftigt, so, dass für solche Aktivitäten keine Zeit blieb. Nachdem alle satt waren, erfuhren sie endlich, warum Ellen und Joschka sich solche Mühen gemacht hatten. Stolz verkündete Joschka, dass sie Eltern werden würden. Damit waren die Neuigkeiten aber noch nicht zu Ende! In zwei Monaten wollte Ellen und Joschka heiraten. Der Streuneroma liefen die Tränen über die runzligen Wangen. Joschka war für sie wie ein Sohn. Die Aussicht auf die Hochzeit und das Baby machten sie sehr glücklich.

Am nächsten Tag suchte die Streuneroma das Gespräch mit Joschka.

„Sag mal, Joschka, wenn Ellen und du jetzt heiraten und Eltern werden, wäre es da nicht an der Zeit, dass du dich mit deinen Eltern aussöhnst?"

Joschka sah die Streuneroma überrascht an. Seit er hier auf dem Bauernhof lebte, hatte er nur noch sehr selten über seine Vergangenheit nachgedacht. Damals, als er in der Scheune Unterschlupf gefunden hatte, begann für ihn ein neues Leben. Der Umzug auf den Bauernhof war für Joschka eine große Entscheidung gewesen. Davor hatte er mit den Menschen abgeschlossen und sich geschworen ihnen nie wieder zu vertrauen. Mit der Streuneroma war ihm ein Mensch begegnet, der für ihn vollkommen war. Ihre Liebe zu den Tieren und das bedingungslose Vertrauen, das sie in ihn setzte, hatten ihn zu einem neuen Leben verholfen.

„Ich habe mit meinen Eltern schon so lange abgeschlossen, " sagte er leise.

„Joschka, man kann nicht mit seinen Eltern abschließen. Sie haben dir das Leben geschenkt. Ohne sie könntest du heute nicht so viel Gutes tun, " sagte die Streuneroma geduldig.

Joschka blickte in ihre gütigen Augen und spürte, dass sie Recht hatte. In seinem tiefsten Inneren spürte er einen Schmerz, wenn er an seine Eltern dachte. Er musste sich eingestehen, dass er sie vermisste.

„Es ist schwer einen neuen Anfang zu machen, wenn so viel Zeit vergangen ist, " sagte Joschka.

„Wenn du diesen Anfang nicht machst wirst du das eines Tages bereuen, " sagte die Streuneroma. „Auch deine Eltern haben sich in der langen Zeit sicher verändert. Vielleicht wissen sie auch nicht, wie sie einen neuen Anfang finden sollen."

Joschka nickte nachdenklich und blickte aus dem Fenster. „Vielleicht hast du Recht. Ich werde darüber nachdenken."

Es dauerte noch eine Woche, bis Joschka sich zu einer Entscheidung durchgerungen hatte. Die Streuneroma hatte ihn nicht bedrängt, denn sie spürte, wie sehr Joschka mit sich rang und sie spürte, dass er die richtige Entscheidung treffen würde. Sie hatte nicht nur die Gabe in Tierseelen zu blicken. Die Streuneroma hatte auch ein sehr gutes Gespür für die Nöte der Menschen. Als Joschka ihr beim Frühstück erzählte, dass er zu seinen Eltern fahren würde, war sie sehr glücklich. Sie war sich sicher, dass dieser Schritt Joschkas Glück vollkommen machen würde. Joschka hatte lange mit Ellen gesprochen, die ihn darin bestärkte mit seinen Eltern endlich Frieden zu schließen. Ellen wollte Joschka begleiten, denn natürlich war sie auf ihre zukünftigen Schwiegereltern sehr gespannt.

Am nächsten Tag warf Joschka seine Entscheidung wieder über den Haufen. Er hatte die ganze Nacht wach gelegen. Eigentlich wollte er am Morgen mit Ellen zu seinen Eltern fahren. In der Nacht war er zu dem Entschluss gekommen, dass er gut ohne seine Eltern leben konnte. Ellen war von Joschkas Entscheidung enttäuscht. Die Streuneroma sagte nichts. Sie spürte seinen inneren Kampf. Später nahm sie Ellen zur Seite, die sich so sehr für das gemeinsame Kind Großeltern wünschte. Ellen saß gedankenverloren am Fenster, während Joschka seiner Arbeit nachging.

„Lass' ihm Zeit, " sagte die Streuneroma.

„Noch mehr Zeit? Ich habe ihn schon so oft gebeten mit seinen Eltern zu sprechen. Jetzt werden wir Eltern. Warum soll unser Kind ohne seine Großeltern aufwachsen? Nur weil er nicht über seinen Schatten springen kann, " sagte Ellen mit Tränen in den Augen.

„Sei geduldig, Ellen. Joschka wird die richtige Entscheidung treffen. Da bin ich mir ganz sicher, " sagte die Streuneroma.

Ellen wusste nicht warum, aber die Worte der alten Frau beruhigten sie. Der Blick in ihre gütigen Augen ließen sie den Groll vergessen, den sie verspürt hatte.

Der Mai überraschte uns in diesem Jahr mit einem strahlend blauen Himmel. Wir Katzen genossen die milden Temperaturen. Viele von uns suchten sich Plätze im Freien und dösten in der Sonne. Dandi, Tinka und ich streiften durch die Wiesen. Alles roch so wunderbar. Die Sonne hatte viele Insekten auf den Plan gerufen. Um uns herum summte es munter. Auch diese winzigen Tiere freuten sich über die erwachende Natur. Der April war noch frostig gewesen und hatte uns Schnee beschert. Menschen und Tiere waren fasziniert von dem satten Grün und den bunten Blumen. Ohne, dass wir uns absprachen schlenderten wir zur Scheune. Hier am Fluss war es so schön. Wir versuchten den einen oder anderen Fisch zu erhaschen, was wir aber schnell wieder aufgaben. Das Wasser war noch sehr kalt. Früher, als wir noch hier in der Scheune lebten, hatte uns das nichts ausgemacht. Wir waren Streuner, die nicht genug zum Fressen hatten. Jetzt waren wir Hauskatzen, die es nicht mehr nötig hatten nach Beutetieren zu jagen. Wir mussten nicht mehr in der Nacht durch die Wiesen streifen auf der Suche nach Mäusen. Wenn wir auf die Jagd gingen, taten wir das nur noch aus Spaß. Es spielte keine Rolle, wenn die Mäuse uns austricksten oder schneller waren als wir.

Bevor wir zurück zum Bauernhof liefen, führte uns unser Weg zu dem Hügel mit der Trauerweide. Hier hatten viele Katzen schon ihre letzte Ruhe gefunden. Die Erinnerungen an meine Mutter und Carlos waren noch so lebendig. Sie machten mich traurig an diesem schönen Tag. Wir saßen zusammen unter der Trauerweide und waren ganz still. Plötzlich hörten wir Stimmen. Joschka und die Streuneroma waren gekommen. Einer ihrer Helfer wollte an diesem Tag zur Scheune kommen, um mit ihnen den Umbau zu besprechen. Die Streuneroma hatte Joschka gebeten früher zur Scheune zu fahren, damit sie zum Hügel mit den Gräber gehen konnte. Joschka begleitete die Streuneroma, die sich bei ihm unterharkte. Das Gehen fiel der Streuneroma immer schwerer. Als sie auf dem Hügel ankamen erblickten sie Tinka, Mia und Dandi.

„Schau nur Joschka, die drei hatten den gleichen Gedanken wie wir," sagte die Streuneroma.

Sie setzten sich zu den Katzen, die sofort ihre Streicheleinheiten einforderten.

„Glaubst du, dass sie genauso wie wir um die Verstorbenen trauern, " fragte Joschka die alte Frau.

„Ja, das glaube ich, " sagte die Streuneroma.

„Die Katzen leben sicher unbeschwerter als wir Menschen. Sie genießen ihr Leben in vollen Zügen, weil sie nicht wissen, dass alles ganz schnell vorbei sein kann."

Joschka sah die alte Frau mit den gütigen Augen nachdenklich an.

„Du hast sicher Recht. Wir Menschen stehen uns die meiste Zeit selbst im Weg, und ehe wir uns versehen, ist unsere Zeit um und wir haben vieles, das wir tun wollten nicht getan, " sagte Joschka mit trauriger Stimme.

„Denkst du dabei an deine Eltern, " fragte die Streuneroma sanft.

„Ja, vielleicht denke ich da auch an meine Eltern, aber, wenn so eine tiefe Kluft entstanden ist, gibt es keinen Weg mehr zurück, " sagte Joschka und streichelte Dandis Fell.

„Solange deine Eltern noch am Leben sind gibt es immer einen Weg, " sagte die Streuneroma mit fester Stimme.

Joschka nickte und blickte gedankenverloren über die vielen Grabsteine, die an die Katzen erinnerten, die hier ihre letzte Ruhe gefunden hatten. Er schwieg. Die Streuneroma spürte seinen inneren Kampf. Er würde seinen Weg finden. Da war sich die alte Frau sicher.

Als Joschka und die Streuneroma zum Bauernhof zurückkamen, wurden sie von Ellen empfangen, die aufgeregt von einer Katze berichteten, die eine Frau gebracht hatte. Es handelte sich um eine alte Katze, die in einem erbärmlichen Zustand war. Die Frau hatte das Tier in ihrem Keller gefunden. Das rechte Hinterbein der Katze wies eine großflächige Verletzung auf, die verkrustet war. Wahrscheinlich war sie von einem Auto angefahren worden. Ellen und Joschka fuhren mit dem armen Tier zum Tierarzt. Der Tierarzt versorgte die Wunde die, so vermutete er, von einem Autounfall stammte. Doch das war nicht das einzige Problem. Die Katze war von Parasiten übersät, und als der Tierarzt sie gründlich untersuchte, hatte er eine schlimme Vermutung. Am Bauch der Katze befand sich ein dicker Knoten, der dem Tier Schmerzen zu bereiten schien. Vielleicht hatte man die Katze wegen ihres schlechten Zustandes auf die Straße gesetzt. Solche traurigen Schicksale gibt es oft. Ellen und Joschka standen am Untersuchungstisch. Joschka streichelte sanft den Kopf der Katze, die sich sofort an ihn schmiegte. Der Tierarzt war der Meinung, dass die Katze sofort operiert werden musste, allerdings wusste er nicht, ob er ihr helfen konnte. Falls der Knoten an ihrem

Bauch bösartig war, konnte die Operation umsonst sein. Möglicherweise würde die Katze auch nicht mehr aus der Narkose aufwachen. Auch das konnte bei einem alten Tier, das noch dazu in einem schlechten Allgemeinzustand war, passieren. Ellen und Joschka mussten eine Entscheidung treffen. Sie entschieden sich für die Operation. Das Tier sollte eine Chance habe. So konnte das arme Tier nicht weiterleben.

Am nächsten Morgen fuhr Ellen zu der Tierarztpraxis. Sie wollte im Wartezimmer warten, bis die Operation vorbei war. Die Katze mit dem roten Fell hatte sie sehr berührt, denn sie erinnerte Ellen an eine Katze, die sie in ihrer Kindheit gekannt hatte. Es handelte sich um die Katze einer Nachbarin, die jeden Tag vor der Haustür saß und auf Ellen wartete, wenn sie von der Schule kam. Ellen hatte diese Katze geliebt. Sie war ihr Trost, wenn der alkoholkranker Vater ihre Mutter schlug und auch sie oft nicht verschonte. Ellen war so oft aus dem Haus geflüchtet. Die Katze war da und spendete Trost. Eines Tages war die rote Katze einfach verschwunden. Ellen hatte bittere Tränen geweint. Der Verlust hatte sich tief in ihr Herz eingeprägt. Als sie diese bedauernswerte Katze sah, waren die Erinnerungen an ihre Kindheit sofort da. Es gab nicht viele schöne Erinnerungen. Das Leben in der engen Wohnung in der sie mit zwei Brüdern und den Eltern lebte, war in den Zeiten in denen der Vater viel trank ein einziger Spießrutenlauf. Die Mutter hatte den Kindern eingeschärft bloß nichts von den blauen Flecken zu erzählen, denn, wenn andere davon erfuhren, drohte den Kindern das Heim. Ellen und ihre Brüder mussten Ausreden erfinden um nicht am Sportunterricht teilnehmen zu müssen.

Als der Vater die Familie wegen einer anderen Frau verließ war das ein großes Glück, obwohl sie nun in finanzieller Not leben mussten. Das Geld welches die Mutter durch mehrere Putzjobs verdiente reichte hinten und vorne nicht. Die Kinder mussten auf einem Bauernhof mithelfen und Geld verdienen, damit die Familie über die Runden kam. Ellen liebte die Arbeit auf dem Bauernhof, auch wenn sie anstrengend war. Die Stimme der Tierarzthelferin riss Ellen aus ihren Gedanken:

„Die Katze hat die Operation gut überstanden. Sie hatte Glück, denn es war kein bösartiger Tumor," sagte sie. „In ein paar Tagen kann sie nachhause."

Glücklich folgte Ellen der Frau in den Behandlungsraum wo die Katze langsam aus der Narkose erwachte. Ellen setzte sich neben den Tisch und streichelte behutsam den Kopf des Tieres. Die Katze war in eine Decke eingewickelt. Die Zuwendung schien ihr gut zu tun. Ellen blieb noch lange bei dem Kätzchen, das sie Luise taufte und das sie so sehr an die Katze in ihrer Kindheit erinnerte. Katzen haben einen eisernen Überlebenswillen. Das wurde auch bei Luise deutlich, denn sie erholte sich sehr schnell und konnte auf den Bauernhof. Luise und Ellen wurden ein unzertrennliches Gespann. Wo Ellen war, war Luise nicht weit. Sie zeigte wenig Interesse an den anderen Tieren auf dem Bauernhof. Ihre Retterin wurde zum Mittelpunkt ihres kleinen Katzenlebens.

Eines Nachmittags saßen Tinka und ich unter einem großen Walnussbaum und genossen unser schattiges Plätzchen. Es war schon sehr warm für Ende Mai. Obwohl wir Katzen im Winter ein kuschlig warmes Plätzchen lieben, mochten wir die Hitze überhaupt nicht. Auch Joschka war es viel zu heiß. Er setzte sich zu uns in den kühlen Schatten und blickte gedankenverloren in die Krone des Baumes. Ich folgte seinem Blick und konnte nichts Besonderes entdecken. Die Blätter bewegten sich sanft im Wind. Ich verstand nicht, warum Joschka so angespannt nach oben sah. Wäre da ein Vogel gewesen, hätte ich seinen Blick in die Krone des Baumes verstanden, aber so konnte ich nichts Interessantes entdecken.

„Ihr zwei habt es gut," sagte Joschka plötzlich und streichelte meinen Kopf.

Ich nutzte die Gelegenheit und kletterte auf seine ausgestreckten Beine.

„Ach Mia, was soll ich bloß tun? Für euch Katzen ist das Leben so einfach. Warum muss für uns Menschen alles so kompliziert sein," sagte Joschka.

Ich verstand nicht, was Joschka sagte, sondern rollte mich zusammen und schlief schnurrend ein. Wieder wanderte Joschkas Blick in die Baumkrone, als könnte er dort die Lösung für seine Probleme finden. In zwei Monaten wollten Ellen und er heiraten, und im September würde ihr Kind zur Welt kommen. Joschka wusste, wie sehr Ellen es sich wünschte, dass er sich mit seinen Eltern versöhnte. Gerne hätte er ihr den Wunsch erfüllt, doch es fiel ihm so schwer über seinen eigenen Schatten zu springen. Joschka schloss die Augen, denn die Sonne blendete ich, und während bunte Kringel vor seinen geschlossenen Augen tanzten, schlief er ein. Es dauerte nicht lange, bis ihn ein merkwürdiger Traum heimsuchte. Joschka saß in seinem Traum unter der alten Trauerweide und blickte nicht über die Gräber der verstorbenen Katzen, sondern über einen großen Friedhof auf dem Menschen beerdigt waren. Er stand auf und wanderte durch die Reihen der Gräber. Sein Blick schweifte ruhelos über die Gräber. In seinem Innern spürte er eine tiefe Verzweiflung. Joschka war auf der Suche , aber er wusste nicht, wonach er suchte . Immer weiter lief er durch die Reihen der Gräber während er sein Hirn nach einer Erinnerung durchsuchte von der er ahnte, dass sie sehr wichtig war. Stundenlang durchstreifte er die Gräberreihen, bis er völlig erschöpft auf einen kalten Grabstein sank. Er barg sein Gesicht in den Händen und spürte wie Tränen über seine Wangen liefen. Was hatte ihn zu diesem Friedhof gebracht und wo waren die Katzengräber? Plötzlich spürte Joschka eine sanfte Berührung an seinen Beinen. Durch einen Tränenschleier erblickte er Carlos der sich sanft an seine Beine schmiegte.

„Carlos, du bist doch gestorben, " sagte Joschka und schauderte.

„Nein, nein, ich bin nicht tot. Komm' mit ich möchte dir etwas zeigen," sagte der Kater.

Joschka hatte große Angst. Wie konnte es sein, dass Carlos, der doch gestorben war, mit ihm sprach?

„Komm' endlich mit, " drängte der Kater mit einer Stimme die kein Widerspruch duldete. Obwohl die Situation gespenstig war und Joschka am liebsten davon gelaufen wäre, folgte er dem Kater. Als Joschka sah wie Carlos durch die Reihen der Gräber schwebte, wusste er, dass der Kater nicht mehr am Leben war. Vielleicht war auch er nicht mehr am Leben. Joschka wusste nicht, was er von dieser Geschichte halten sollte. Plötzlich war Carlos verschwunden. Er hatte sich einfach in Luft aufgelöst. Joschka blickte über die Gräber auf der Suche nach dem Kater. Er rief nach ihm, aber seine Stimme verklang ungehört in dem dichten Nebel, der den Friedhof umgab. Sein Blick blieb, wie erstarrt, auf der Inschrift eines Grabes haften. Es waren die Namen seiner Eltern, die Joschka entgegensprangen und ihn zurückweichen ließen. Zu spät, hämmerte es in seinem Kopf. Sein Stolz hatte einer

Versöhnung mit den Eltern im Wege gestanden.

Ich schreckte aus dem Schlaf hoch als Joschka zu spät schrie und purzelte von seinen Beinen. Unter Protest kletterte ich auf meinen gemütlichen Platz zurück. Tinka die neben Joschka im Gras schlief hob den Kopf.

„Was ist passiert, Mia, " fragte sie erschrocken.

„Ich weiß nicht. Joschka ist plötzlich aufgeschreckt. Vielleicht hat er schlecht geträumt, " sagte ich gähnend.

„Tut mir leid kleine Mia, wenn ich dich erschreckt habe, " sagte Joschka und streichelte meinen Kopf. Sein Herz pochte. Der Traum war so real gewesen. Die Traurigkeit, die er im Traum gespürt hatte war jetzt noch in ihm. Joschka wusste jetzt, dass er keine Zeit mehr vergeuden durfte. Es war an ihm den ersten Schritt auf die Eltern zuzugehen, denn schließlich hatte er ihnen viel Kummer bereitet. In den letzten Jahren hatte er das nicht so gesehen. Joschka hatte sich von seinen Eltern im Stich gelassen gefühlt. So viele Jahre hatte er darauf gewartet, dass sie nach ihm suchen würden. In seiner Vorstellung kamen sie eines Tages zu ihm und baten um Verzeihung. Die drei Jahre, die er jetzt schon auf dem Bauernhof lebte und die Zeit in der Scheune hatten ihn verändert. Seine Liebe zu den Tieren und das Vertrauen welches sie in ihn setzten hatten sein Selbstwertgefühl gestärkt. Jedes

Mal, wenn er in die angstvollen Augen eines Tieres sah und seine Gabe, die ihn befähigte diese Angst in Vertrauen zu verwandeln, hatten seine eigene Seele geheilt. Der Traum hatte ihm die Augen geöffnet. Wenn er nicht den ersten Schritt tat, würde er tatsächlich eines Tages am Grab seiner Eltern stehen ohne sich mit ihnen versöhnt zu haben. Das würde er bitter bereuen!

Als sie an diesem Abend im Wohnzimmer zusammen saßen, sagte Joschka mit fester Stimme:

„Am Sonntag möchte ich zu meinen Eltern fahren."

Ellen blickte Joschka an: „Das wolltest du schon zweimal tun, und zweimal hast du deine Meinung wieder geändert, " sagte sie mit leiser Stimme.

Die Streuneroma legte ihre Hand auf Ellens Arm.

„Joschka wird das tun, " sagte sie mit gütiger Stimme und blickte Joschka in die Augen.

Sie spürte, wie ernst es ihm war.

Joschka erzählte Ellen und den anderen von seinem Traum und der Begegnung mit Carlos.

„Carlos hat dir den richtigen Weg gezeigt, " sagte die Streuneroma mit Tränen in den Augen. „Was würden wir Menschen nur ohne Tiere tun?"

Am nächsten Sonntag war es soweit! Ellen und Joschka fuhren zu Joschkas Eltern.

Ellen war sehr aufgeregt.

„Ich bin so gespannt auf deine Eltern, " sagte sie und zog ihre Bluse zurecht unter der die leichte Rundung ihres Bauches zu erkennen war.

„Wir werden sehen, was passiert, " sagte Joschka mit ruhiger Stimme.

Wie oft hatte er an diesen Moment gedacht. Tausend Gedanken waren dann durch seinen Kopf geschossen. Wie würde es sein den Eltern nach all den Jahren gegenüber zu treten? Vielleicht würden sie ihn aus dem Haus werfen! In der Vergangenheit hatte Joschka dieses Vorhaben immer wieder verschoben. Er wollte nicht von seinen Eltern abgewiesen werden. Jetzt war alles anders. Der Traum hatte seine Sichtweise verändert. In seinem Inneren wohnte nun die Gewissheit, dass seine Eltern genauso unter der Situation litten wie er.

Ellen staunte nicht schlecht als sie die Villa von Joschkas Eltern sah.

„Das Haus ist wunderschön, " flüsterte sie als sie die Stufen hoch liefen. „Ich passe nicht hierher."

„Du passt zu mir und das ist die Hauptsache, " sagte Joschka und drückte entschlossen auf den Klingelknopf.

Im Inneren des Hauses erklang ein langgezogenes Dingdong. Es dauerte lang, bis die Tür geöffnet wurde. Eine Frau in mittlerem Alter, die eine schneeweiße Schürze trug öffnete die Tür.

„Sie wünschen," fragte sie.

„Ich möchte zu meinem Vater, " sagte
Joschka.
„Bitte kommen Sie herein. Ich werde ihn
holen, " sagte die Frau.
Sie schien in keiner Weise überrascht zu
sein. Sie war, so vermutete Joschka, eine
Angestellte seiner Eltern. Er kannte sie nicht.
Als er noch ein Kind war gab es eine
Haushälterin, die sich rührend um ihn
kümmerte, weil seine Eltern wenig Zeit
hatten. Sie war wie eine Oma für Joschka. Er
war vierzehn als Emma in Rente ging.
Plötzlich gab es im Haus niemand mehr der
für ihn da war, wenn er aus der Schule kam.
Seine Eltern stellten zwar eine neue
Haushälterin ein, die aber Emmas Platz nicht
einnehmen konnte. Joschka mochte sie
nicht.
Während die Frau mit der weißen Schürze
die Treppe hinauf eilte, standen Ellen und
Joschka in der großen Diele, die wie ein
großzügiges Wohnzimmer eingerichtet war.
Ellen kam aus dem Staunen nicht mehr
heraus. So schöne Möbel hatte sie noch nie
gesehen. Sie konnte sich nicht satt sehen.
Joschka stand ruhig neben ihr. Ihn
beeindruckte das alles nicht. Die Zeit war
hier stehen geblieben. Jedes Möbelstück war
noch an seinem Platz. Nichts hatte sich im
Haus seiner Eltern verändert. Plötzlich
überkam Joschka ein beklemmendes Gefühl,
und er wäre am liebsten aus dem Haus
gelaufen. Viele Erinnerungen kamen in ihm
hoch. Die erbitterten Streitgespräche mit

seinen Eltern waren wieder allgegenwärtig.
Es hatte so viele Verletzungen gegeben, die
nun alle wieder auf ihn einstürmten. Joschka
holte tief Luft und erinnerte sich an seinen
Traum Da wusste er, dass alles gut werden
würde. Carlos hatte ihm seinen Weg gezeigt.
Joschka wusste, dass auf seine Katzen
Verlass war.
Ein großer Mann mit weißem Haar kam die
Treppe herunter und blieb vor ihnen stehen.
„Joschka, bist du das wirklich, " fragte er.
Joschka sah in das Gesicht seines Vaters
der alt geworden war und erblickte Tränen,
die über die faltigen Wangen liefen.
Schweigend breitete er die Arme aus. Vater
und Sohn umarmten sich. Keiner von ihnen
sagte ein Wort. Erst als sich Ellen räusperte
sagte Joschkas Vater:
„Ich bin so froh dich wiederzusehen."
„Ich bin auch froh dich wiederzusehen, Papa
," sagte Joschka und ein strahlendes Lächeln
huschte über sein Gesicht. „Das ist Ellen
meine zukünftige Frau."
„Ich bin Ludwig und freue mich Sie mhm dich
kennenzulernen, " sagte Joschkas Vater zu
Ellen.
„Wo ist Mama, " fragte Joschka.
„Deine Mutter müsste jeden Moment zurück
sein, " sagte Joschkas Vater und rieb sich
verstohlen die Augen. „Kommt mit ins
Wohnzimmer. Ich bin so glücklich, dass du
gekommen bist, Joschka. Am Anfang war es
mein Dickkopf der mich daran hinderte nach
dir zu suchen. Später hatte ich Angst

abgewiesen zu werden. Deiner Mutter ging
es genauso. Wir haben so oft über dich
gesprochen, aber wir hatten große Angst vor
dem was auf uns zukommen konnte."
„Das verstehe ich, " sagte Joschka. „Mein
Leben war nicht mehr viel wert, als wir uns
damals trennten."
Die Haushälterin brachte Kaffee und Kuchen.
Ellen, die während des Gespräches
zwischen Vater und Sohn geschwiegen hatte
sagte:
„Das sieht aber lecker aus."
Die Haushälterin lächelte und legte Ellen ein
großes Stück Kuchen auf den Teller. Danach
bediente sie auch die beiden Männer. Vater
und Sohn tranken schweigend Kaffee und
aßen Kuchen, bis Joschkas Vater endlich
das Wort ergriff und seinem Sohn die Frage
stellte, die ihm so sehr auf der Seele
brannte.
„Was hast du in den letzten Jahren
gemacht?"
Joschka erzählte von seinem hoffnungslosen
Leben auf der Straße und von dem Tag an
dem er Max traf. Er erzählte von der alten
Scheune, der Streuneroma und seine Arbeit
mit den Katzen. Ludwig hing gebannt an
Joschkas Lippen. Das Leben von dem ihm
sein Sohn berichtete war ihm fremd. Er
wusste nichts von Hunger und Kälte, denn er
kannte nur ein Leben im Wohlstand.
Joschkas Vater hatte die Firma von seinem
Vater übernommen. Er hatte das
Lebenswerk seines Vaters fortgesetzt. Die

Erwartung, dass Joschka sein Lebenswerk fortführen würde, hatte schon in Joschkas Jugend einen Keil zwischen sie getrieben. Das Leben von dem Joschka nun erzählte, war ihm fremd. Er verstand nicht, dass Tiere das Leben von Menschen verändern konnten. So wie früher hatte er wenig Verständnis für das Leben seines Sohnes, doch er sagte kein Wort. Ludwig war glücklich, dass Joschka den Weg zu ihm gefunden hatte und das wollte er auf keinen Fall gefährden. Als Joschka an der Stelle in seinem Leben angekommen war, an der er Ellen kennenlernte, war es draußen dunkel geworden. Joschka hatte eigentlich gehofft, dass seine Mutter nachhause kommen würde. Er wollte seinen Eltern von dem Enkelkind berichten, dass bald zur Welt kommen würde.

Endlich kam Joschkas Mutter nachhause. Sie betrat das Wohnzimmer und blieb wie angewurzelt mitten im Raum stehen. „Joschka, bist du es wirklich," stammelte sie und Tränen liefen ihr über das Gesicht. Joschka stand auf und schloss seine Mutter in die Arme, die nicht sprechen konnte. Als die Mutter sich endlich beruhigt, wollte sie natürlich wissen, wie es ihrem Sohn in all den Jahren ergangen war. Joschka erzählte erneut seine Geschichte in einer kürzeren Version. Als sie zusammen beim Abendessen saßen, erzählte Joschka seinen Eltern, dass sie bald Großeltern werden würden. Die Freude war riesengroß. Am

liebsten wäre es ihnen gewesen, wenn Ellen und Joschka in die Villa eingezogen wären. Davon wollten die nichts wissen. Sie liebten das Leben auf dem Bauernhof und hätten es nie gegen ein anderes eingetauscht.
Spät am Abend, als sich Ellen und Joschka auf den Heimweg machten, versprachen Joschkas Eltern am bevorstehenden Wochenende auf den Bauernhof zu kommen, um sie zu besuchen. Noch nie hatte Ellen Joschka so glücklich und gelöst wie an diesem Abend erlebt. Eine zentnerschwere Last war von seinen Schultern genommen.

Wir Katzen erlebten in der nächsten Zeit einen ganz neuen Joschka. Früher hatte er manchmal, nach getaner Arbeit, trübsinnig bei uns Katzen gesessen. Jetzt war Joschka nur noch gut gelaunt. Tinka, Dandi und ich wünschten uns manchmal den ruhigen Joschka zurück, denn wir hatten gerne bei ihm gelegen, wenn er traurig war. Jetzt war Joschka, nach der Versorgung der Katzen, nur noch damit beschäftigt den Bauernhof zu verschönern. Alles musste blitzblank sein. Nachdem alles gefegt war, fuhr Joschka in den Baumarkt, um Farbe zu kaufen. Der Holzzaun, der das Haus umgab sollte einen neuen Anstrich bekommen.
„Was ist denn nur mit Joschka los ," fragte ich Tinka und Dandi ratlos.

„Ich weiß auch nicht ," sagte Dandi. „Joschka hat keine Zeit mehr für mich." Der kleine Kater senkte betrübt den Kopf.

„Du bist aber auch ein kleiner Prinz, " lachte Tinka." Du schläfst doch jede Nacht bei Joschka, und beim Abendessen sitzt du auf seinen Beinen."

„Finde ich auch, Dandi. Du hast wirklich keinen Grund dich zu beschweren. Tinka und ich haben viel weniger von Joschka."

„Ihr seid aber sehr oft bei der Streuneroma, " protestierte Dandi.

„Du doch auch, " sagte ich und stupste Dandi mit der Nase.

„Sag' ich doch. Unser Dandi ist ein kleiner Prinz, " lachte Tinka und als sie sah, dass Dandi sie beleidigt ansah, fügte sie beschwichtigend zu: „Ich weiß schon, was mit Joschka los ist."

Dandis Neugier war sofort geweckt. „Woher weißt du denn das?"

„Vielleicht verstehe ich die Menschen besser als ihr, " scherzt Tinka, der es Freude bereitete Mia und Dandi zappeln zu lassen.

„Jetzt sag schon Tinka!" Ich war sehr neugierig.

„Am letzten Sonntag, als ihr durch die Wiesen gestreift seid, habe ich bei der Streuneroma auf dem Sofa gelegen. Sie hat mir erzählt, wie froh sie wäre, dass Joschka endlich zu seinen Eltern gefahren ist. Die Streuneroma hatte große Angst, dass er enttäuscht sein könnte, wenn der Besuch nicht so verlief, wie Joschka sich das erhoffte, " erzählte Tinka.

Oh, das ist toll," sagte ich. „Jetzt verstehe ich, warum Joschka hier alles schön machen will. Sicher kommen seine Eltern zu Besuch. Da wird er sehr glücklich sein. So wie ich, als ich meine Mutter und meine Brüder gefunden habe."

„Genau, kleine Mia. Das ist so wie bei dir, " sagte Tinka und stupste mich zärtlich mit der Nase.

„Ja, ja, da müssen wir Geduld mit ihm haben, " sagte Dandi. „Wenn erst das Baby da ist, hat er bestimmt keine Zeit mehr für mich."

Dandi legte den Kopf auf die Vorderpfoten und blickte Tinka mit traurigen Augen an.

„Joschka wird dich ganz bestimmt nicht vergessen, " sagte ich zu Dandi.

Als Joschka mit der Farbe zurückkam und begann den Zaun zu streichen, folgten wir ihm auf Schritt und Tritt. Nach einer Weile unterbrach er seine Arbeit und setzte sich, an einen Baumstumpf gelehnt, ins Gras.

„Na, da will wohl jemand mit mir schmusen, " sagte er lächelnd und strich erst Dandi, dann mir und zum Schluss Tinka über den Kopf. Wir kletterten auf seine Beine und schmiegten uns an ihn.

„Wisst ihr, dass Max und ihr das Beste seid, was mir jemals passiert ist, " sagte er leise.

„Wenn ich euch nicht kennengelernt hätte, wäre ich bestimmt noch auf der Straße oder sogar schon tot."

Wir Katzen verstanden diese Zusammenhänge zwar nicht, aber wir spürten die tiefe Liebe, welche Joschka uns entgegenbrachte. Er war unser Mensch, dem wir bedingungslos vertrauen konnten. Das konnten wir auch den anderen Menschen, die für uns sorgten und trotzdem war unsere Verbundenheit mit der Streuneroma und Joschka viel inniger. Instinktiv spürten wir, dass diese beiden Menschen ihr Leben uns Tieren gewidmet hatten, weil sie durch ein schweres Schicksal das Vertrauen in andere Menschen verloren hatten. Die Fürsorge für uns hatte ihnen neue Kraft gegeben und ihnen Mut gemacht, es mit den Menschen noch einmal zu versuchen. Die Streuneroma hatte nach dem frühen Tod des geliebten Partners ihr Herz verschlossen. Sie war verbittert und mutlos, bis sie die kleine Katze in ihrem Garten fand, die so dringend ihre Hilfe benötigte. Während sie um das Leben der armen Katzen kämpfte, kehrte ihr eigener Lebensmut zurück. Wenn sie über diese schwere Zeit erzählte, sagte sie oft: „Ich habe mich stark für die Tiere gemacht, und die Tiere haben mich stark gemacht." Obwohl hinter Joschka ein ganz anderes Schicksal lag, teilte er diese Aussage der Streuneroma voll und ganz. So viele Jahre hatte er geglaubt, dass das ganze Elend dieser Welt auf seinen Schultern ruhte. Das Leben war so ungerecht zu ihm gewesen! Niemand half ihm aus dem Abgrund seiner Verzweiflung. Die Streuneroma, ihre bedingungslose Liebe zu den Tieren und die Katzen, die ihn so sehr brauchten, hatten ihn auf den rechten Weg gebracht. Er hatte erkannt, dass er sich ändern musste. Jammern und Klagen half nicht weiter!

„Ich bin so froh, dass ich euch gefunden habe, " sagte Joschka zu den Katzen und streichelte sie zärtlich. Tinka, Dandi und Mia hatten es sich auf Joschkas ausgestreckten Beinen gemütlich gemacht und waren mit einem tiefen Schnurren eingeschlafen. Joschka ließ sie einfach schlafen. Nach einer Weile war auch er eingeschlafen. Mit geschlossenen Augen hatte er den warmen Wind auf seinem Gesicht gespürt. Das Schnurren der Katzen, machte ihn ruhig und glücklich.

Zwei Tage später gab es eine große Aufregung auf dem Bauernhof. Ellen, die inzwischen im sechsten Monat schwanger war, klagte über starke Bauchschmerzen. Voller Sorge fuhr Joschka mit ihr in die Klinik. Die Erleichterung war groß, als die Ärzte nach einer eingehenden Untersuchung verkündeten, dass mit dem Baby alles in Ordnung war. Ellen hatte sich nur den Magen verdorben. Schon am nächsten Tag ging es ihr wieder gut. Joschka verordnete Ellen ein paar Tage Ruhe. Immer wieder unterbrach er seine Arbeit um nach Ellen zu sehen, die sich auf dem Sofa langweilte. Die Streuneroma leistete ihr Gesellschaft. Obwohl Ellen sich in der Gesellschaft der Streuneroma sehr wohlfühlte, wäre sie lieber draußen auf dem Hof gewesen. Ellen war mit ihrer Kaninchenstadt beschäftigt, die sie mit viel Liebe gestaltet hatte.

Am nächsten Tag ging es Ellen wieder besser, so dass sie zum Kaninchengehege schlenderte. Luise, die nie von ihrer Seite wich, freute sich, dass ihr Frauchen mit nach draußen ging. Tinka, Dandi und ich folgten Ellen und Luise zum Kaninchengehege. Als Ellen, gefolgt von uns Katzen, das Gehege betrat, war sie sofort von den Kaninchen umgeben. Ellen setzte sich auf eine Bank, die in dem weitläufigen Gehege stand und fütterte die Kaninchen mit Karottenstücken. Dandi versuchte sich von den Kaninchen Karottenstücken zu schnappen, was ihm aber nicht gelang. Er setzte sich neben Ellen und stupste sie mit dem Pfötchen sanft an, in der Hoffnung auch etwas von ihr zu bekommen.

„Ja, was willst du denn von mir," lachte Ellen. „Du bist doch kein Kaninchen!"

Als Dandi weiter bettelte, gab Ellen ihm ein Stückchen Karotte, was, zu ihrer großen Überraschung, sehr schnell verschwunden war. Dandi verputzte noch weitere Karottenstückchen. Tinka und ich saßen daneben und waren sehr verwundert. Ein Kater, der Kaninchenfutter mochte hatten wir noch nie gesehen. Am Abend, als unsere Menschen zusammensaßen, erzählte Ellen von Dandis Vorliebe für Kaninchenfutter. Alle fanden die Geschichte lustig. Dandi, der genau verstanden hatte, dass von ihm die

Rede war, sprang auf Joschkas Beine und blickte in die Runde.

„Na, Dandi, bist du unser neues Kaninchen?" lachte Joschka. Wie zur Bestätigung rieb Dandi seinen Kopf an Joschkas Arm, was dieser mit ausgiebigen Streicheleinheiten honorierte.

Am folgenden Wochenende war es soweit! Joschkas Eltern kamen zum Bauernhof. Ellen und die Streuneroma hatten leckeren Kuchen gebacken und den großen Tisch im Wohn-und Esszimmer festlich gedeckt. Nach einer ausgiebigen Kaffeerunde, an der alle, die auf dem Hof lebten teilnahmen, zeigte Joschka seinen Eltern den Bauernhof.

„Da steckt sicher sehr viel Arbeit drin, " sagte Joschkas Vater bewundernd.

„Das kannst du laut sagen. Ich bin jeden Morgen um fünf auf den Beinen und habe, meistens, einen zwölf Stunden Tag, erzählte Joschka seinen Eltern.

„Das ist alles sehr schön hier, aber in der Villa wäre das Baby besser aufgehoben. Die ganzen Tiere können doch nicht gesund für ein Baby sein," sagte Joschkas Vater und merkte, dass er wieder in sein altes Verhalten zurück gefallen war. Sein dominantes Verhalten hatte früher immer zum Streit mit Joschka geführt. Seine Frau stieß ihm leicht den Ellenbogen in die Seite.

„Das ist Ellens und Joschkas Entscheidung, " sagte sie bestimmt.

„Genau, " sagte Joschka. „Hier ist ein so wundervoller Ort. Unser Kind wird hier auf dem Bauernhof eine glückliche Kindheit haben."

„Leider seid ihr so weit weg, " sagte Joschkas Vater. „Aber ihr müsst natürlich wissen, was für euch das Beste ist."

„Ihr könnt uns doch besuche, " sagte Ellen.

„Das werden wir ganz bestimmt tun, " sagte Joschkas Mutter.

In den nächsten Wochen war auf dem Bauernhof viel Trubel. Ellen und Joschka feierten ihre Hochzeit unter den alten Walnussbäumen, es gab viele neue Katzen und sie erlebten ein Sommerfest, wie noch nie zuvor. Joschkas Eltern waren natürlich auch zu dem Sommerfest eingeladen, und die Mutter steckte Joschka einen größeren Geldbetrag für das Enkelkind zu. Joschka wollte das Geld nicht annehmen, denn Ellen und er hatten für ihr Baby schon alles besorgt, was nötig war. Von den Eltern Geld anzunehmen hatte für Joschka einen bitteren Nachgeschmack. Es erinnerte ihn an frühere Zeiten in denen die Eltern Zeitmangel mit Geld ausglichen. Schließlich wurden sie sich einig, dass das Geld für die Streunerhilfe verwendet werden sollte.

Die Zeit verging wie im Fluge. Schon bald erfüllte Babygeschrei das Wohnhaus. Wir Katzen wussten mit dem kleinen Menschen nicht viel anzufangen. Die Menschen verhielten sich in seiner Gegenwart merkwürdig. Sie schnitten Grimassen, klatschten in die Hände und sangen für den kleinen Menschen. Uns Katzen war das alles zu hektisch. Wir kamen erst am Abend, wenn Ruhe eingekehrt war, ins Haus und gesellten uns zu unseren Menschen. Dann war alles so wie früher. Es gab viele Streicheleinheiten und den einen oder anderen Leckerbissen. Unsere Menschen wussten, dass wir uns benachteiligt fühlten und schenkten uns, wenn das Baby schlief, viel Aufmerksamkeit und Zuwendung. Das fanden wir gut und kamen zu dem Ergebnis, dass so ein kleiner Mensch auch viele Vorteile hatte. Als wir verstanden hatten, dass von dem Baby keine Gefahr ausging, legten Tinka Dandi und ich uns auf die kuschelig weiche Decke, die für das Baby auf dem Wohnzimmerboden ausgebreitet war. Die Menschen waren ganz entzückt und machten viele Bilder von uns. Tinka traute sich als Erste sich an den warmen kleinen Körper zu schmiegen. Das Kind genoss die Tinkas Zuwendung. Tinka rieb vorsichtig ihren Kopf am Arm des Kindes und erntete ein glucksendes Lachen . Dandi und ich trauten uns schließlich auch und wurden auch mit einem glucksenden Lachen belohnt. Unsere Menschen waren nun völlig aus dem Häuschen und fotografierten uns. Schon bald waren Dandi, Tinka und ich ganz vernarrt in den kleinen Paul. Die Streuneroma saß oft mit dem kleinen Jungen auf der der Terrasse, die nun von einem Kaminfeuer erwärmt wurde. Die Männer hatten die Terrasse in einen Wintergarten verwandelt, so dass die Streuneroma, die den Blick über den Bauernhof von der

Terrasse aus so liebte, auch bei schlechtem Wetter draußen sitzen konnte. Neben einem gemütlichen Schaukelstuhl gab es ein Sofa und einige Sessel. Die Streuneroma lag oft mit dem kleinen Paul auf dem Sofa. Sie genoss ihre Rolle als Oma. Natürlich kamen auch Joschkas Eltern oft zu Besuch. Sie waren eifersüchtig auf die Streuneroma, die die Rolle einnahm welche, so glaubten sie, ihnen zustand. Hin und wieder versuchte der Vater Ellen und Joschka zu einem Umzug in die Villa zu überreden, was natürlich auf taube Ohren stieß. Um nichts in der Welt hätte Joschka die Streuneroma und die Katzen verlassen. Er war froh, dass der Streit mit den Eltern beigelegt war, doch das Leben das seine Eltern führten, war nicht das seine. Hier auf dem Bauernhof war sein Zuhause. Die Menschen, die hier lebten, waren seine Familie.

Hin und wieder gab es Unstimmigkeiten mit seinen Eltern, die sich um die Gesundheit ihres Enkels sorgten, der zwischen all den Tieren aufwuchs. Ellen und Joschka sahen über diese Einwände hinweg. Sie konnten die Sorgen der Beiden verstehen, die in einer ganz anderen Welt lebten. Hier auf dem Bauernhof war für sie alles fremd.

Tinka, Dandi und ich waren inzwischen ganz vernarrt in den kleinen Paul. Oft saßen wir bei der Streuneroma, die viel Zeit mit Paul verbrachte. Sie sang Lieder für ihn und erzählte Geschichten. Meist handelten ihre Geschichten natürlich von Katzen. Paul jauchzte sobald Katzen oder auch andere Tiere in seiner Nähe war. Die Streuneroma war darüber sehr glücklich. Sie konnte dem kleinen Menschen vermitteln, wie wundervoll Tiere sind. Ellen und Joschka konnten ihrer Arbeit auf dem Bauernhof nachgehen, während sich die Streuneroma um den kleinen Paul kümmerte. Nach der Geburt von Paul war Ellen nicht mehr in ihren Job zurückgekehrt. Durch die Arbeit auf dem Bauernhof, die Feriengäste und den kleine Paul hatte sie alle Hände voll zu tun. Die Streuneroma hatte inzwischen ihren achtzigsten Geburtstag gefeiert und, auch wenn sie es nicht gerne zugab, benötigte sie nun viele Ruhepausen. Der Geburtstag der Streuneroma war ein großes Fest gewesen, das in der großen Scheune gefeiert wurde. Die Streuneroma hatte ihre Gäste darum gebeten ihr Futter für die Katzen zu schenken. Als das Fest vorüber war, hatte sich ein stattlicher Berg von Katzenfutter angesammelt. Manche der Gäste hatten auch Geldspenden übergeben. Am Ende des Tages war die Streuneroma glücklich und erschöpft.

8. Kapitel

Katzen sind Gewohnheitstiere. Sie leben in ihrem Revier, das sie meist mit anderen Katzen teilen und am liebsten ist es ihnen, wenn nichts Neues auf sie zukommt. Tinka, Dandi und ich waren da ganz anders. Wir hatten als Streuner in der alten Scheune gelebt und waren, aus freien Stücken auf den Bauernhof gezogen. Hier war das Leben für uns ganz schön aufregend. Wir lernten immer wieder neue Menschen und neue Tiere kennen. Feriengäste kamen auf den Bauernhof für ein, zwei manchmal auch drei Wochen und reisten wieder ab. Manche kamen nach einiger Zeit wieder. Es gab Familien die von dem Leben auf dem Bauernhof so begeistert waren, dass sie zwei oder auch dreimal im Jahr kamen. Tinka, Dandi und ich schlossen schnell Freundschaften mit den Menschen, die ihren Urlaub auf dem Hof verbrachten.
Im Gegensatz zu den anderen Katzen waren wir inzwischen geübt im Umgang mit den vielen Kindern, die den Bauernhof besuchten. Kindergartengruppen, Schulklassen jeden Alters besuchten den Bauernhof und lauschten gespannt den Geschichten, die die Streuneroma von ihren Katzen erzählte. Kaum eine Woche verging in der sie nicht mindestens eine Gruppe über den Bauernhof führte. Für die Streuneroma war diese Aufgabe sehr

wichtig. Sie wollte jungen Menschen das Leiden der Tiere vor Augen führen, und sie schaffte es immer die Kindern und Jugendlichen mit ihrer Botschaft zu begeistern. Sie zeigte ihnen, wie wichtig Tiere für uns Menschen sind und für diese Botschaft brauchte die Streuneroma nur wenige Worte, denn Tinka, Dandi und ich schafften es jedes Mal die Besucher in Entzücken zu versetzen. Wir ließen uns bereitwillig streicheln und durften uns über Leckerbissen freuen, die die Besucher von der Streuneroma für uns bekamen. Manche Katzen die auf dem Bauernhof lebten guckten sich das von uns ab und folgten den Menschen bei der Besichtigung, doch wir drei waren die bekanntesten Katzen auf dem Bauernhof, weil wir oft die Kinder schon vom Parkplatz abholten. Wir lebten eng mit unseren Menschen zusammen und lernten schnell ihre Tätigkeiten zu deuten, die auf eine Führung hinwiesen. Die Streuneroma oder Ellen füllten Tee in große Behälter und gaben selbstgebackene Kekse auf große Teller für die Besucher. Das war unser Startsignal. Wir gingen zum Parkplatz und warteten auf die Besucher. Den Abholservice für die Besucher gab es aber nur, wenn es nicht regnete. Regen mochten wir überhaupt nicht. Früher, als wir noch in der Scheune lebten und oft hungrig waren, gingen wir auch bei Regen auf die Jagd nach Mäusen. Heute hatten wir das nicht mehr nötig, denn unsere Teller waren immer wohl gefüllt. So vermieden wir es bei schlechtem Wetter nach draußen zu gehen. Natürlich wollten wir aber nicht auf die Leckereien verzichten, die es bei den Führungen gab. Wir flitzten schnell in die große Scheune, weil wir wussten, dass es dort Tee, Kekse, schöne und traurige Katzengeschichten gab. Natürlich waren auch immer unsere Geschichten dabei. Wir waren die Hauptdarsteller bei den Führungen und genossen die Rollen in vollen Zügen. Manchmal kamen Menschen zu Besuch, die uns aus dem Internet kannten. Sie verfolgten mit Spannung unseren Alltag auf dem Bauernhof und liebten Bilder von uns. Wir hatten eine richtige Fangemeinde und wenn die Menschen, nicht selten von weit her, auf den Bauernhof kamen und uns persönlich kennenlernten, waren sie begeistert von uns. Die meisten wollten uns adoptieren. Das kam für unsere Menschen nicht in Frage. Wir gehörten auf den Bauernhof. Ellen hatte für die Streunerhilfe ein Logo gemalt, das unsere Gesichter enthielt. Nachdem kein passender Name gefunden worden war nannten unsere Menschen Ihr Projekt: „Streunerhilfe auf dem Bauernhof". Ellen hatte uns sehr gut getroffen und viele Menschen bewunderten das schöne Logo. So vergingen unsere Tage wie im Fluge auf dem Bauernhof. Als Paul zwei Jahre alt war kam die kleine Lena auf die Welt. Die Streuneroma war überglücklich als sie das Baby in ihren Armen hielt. Nie hätte sie es für

möglich gehalten einen so wundervollen
Lebensabend im Kreis ihrer Lieben zu
verbringen, die schon lange zu einer großen
Familie zusammengewachsen waren. Oft
saß sie, mit einem glücklichen Lächeln, auf
der Terrasse und hielt die kleine Lena in
ihren Armen. Paul, der inzwischen eifrig die
Welt erkundete, half der Streuneroma, mit
tollpatschigen Bewegungen die Futternäpfe
der Katzen zu füllen. Die Streuneroma ließ
den Kleinen gewähren, und es dauerte nicht
lange, bis Paul gelernte hatte die Schüsseln
ohne Kleckern zu befüllen. Für Paul war das
Leben spannend auf dem Bauernhof. Mit
seinen kleinen Händen versuchte er überall
zu helfen. Joschkas Eltern, die oft zu Besuch
kamen waren nicht selten in heller
Aufregung, wenn sie sahen, wie Paul seinem
Vater, der Reparaturen ausführte, die
benötigten Nägel reichte. Besonders
Joschkas Vater empfand die Umgebung, in
der seine Enkel lebte, als sehr gefährlich.
Zum Glück schaffte es seine Frau ihn immer
wieder zu beruhigen. Auch Joschka und
Ellen nahmen die Einwände der besorgten
Großeltern gelassen. Sie wussten, dass es
keinen besseren Ort für die Kinder geben
konnte.
Eines Tages, als Joschkas Eltern mit der
Streuneroma auf der Terrasse saßen und
sich den selbstgebackenen Kuchen
schmecken ließen, erblickte der Vater Paul,
der auf einem Baumstamm balancierte. Der
kleine Junge verlor das Gleichgewicht und

plumpste ins Gras. Sofort liefen die Großeltern zu dem kleinen Paul, der mit dem besorgten Verhalten von Oma und Opa nichts anfangen konnten und zu weinen begann.

„So kann das nicht weitergehen," sagte Joschkas Vater. „Die Kinder brauchen einen sicheren Ort, wo sie ohne Gefahr spielen können."

„Bitte misch' dich nicht wieder ein," sagte Joschkas Mutter bestimmt. Sie hatte große Angst, dass ihr Mann die gute Beziehung zu Joschka zerstören könnte.

Die Streuneroma, die inzwischen zu den aufgeregten Großeltern getreten war sagte zu Paul: „Na bist du ins Gras geplumpst?" Sofort erhellt sich das Gesicht des Kindes. Paul streckte die Ärmchen der Streuneroma entgegen, und Joschkas Vater ließ es widerstrebend zu, dass diese Paul auf den Arm nahm. Der Junge hörte sofort auf zu weinen.

„Siehst du, es war nicht so schlimm," sagte Joschkas Mutter.

„Ja, schon gut. Ich mache mir doch nur Sorgen um die Kinder," sagte Joschkas Vater. „Ich habe eine gute Idee, wie ich dafür sorgen kann, dass Paul nicht immer mit Dingen spielt, die nichts für ihn sind."

„Was hast du vor," fragte die Mutter misstrauisch.

„ich werde für meine Enkelkinder einen tollen Spielplatz bauen lassen," sagte er bestimmt.

Die Streuneroma und Joschkas Mutter sahen sich verständnislos an.

„Das wird Ellen und Joschka ganz bestimmt nicht gefallen! Ich möchte nicht, dass du dich um ihre Angelegenheiten kümmerst. Das gibt nur Ärger, sagte sie bestimmt zu ihrem Mann.

Joschkas Vater, der über Ansage seiner Frau sehr erstaunt war sagte verständnislos: „Was ist an einem Spielplatz für meine Enkelkinder denn so schlimm?"

„Du weißt doch, dass Ellen und Joschka keine Riesengeschenke für die Kinder möchten. Warum kannst du dich nicht einfach daran halten," sagte seine Frau nun ärgerlich.

Die Streuneroma, die eine weise Frau war und schnell bemerkte, dass diese Geschichte zu einem Familienstreit werden konnte, schaltete sich in das Gespräch der Großeltern ein.

„Ich habe eine Idee, wie du einen Spielplatz für die Kinder bauen kannst, ohne dass Ellen und Joschka sich übergangen fühlen. Du könntest ihn einfach auch für die Kinder der Feriengäste bauen und die Spielgeräte so auswählen, dass sie zu unserem Bauernhof passen. Ich denke da an einen Abenteuerspielplatz mit Klettermöglichkeiten zwischen den Bäumen und einem tollen Baumhaus."

„Das ist eine tolle Idee," sagte Joschkas Vater und seine Frau nickte zustimmend.

„Wir könnten auch noch einen künstlichen

Bachlauf bauen in dem die Kinder an heißen Tagen planschen könnten."

Joschkas Eltern konnten es kaum erwarten ihre Idee in die Tat umzusetzen. Ellen und Joschka hatten keine Einwände.

Der Spielplatz auf dem Bauernhof, der nicht weit vom Kaninchenhaus entstand, wurde zu einem vollen Erfolg bei den Kindern. Paul war überglücklich und verbrachte viel Zeit mit seinen Großeltern oder der Streuneroma auf dem Spielplatz. So waren alle zufrieden.

Uns Katzen war das Treiben auf dem Bauernhof manchmal zu viel. Tinka, Dandi und ich streiften oft durch die umliegenden Wiesen und Felder oder gingen zum Fluss, um den Fischen zuzuschauen. Nach den Fischen zu jagen war uns inzwischen zu mühsam, das Wasser zu kalt und zu nass. Wir hatten das alles nicht mehr nötig und, wenn wir nach Mäusen jagten, taten wir das nur noch aus Zeitvertreib. Unsere Bäuche waren immer gut gefüllt. Wir gingen unsere Wege, die wir seit vielen Jahren kannten, schwelgten in Erinnerungen an die Zeit, als wir noch in der Scheune lebten, erinnerten uns an Carlos, Pauline und all die anderen Katzen, die wir kennengelernt hatten und die diese Welt verlassen hatten. Tinka, die jetzt schon eine ältere Dame war, erzählte immer wieder die Geschichten, die wir mit dem tollpatschigen Dandi erlebt hatten, und Dandi erzählte uns von der Zeit, die er auf dem Schrottplatz verbracht hatte. Immer wieder durchlebten wir die Abenteuer mit Dandi. Die unheimliche Nacht die Carlos und ich im Wald verbracht hatten und den verletzten Dandi fanden, den Tag, als Dandi in die Regentonne fiel und Tinka, Carlos und ich Joschka zu Hilfe geholt hatten. Immer wieder durchlebten wir den Tag an dem Joschka in der Scheune aufgetaucht war oder schmunzelten über Carlos der der schönen Diva den Hof gemacht hatte. Das große Glück, als Divas Frauchen in der Scheune aufgetaucht war und die große Freude, die wir erleben durften, als Diva ihren Mensch erblickte.

„Wir haben schon ziemlich viel erlebt, " sagte ich zu Tinka und Dandi.

„Ja, " sagte Tinka und blickte mich aus ihren wunderschönen Augen liebevoll an.

„Ja, ja, wir hatten schon ziemlich oft großes Glück," sagte Dandi.

„Einer meiner glücklichsten Momente war als Carlos mich zu der Scheune gebracht hat und als Joschka dich auf dem Schrottplatz gefunden hat und natürlich als Tinka aus dem Tierheim kam, ach ich kann von so vielen glücklichen Momenten erzählen, " sagte ich.

„Das ist schön, kleine Mia," sagte Tinka zärtlich. „Für mich ist es ein großes Glück, dass ihr beiden bei mir seid. Ihr seid wie meine Kinder."

„Ich auch," fragte Dandi erstaunt. „Ich dachte immer, dass Mia für dich das Allerwichtigste ist.

Tinka stupste Dandi zärtlich mit ihrer Nase.
„Du bist mein kleiner Unglücksrabe, sagte sie
liebevoll zu Dandi.
Ich sah wie Dandi voller Stolz seinen Kopf
erhob. Das hatte Tinka noch nie zu ihm
gesagt
„Das ist so schön,“ sagte Dandi. „Ich dachte
immer, dass ich euch ganz schön auf die
Nerven gehe und ihr lieber alleine unterwegs
sein wollt.“
Tinka lachte schelmisch. „Am Anfang bist du
uns schon ganz schön auf die Nerven
gegangen, aber als du weg warst, haben wir
dich so vermisst! Du kannst dir nicht
vorstellen, wie glücklich wir über deine
Rückkehr waren,“ sagte Tinka.
„Ja,“ sagte ich. „Tinka spricht mir aus dem
Herzen. Der Tag, an dem Joschka dich vom
Schrottplatz mitgebracht hat, war einer der
allerschönsten in meinem Leben.“
Dandi wurde ganz verlegen vor Freude und
so fragte er:„Was war dein schönster Tag?“
„Mhm, ich glaube das war der Tag an dem
ich meine Familie fand,“ sagte ich.
„Das glaube ich dir, “ sagte Dandi. „Ich bin so
glücklich euch beide gefunden zu haben.
Inzwischen waren wir am Fluss
angekommen und setzten uns in die Wiese.
In diesem Jahr gab es sehr viele Fische. Wir
beobachteten das muntere Treiben der
Fische im Wasser, als plötzlich ein großer
roter Kater auftauchte.
„Hallo die Damen,“ sagte er. „Ich bin Pascha
und wohne seit kurzem in der Scheune.“ Der

große rote Kater machte eine elegante Verbeugung.

„Was schaut ihr mich mit so großen Augen an,“ fragte er verwundert

Tinka, Dandi und ich hatten den gleichen Gedanken. Dieser stolze Kater sah aus wie Carlos!

„Ni, ni,nichts für ungut,“ stotterte Tinka schließlich. „Du siehst aus wie ein sehr guter Freund von uns, der gestorben ist.“

„Oh, sagte Pascha, das tut mir sehr leid. Darf ich mich zu euch setzen?“

„Ja, klar, setz' dich nur zu uns,“ sagte Dandi. Wir saßen lange mit Pascha am Fluss. Pascha lauschte geduldig unseren Geschichten, die wir von Carlos zu erzählen hatten. Als es Abend wurde und unsere Bäuche nach Futter verlangten, gingen wir mit Pascha zur Scheune.

Joschka und die Streuneroma verteilten an diesem Abend das Futter.

„Ja, wen haben wir denn hier ,“ sagte die Streuneroma überrascht. „Der sieht ja aus wie Carlos!“

Joschka fiel der Löffel mit dem er gerade das Futter aus der Dose löffelte aus der Hand.

„Das ist ja richtig gespenstig. Du hast Recht. Der sieht aus wie Carlos und läuft wie Carlos und schau' nur Tinka, Mia und Dandi sind bei ihm.“

„Naja, man sagt ja, Katzen haben sieben Leben. Ich glaube, wir haben einen neuen Carlos geschenkt bekommen,“ sagte die Streuneroma und streichelte den Kopf des roten Katers, der sich voller Vertrauen an ihre Beinen schmiegte.

Herstellung und Verlag:

BoD – Books on Demand, Norderstedt

Bibliografische Information der Deutschen Nationalbibliothek

Die Deutsche Nationalbibliothek verzeichnet diese Publikation in der Deutschen Nationalbibliografie; detaillierte bibliografische Daten sind im Internet über http://dnb.d-nb.de abrufbar.

ISBN: 978-3-7481-8954-1